DIETER BÜHRIG

Schattengold

IM SCHATTEN DER ZEIT In Lübeck scheint die Zeit stehen geblieben zu sein. Aina, ein Adoptivkind, das seine Herkunft nicht kennt, lernt bei ihrer Aufnahmeprüfung an der Musikhochschule die Klavierpädagogin Rana Ampoinimera kennen. Diese ist von dem Ausnahmetalent der jungen Frau überzeugt und lädt sie in ihr Haus ein, um zusammen mit ihrem Sohn Radamo im Trio zu musizieren. Aina trifft auf Ranas Ehemann Adrian, einen Goldschmiede- und Uhrmachermeister, und seinen Gesellen Raik.

Doch dann erschüttert eine Serie von mysteriösen Todesfällen die Idylle: Der Küster der Marienkirche stürzt vom Dachgewölbe; ein totes Mädchen wird ohne Verletzungen aufgefunden; der Opernleiter des Stadttheaters bricht sich das Genick; ein Philosophielehrer verschwindet spurlos; der Pedell der Musikhochschule liegt tot an der Orgel. Und was bedeuten die fremden Worte auf den Zetteln, die man bei den Toten findet? Kriminalinspektor Kroll ist ratlos …

Dieter Bührig wurde in Hannover geboren. Der studierte Elektrotechniker und Tonmeister sowie promovierte Musikpädagoge lebt seit über 30 Jahren in Lübeck. In Büchern, Unterrichtshandreichungen und Fachzeitschriften veröffentlichte er eine Reihe von Beiträgen zu Fragen der Musikpädagogik. Des Weiteren stammen aus seiner Feder zahlreiche Veröffentlichungen von Chor- und Bandarrangements. Der Krimi »Schattengold« ist sein Debüt als Romanautor.

DIETER BÜHRIG

Schattengold

ein musikalischer Kriminalroman nach den ›Madagassischen Gesängen‹ von Maurice Ravel

GMEINER *Original*

Besuchen Sie uns im Internet:
www.gmeiner-verlag.de

Im Ehnried 5, 88605 Meßkirch
Telefon 07575/2095-0
info@gmeiner-verlag.de

1. Auflage 2010

Lektorat: Claudia Senghaas, Kirchardt
Herstellung / Korrekturen: Daniela Hönig / Doreen Fröhlich, Katja Ernst
Umschlaggestaltung: U.O.R.G. Lutz Eberle, Stuttgart
unter Verwendung des Fotos »Die Gasse« von: © Kay Horn / fotolia.de
Druck: Fuldaer Verlagsanstalt, Fulda
Printed in Germany
ISBN 978-3-8392-1088-8

Personen und Handlung sind frei erfunden. Ähnlichkeiten mit lebenden oder toten Personen sind rein zufällig und nicht beabsichtigt.

VORWORT

Und das alles geschah vor nicht allzu langer Zeit in Lübeck.

Sie kennen Lübeck nicht, die alte Hansestadt Lübeck? – Dabei liegt sie doch ganz in Ihrer Nähe. Mitunter spielen sich dort schon recht merkwürdige Geschichten ab – und von einer möchte ich Ihnen erzählen. Sie ist so fantastisch, dass sogar manche Lübecker an ihrer Echtheit zweifeln.

Aber davon später. Vorher lade ich Sie zu einem kleinen Rundgang durch die Handlungsorte meiner Geschichte ein. Am besten, Sie setzen sich gleich in Ihr Auto und geben ›Lübeck‹ in Ihr Navigationsgerät ein. Eine freundliche, ausgeglichene Automatenstimme weist Ihnen, ohne auf Ihre Widerrede zu achten, sogleich den richtigen Weg. Während Sie den Anweisungen folgen, können Sie und Ihre Begleitung entspannt den Blick über die Umgebung schweifen lassen.

Denn der Weg nach Lübeck führt in der Tat durch eine wunderschöne Landschaft. Sie kommen durch gepflegte Dörfer mit Reetdachkaten, die von fruchtbaren Wiesen und goldgelben Rapsfeldern umgeben sind. Hin und wieder lädt ein gemütliches und kaum teures Gasthaus den Reisenden aus der Ferne zu ›Sauerfleisch mit Bratkartoffeln‹ ein, einem regionaltypischen Mittagessen. Ein paar alte Wehrkirchen mit Fundamenten aus Findlingen, schmiedeeiserne Wegekreuze und holzgeschnitzte Gedenktafeln erinnern an ferne

Tage. Überhaupt ist hier alles sehr friedlich und überschaubar, so, als wäre die Zeit stehen geblieben.

Bald haben Sie das Meer erreicht. Viel ist da um diese Jahreszeit nicht zu sehen. Die wegen der gefürchteten Sturmfluten hochgezogenen Deiche geben nur selten den Blick auf ein paar gelangweilt schlendernde Spaziergänger frei. Hin und wieder taucht einer der leeren Strandkörbe im Sichtfeld auf. Die wenigen Segelboote am Horizont scheinen ihren Weg zum Heimathafen zu suchen. Genau wie Sie Ihren nur noch kurzen Weg nach Lübeck.

Gleich hinter Neustadt, wenn Sie von Norden kommen, nur wenige Kilometer unterhalb der Meeresküste, tauchen das erste Mal die Kirchturmspitzen von Lübeck auf. Von Weitem sieht die Stadt noch immer so mittelalterlich aus wie vor Hunderten von Jahren, als man sie das Kronjuwel der über die Ost- und Nordsee herrschenden Kaufmannshanse nannte.

Nicht alle Lübecker wissen, woher der Name ihrer Heimatstadt stammt. Viele glauben, er leite sich von dem ›Lübecker Marzipan‹ ab, dabei verhält es sich natürlich umgekehrt. Aber das Marzipan ist nun einmal weltweit bekannter als die Stadt selbst. Andere meinen, ›Lübeck‹ gehe aus der Bezeichnung ›lütte Bäke‹, also ›kleiner Bach‹, hervor. Auch das stimmt nicht, obwohl die Trave, die Lübeck früher von fast allen Seiten umspülte, kein wirklich großer Fluss ist. Das dem Namen zugrunde liegende Wort ›Liubice‹ kommt vielmehr aus dem Slawischen und bedeutet – je nach Auslegung – ›Siedlung der L'ub‹ oder ›die Liebliche‹.

Eine kleine Gruppe von Lehrern des Katharineums, der altsprachlichen Oberschule, von der in meiner Geschichte noch die Rede sein wird, findet ihre Stadt nicht besonders lieblich. Vor Kurzem, während einer ihrer Stammtischrunden in der benachbarten Kneipe ›Buthmanns‹, beschloss sie, Lübeck in Anlehnung an das griechische Wort ›chronos‹, die Zeit, umzutaufen in ›Chronaborg‹: Hort der Zeit – Stadt, in der die Zeit stehen geblieben ist.

Ausgangspunkt ihrer Überlegung war die Tatsache, dass die berühmte große Astronomische Uhr, die die Marienkirche am Marktplatz ziert, nicht zwischen Sommer- und Winterzeit unterscheiden kann. Aber das diente ihnen nur als Vorwand. In Wahrheit hatten sie es satt, sich ständig über eine Kulturpolitik aufzuregen, der es ihrer Meinung nach völlig an Aufgeschlossenheit gegenüber dem zeitgemäßen Wandel fehlte. Für sie handelte der Senat der Stadt nach dem Prinzip: Meide alles, was neu und was fremd ist.

Ein entsprechender Antrag in der Bürgerschaft sorgte für heftige Aufregung. Dazu muss man wissen, dass die alteingesessenen Hanseaten in jeder Beziehung äußerst konservativ mit ihrer Zeit umgehen. Und daher verwundert es nicht, dass der Antrag der Studienräte nach längerer heftiger Debatte abgelehnt wurde.

In ihrer Blütezeit war die Stadt von einem riesigen Ringwall umgeben, der zum Schutze vor Eindringlingen außerdem noch mit einem raffinierten Wassergrabensystem verbunden wurde. Inzwischen hat der Wall seine militärische Funktion eingebüßt und wurde größtenteils geschliffen, um friedlichen Parkanlagen und heiß umkämpften Parkplätzen zu weichen. Die Stadtväter meinten auf diese Weise, ›mit der Zeit zu gehen‹.

Viele Touristen besuchen die Stadt eigentlich nur wegen des weithin bekannten Marzipans oder um die Wirkungsstätten einiger berühmter Dichter zu bewundern. Dabei wurde das Marzipan hier gar nicht erfunden, und mit den Dichtern stand die Stadt zu deren Lebzeiten nicht immer auf bestem Fuß. Nun, in Lübeck schmückt man sich gelegentlich gern mit fremden Federn. Dabei ist die Altstadt als solche schon einen Besuch wert – auch wenn der Neuzeitmensch in seinem Zerstörungswahn mit Kriegsbomben so manche Lücke in das historische Erbe riss.

Aber das Lückenreißen kann er auch ganz gut in Friedenszeiten. Fast alle alten Stadttore fielen den angeblichen Bedürfnissen des modernen Verkehrslebens zum Opfer. Nur einem Zufall ist es zu verdanken, dass das Holstentor, heute eindrucksvolles Wahrzeichen der Stadt, nicht mit eingerissen wurde.

Das alles wäre nicht notwendig gewesen. Heute ist der Verkehr längst wieder aus der Innenstadt verbannt, um einer bis in die Nacht shoppenden Menschenmenge Platz zu machen. Die Stadtplaner setzen auf Fußgängerzonen – globalisierte Flaniermeilen, die sich mit ihren Modeboutiquen, Fast-Food-Ketten und Medienmärkten in nichts von den Hauptstraßen anderer gesichtsloser Großstädte unterscheiden.

Wo beispielsweise früher ein traditionsreiches Musikalienhaus das kulturelle Leben der Stadt befruchtete, haust jetzt ein Billigmodeladen, aus dem monoton hämmernde Popmusik dröhnt. Wohl in der Absicht, unter den Kunden gleich von vornherein die Spreu vom Weizen zu trennen. Lübeck kann eben international mithalten.

Sie sind also herzlich in unserer Stadt willkommen. Wenn Sie von der Westseite anreisen, werden Ihnen die prachtvollen Barockfassaden mit den schwungvoll gestalteten Giebelvoluten auffallen. Durch die mit verzweigten Ornamenten geschmückten Haustüren schritten einst die vornehmen Kaufleute, durch deren Handel die Stadt aufblühte.

Einige der schönsten dieser Häuser dienen heute als Kitsch-Andenkenläden und der touristischen Gastronomie. Italienisch, griechisch, türkisch – nicht gerade hanseatisch. Wie gesagt, ganz international.

Kommen Sie jedoch von der Ostseite, bietet sich Ihnen ein anderes Bild. Zunächst passieren Sie enge, kopfsteingepflasterte Gassen, in denen es gelegentlich nach feuchter Wäsche und Kohleintopf riecht und in denen Kinder unbesorgt Fußball kicken, ohne sich um die fahlen Scheiben der butzigen Kleinkrämerläden oder die Häuflein von Hundekot, die ab und an den Rinnstein säumen, zu kümmern.

Wechseln Sie in einem solchen Fall besser die Straßenseite. Von dort aus können Sie die gotischen Backsteintreppengiebel mit den fensterlosen Blenden bewundern, die sich die Handwerker und Krämer teuer ausbauen ließen. Dadurch erschien ihr Haus größer und wichtiger. Hinter der leeren Fassade versteckt sich allenfalls ein steiles, unbewohnbares Dachgeschoss. Auch in diesen Vierteln lebt man seit jeher nach dem Motto: ›Der äußere Schein ist alles‹.

Auf der Spitze des kleinen Hügels, den die Altstadt von Natur aus bildet, steht das ehrwürdige Rathaus mit dem berühmten Ratsweinkeller, in dem schon viel Geschichte und so manche Geschichten geschrieben wurden. Unübersehbar riesige Wappen an der Fassade zeugen von der seefahrerischen Tradition der Stadt. Auch die mittelalterlichen Ratsherren liebten den Schein: Zum Markt hin ließen sie eine hochragende Wand bauen, um die markttreibenden

Bürger mit ihrem Reichtum und ihrer Macht zu beeindrucken. Damit die Scheinfassade schweren Stürmen trotzen konnte, wurden Windlöcher in den gotischen Backsteinbau eingefügt.

Eine, in niederländischer Renaissance gehaltene Prachttreppe, führt auf die Hauptstraße, als wolle Lübeck beweisen, es sei weltoffen und wohlhabend. Aber auch dieser Schein trügt in beiderlei Hinsicht. Vielleicht war das früher einmal so. Heute kommen die Ratsherren nur noch selten vor die Tore ihrer Stadt. Das brauchen sie auch nicht, denn die wichtigen Probleme werden gern im Ratsweinkeller bei einem Krug selbst gebrautem Braunbier gelöst.

Und von Wohlhabenheit kann man heute nicht mehr sprechen. Lübeck ist eine der am meisten verschuldeten Städte im Land. Da helfen auch nicht die reichlich fließenden Einnahmen durch die Touristen. – Wo wohl das viele Geld bleibt?

Gegenüber dem Rathaus steht die Marienkirche. Sie ist nicht nur das geistliche Zentrum der Stadt, sondern auch das kulturelle. In Trost spendender Regelmäßigkeit wird hier zu Ostern die Matthäuspassion, am Totensonntag die h-Moll-Messe und zur Weihnachtszeit passend das gleichnamige Oratorium aufgeführt. Und am Abend des Jahreswechsels strömt ganz Lübeck in die Kirche, um sich den Messias anzuhören. Viele Zuhörer singen selbst mit.

Nur ein paar kulturell interessierte Bürger beklagen, dass sich das Musikleben der Stadt wenig weiterentwickelt. Neuere Klänge hört man lediglich aus den engen Fenstern der Übungsräume der nahe gelegenen Musikhochschule herausschallen.

Bevor wir diese erreichen, machen wir noch einen kleinen Abstecher zum Stadttheater und zur Oberschule. Das Theater ist in einem ehemaligen Handelsherrenpalast untergebracht. Es diente zunächst mehr oder weniger als Tummelplatz für durchreisende Theatergruppen. Als aber im Jahre 1794 die ›Zauberflöte‹ auf den Spielplan gesetzt wurde, waren auch die vornehmeren Bürger von Lübeck gewonnen – auch wenn sie nur wenig von dem verwirrenden Märchen verstanden. Spötter behaupten, die ›Zauberflöte‹ erklinge dort noch heute 365 Mal im Jahr.

Gleich in der Nähe befindet sich ein Theater anderer Art: die Oberschule. Ein achtlos Vorübergehender wird in den alten Gemäuern zunächst ein Kloster vermuten. Was auch gar nicht so abwegig ist, da das Gebäude vor der Säkularisation im 16. Jahrhundert schweigenden Mönchen als Katharinenkloster der inneren Einkehr diente.

Zwar sind die alten Sprachen, die Naturwissenschaften und die Musik Schwerpunkte des Instituts, wichtiger für unsere Geschichte sind jedoch die hartnäckigen Gerüchte, nach denen geheime unterirdische Gänge, von den ehemaligen Klostergemäuern aus, sowohl westwärts zum Stadttheater als auch südwärts zu den Bürgerhäusern rund um die Musikhochschule bis hin zu den Kanälen am Stadtwall führen sollen. – Aber das basiert wahrscheinlich nur auf den üblichen Schülerfantastereien.

Doch schreiten wir weiter. Der nächste Tempel der schönsten Muse der Stadt, die Musikhochschule, liegt, der allgemeinen Hierarchie folgend, weiter südlicher, etwas mehr den Hang hinab. Für einen Fremden ist er leicht zu übersehen, vermittelt er auf den ersten Blick nicht unbedingt den Eindruck einer akademischen Einrichtung.

Im Gegenteil. Die Musikhochschule besteht aus einer Anhäufung von alten Bürgerhäusern, die sich um ein paar enge Gassen gruppieren. Da das Gelände in Richtung Stadtgraben abfällt, scheint es, als müssten sich die rötlichen Backsteinhäuser gegenseitig stützen, wie es die Rentnerehepaare tun, wenn sie einander untergehakt gemächlich durch die Wallanlagen spazieren.

Beim Ausbau des Konzertsaals der Hochschule fand ein Baggerführer einen mittelalterlichen Geldschatz mit Münzen aus den Jahren um 1533. Jemand hatte ihn aus mysteriösen Gründen unter den Fußbodendielen eines Altstadthauses vergraben. Den Gegenwert schätzte man auf den eines ausgewachsenen Privathauses. Kein schlechter Fund also. Der Bauarbeiter erhielt einen sechsstelligen Finderlohn, der Schatz wurde später dem Land zugeschrieben. Man munkelt, dass irgendwo dort ein weiterer Goldschatz in einer Holzkiste zu entdecken sei.

Nicht weit vom Haupteingang der Musikhochschule befindet sich ein Marionettenmuseum. Skurrile Puppen, Ritterrüstungen und Holzmarionetten werben im Eingang und im Schaufenster des hübschen und gepflegten Altstadthauses um Besucher. Eine wirklich sehenswerte Sammlung.

Unter den Lübeckern gibt es allerdings zu wenig Träumer, als dass das kleine Museum ein Publikumsmagnet wäre. Manchmal kommen ein paar Kinder, die versuchen, sich an dem hohen Fenstersims heraufzuziehen, um einen Blick in die geheimnisvolle Welt der mechanischen Fabelwesen werfen zu können. Für einen echten Hanseaten ist das Museum zu kindisch. Der weiß seine Zeit besser zu nutzen, als Spielzeug anzuschauen.

Nur ein paar Touristen, die von dem Zeitgefühl der Lübecker nichts ahnen, lassen sich gelegentlich von den technischen Wunderwerken anlocken. Gern bestaunen sie die mechanische Präzisionsarbeit und manche von ihnen, die es mit der elterlichen Pädagogik ein wenig übertreiben, rauben anschließend ihren Töchtern und Söhnen jegliche Fantasie, indem sie ihnen jedes Rädchen, jedes Gelenk, jeden Hebel und jedes Gewinde physikalisch genauestens erklären.

*

Auf der Rückseite dieses Hauses, in der Parallelstraße, stoßen Sie auf die merkwürdigste Erscheinung im Stadtbild von Lübeck. An der hinteren Brandmauer des Marionettenmuseums klebt eine bizarre, bis auf einige Mauerreste ausgebrannte Ruine, die eine Tragödie erahnen lässt. Zwischen den verrotteten Ziegeln und verkohlten Holzbalken versteckt sich ein Gewirr unbestimmbarer Zahnräder, Stahlfedern, Eisengerüste, Kabel und Metallbehälter. Trotzdem deuten die Trümmerreste darauf hin, dass hier einmal ein hochherrschaftliches Haus gestanden haben muss. Am verfallenen ehemaligen Eingangsportal erkennt man unter einer festen Ruß- und Dreckschicht noch ein paar Schriftzüge: ›Adrian Ampoinimera, Goldschmied und Uhrmacher‹.

Eigentlich passt die Ruine überhaupt nicht in das Stadtbild. Doch eigenartigerweise ist dieser Schandfleck bis heute nicht beseitigt worden. Die offiziellen Stadtführer schweigen dazu. Es wird Ihnen schwerfallen, Näheres über die Ruine und die Brandursache zu erfahren. Weder das Internet noch Ihr Navigationsgerät geben Auskunft.

Eine menschliche Tragödie, ein bedauernswerter Unfall, ein abstoßendes Kriminaldelikt? Oder lastet ein alter Fluch auf dem Gelände? Die Bewohner meiden den Ort. Die Leute haben eine alte Sage nicht vergessen. Ich möchte sie Ihnen nicht vorenthalten, bevor ich zu meiner eigentlichen Erzählung komme, der Geschichte dieser Ruine.

Und da Sie, lieber Leser, sicherlich wissen, dass Raum und Zeit nie getrennt voneinander existieren können, ist es auch eine Geschichte über die Zeit, eine Geschichte über Vergangenes und über Vergängliches. Die Vergangenheit ist physikalisch gesehen nichts als der negative Teil der Zeitachse. Die Vergänglichkeit jedoch, das ist der Schatten, den die Zeit schon heute auf unsere Lebenswelt wirft.

*

Im Jahr 1493 starb auf dem Anwesen, auf dem jetzt die Brandruine steht, ein reicher und vornehmer Kaufmann, der wegen seines Geizes und seiner gotteslästerlichen Ansichten gefürchtet war. Er hatte sein Leben damit verbracht, religiösen Silberschmuck, vergoldete Reliquien, heilige Amulette und wertvolle Perlenketten aus aller Welt zu sammeln. Da er seinen Schatz liebte und niemand ihn erben sollte, verfügte er, dass alles zusammen mit ihm begraben wird. Erst nach 50 Jahren durfte das Grab geöffnet werden, und der Reichtum sollte dem Katharinenkloster gestiftet werden.

Seine letzten Worte waren: »Hole euch alle der Teufel!«

Als die Frist vergangen war, konnten es die Mönche kaum abwarten und öffneten den Sarg. Und siehe da: Der Schatz war verschwunden, der Leichnam lag jedoch frisch und unverwest darin, als ob die Reliquien seinen Körper am Leben gehalten hätten.

Die Mönche, um ihren Gewinn gebracht, beschlossen, den Toten öffentlich auszustellen und gegen einen nicht unbeträchtlichen Obolus besichtigen zu lassen. Wer das Rätsel der Unvergänglichkeit löse, dem wollten sie täglich eine kostenfreie Messe lesen.

Eines Tages kam ein Fremder, stieg in dem besagten Haus ab, das inzwischen eine Gastwirtschaft beherbergte, und wollte das Wunder sehen. Der Klostervorsteher beauftragte die Hausmagd, den Leichnam aus dem Keller des Klosters zu holen und ihn auf den Schanktisch zu legen.

Die gute Frau zierte sich sehr und ging erst, als der Fremde ihr einen Beutel Dukaten anbot. Sie holte den unverwesten Körper und legte ihn wie befohlen auf den Tisch.

»Da lieg in Gott!«

Kaum hatte sie das ausgesprochen, erhob sich der Tote und sprach: »Ich danke dir. Jetzt bitte den lieben Gott auch noch, dass ich verwesen möge!«

Zweimal bat er die Magd. Jedes Mal antwortete eine ferne Stimme, die vom Dachboden herzukommen schien: »Nein, Gotteslästerer, nein!«

Erst beim dritten Mal erschütterte ein lautes Krachen das Haus und man hörte die geheimnisvolle Stimme rufen: »Wohlan, um der guten Magd willen sei er verwest.«

Ein scharfer Windstoß durchfuhr die Schenke. Dann war der Leichnam verschwunden.

Als die Mönche am nächsten Tag die Gruft aufräumen

wollten, fanden sie die Körperreste des Leichnams darin. Er war über Nacht zu Staub und Asche geworden.

Die Ordensbrüder betteten ihn zur letzten Ruhe und ließen sich von dem Fremden einen gehörigen Batzen auszahlen.

Die Magd lebte von ihren Dukaten glücklich bis an das Ende ihrer Tage und bekam dazu noch jeden Tag eine Messe für ihr Seelenheil gelesen.

Der heilige Schatz – im Volksmund zu Unrecht ›Wikingerschatz‹ genannt – jedoch blieb für immer verschwunden.

KAPITEL 1: DER KÜSTER

»Lass die Finger davon!«

Der Küster, den kaum einer wirklich kannte, hatte heute noch schlechtere Laune als üblich. Das kleine Mädchen mit den auffällig neugierigen Mandelaugen, das die überdimensionale Astronomische Uhr in der Marienkirche einmal von ganz nahe anschauen wollte, wich erschrocken zurück. Seine Eltern blickten den Mann verständnislos an. Schließlich war doch Tag der offenen Tür.

»Nun übertreiben Sie mal nicht! Die Kleine wollte doch nur …«

»Das kennen wir: Alle wollen doch nur mal … Und ich hab dann das Nachsehen. Mache ohnehin Überstunden, und dann muss ich am Ende auch noch alles wieder hinbiegen, was die Gören kaputt gemacht haben.«

Die Eltern hatten keine Lust, sich mit dem schrulligen Alten zu streiten, nahmen das Mädchen an die Hand und verschwanden wortlos. Der Küster brummelte noch eine Weile halblaut vor sich hin, trat dann aus dem Halbschatten heraus und blickte missmutig um sich.

Endlich begann sich der Besucherstrom zu lichten. Der Aushilfsorganist, der oben auf der Totentanzorgel gelangweilt zum x-ten Male die d-Moll Toccata abspulte, hörte mitten im Stück einfach auf und klappte geräuschvoll den Orgeltisch zu. Für eine geistreiche Kadenz fehlte ihm heute der Sinn. Und ausgerechnet der verminderte Septakkord hallte in dem riesigen Kirchenschiff minutenlang wie eine Feuerwehrsirene nach. Das allgemeine Gemurmel und Getrampel ebbte langsam ab. Irgendwo klingelte ein Handy. In der hohen Kirchenhalle hörte sich die billige Plastikmelodie an wie das Donnern der Trompeten von Jericho.

»Kein Respekt mehr heutzutage!«, schnaufte der Küster wütend. Eine junge Frau, die zufällig vorbeikam, bezog den Tadel auf sich, errötete und knöpfte, sich ihrer mangelnden Demut schämend, flink die durchaus gewagte Bluse bis zum obersten Knopf zu. Schnell machte sie eine knappe Verbeugung in Richtung Mutter Maria und bekreuzigte sich eilfertig. Damit wollte sie sichergehen, dass ihr die Absolution auch für ihre zukünftigen Sünden erteilt würde.

Nachdem auch diese lästige Besucherin verschwunden war, nahm sich der Küster Zeit, die Astronomische Uhr in Ruhe zu mustern. Es handelte sich nicht um eine herkömmliche Uhr, wie beispielsweise seine billige Taschenuhr, die nur die momentane Zeit wiedergab. Die in dem schlichten Holzrahmen untergebrachten Kalenderscheiben informierten den Betrachter über Gegenwart und Vergangenheit und reichten sogar weit in die Zukunft hinein. Sie zeigten Tag, Monat, Sonnen- und Mondstand, die Tierkreiszeichen, das Osterdatum und die Goldene Zahl an.

Von jeher bewegten sich zu jeder vollen Stunde Figuren zum Glockenspiel. Ursprünglich stand Jesus in der Mitte, umrahmt von den zwölf Aposteln. Aus zwei seitlichen Türen erschienen Rotröcke, die mit einer Fiedel aufspielten. Die Apostel fingen daraufhin an zu tanzen, ohne dem Herrn die nötige Reverenz zu erweisen.

Einer Sage nach soll eines Tages der Blitz in die Kirche eingeschlagen sein, weil der Fiedeltanz angeblich ein ›heidnisch Wesen‹ sei. Man ersetzte die zwölf Heiligen durch die sieben Kurfürsten und einen Schatzmeister, die sich allesamt vor dem Herrn verbeugten, außer dem Letzteren, der nur seinen Mammon verehrte. Statt der Fiedler erschienen Engel mit Posaunen. Nach einem erneuten Umbau grüßen nun Nachbildungen von Menschen unterschiedlicher christlicher Völker die Besucher der Lübecker Hauptkirche.

Der Küster liebte das feinmechanische Wunderwerk, denn das sogenannte Planetarium ermöglichte ihm, der den überwiegenden Teil seines Lebens im Schatten dunkler Kirchenmauern verlebte, einen Blick in die Weite der Zeit zu werfen. Die Nachahmung des Laufes der Gestirne ließ ihn beim Betrachten für ein paar Augenblicke alles Irdische vergessen. Das unüberhörbare Ticken des überdimensionalen und komplizierten Räderwerks mahnte ihn, dass alle Menschen, also auch ein Küster, den kaum einer wirklich kannte, unter dem göttlichen Gesetz der Zeit lebten.

Nicht durch Zufall wurde die Astronomische Uhr neben den Totentanzfenstern aufgestellt. Ein Lübecker Bischof behauptete einmal: »Zeit und Tod gehören zusammen.« Auf dem Holzrahmen an der Seite waren ungelenke Kritzeleien eingraviert: »Ny fotoana dia fifanakalozan'ny fiainana sy fahafatesana«.

Immer wieder ärgerte sich der Küster, wenn er diese Hieroglyphen sah. Sie verunsicherten ihn, weil er sie nicht verstand. Ihm waren Computer, Internet und all dieser seiner Ansicht nach neumodische Kram völlig unbekannt, sonst hätte er durch Googeln des Rätsels Lösung gefunden, wenn auch mit einiger Mühe. Wie dem Küster ging es ebenso dem Kirchenvorstand, der einfach das tat, was viele Mächtige in einem solchen Falle machen: Ignorieren und zum alltäglichen Einerlei zurückkehren.

In den Anblick der Uhr vertieft, bemerkte der Alte nicht, wie sich eine Gestalt an ihm vorbei schob und hinter einer kaum sichtbaren Tür neben der Uhr verschwand. Hätte der Küster heute nicht wegen der elenden Überstunden anlässlich des Tags der offenen Tür eine so betäubend schlechte Laune gehabt, wäre ihm aufgefallen, dass die Gestalt schon längere Zeit bewegungslos in der Nische einer benachbarten Kapelle gestanden hatte.

Halblaut über die Schlechtigkeit der Welt brabbelnd, fischte der Alte seinen schweren Schlüsselbund aus der Hose, suchte zielsicher den richtigen Schlüssel heraus und öffnete umständlich die unscheinbare Tür, durch die kurz vorher die geisterhafte Gestalt mühelos verschwunden war. Normalerweise quietschten alte Kirchentüren. Diese jedoch hatte man genauso gut geölt wie den gesamten Mechanismus der Astronomischen Uhr.

In den kleinen Raum, der der Wartung der Uhr diente, drang nur spärliches Licht. Das Geräusch langsam mahlender Zahnräder und schwer tickender Pendel durchströmte das Kabinett. Sicherlich war es nicht ungefährlich, sich hier ohne Taschenlampe und ohne Kenntnis des Mechanismus zu bewegen.

Dem Küster machte das alles nichts aus. Schließlich kannte er den engen Raum. Jede kleine mechanische Bewegung war ihm vertraut. Er liebte den schwerfälligen Rhythmus der Zeit, der den Rhythmus der Unendlichkeit widerspiegelte.

Wäre er etwas gebildeter gewesen, wäre ihm sicherlich aufgefallen, wie merkwürdig es ist, dass selbst die Unendlichkeit des Himmels nicht ohne den Puls der Zeit auskommt.

»Hast du jetzt endlich alles zusammen?«

Die kalte, monotone Stimme passte gut in diese Atmosphäre der Zeitlosigkeit. Sie entstammte der Gestalt von vorhin. Obwohl sie sich im Dunkeln der Pendelachsen aufhielt, waren ihre Augen doch klar zu erkennen.

Dem Küster fröstelte. Die schlechte Laune wich einem tiefen Angstgefühl, Alarmglocken klingelten in seinem Kopf. Draußen schlug die Turmuhr sechs. Er warf der Gestalt ein Bündel Papier zu, das er die ganze Zeit sorgfältig unter seinem Arbeitskittel verwahrt hatte.

»Jetzt sind die Unterlagen fast vollständig. Mir fehlen nur noch ein paar Recherchen. Ich hab mein Bestes gegeben, aber an die alten Dokumente aus dem Kirchenarchiv kommt man ohne Genehmigung nur sehr schwer heran …«

»Jammer nicht! Morgen um diese Zeit will Er alles haben! Mach deine Arbeit ordentlich, sonst wird Er wirklich von dir dein Bestes verlangen, nämlich dein Leben!«

Ein makaberes, blechern schepperndes Lachen erfüllte die kleine Wartungsbude. Die Gestalt verschwand so schnell zwischen den Gestängen der Astronomischen Uhr, dass dem Küster keine Zeit für Ausreden blieb. Wieder hörte man nur das gleichmäßige Ticken, Surren und Rumpeln des alten Mechanismus. – Plötzlich wusste der Küster, was er zu tun hatte.

Wie es seine Art war, brabbelte er, wenn er intensiv grübelte, laut vor sich hin. Die vielen Nachforschungen, die er aufgrund der gezielten Befehle des Unbekannten im Archiv anstellen musste, ließen nur einen Schluss zu. Man müsste, um sicherzugehen, aber noch einmal den Blick von da ganz oben wagen, dachte er sich. Wenn das stimmte, was er vermutete, konnte er, wenn er sein Wissen geschickt an den Mann brächte, durch Erpressung bald ein Vermögen besitzen.

Er begab sich eiligen Schrittes in die entgegengesetzte Ecke der Kirche, öffnete eine versteckte Tür und stieg ächzend und langsam die vielen Stufen zum Deckengewölbe hinauf. Weil das für ihn mühselig war, merkte er nicht, dass ihm jemand folgte. Sein unseliges Selbstgespräch unterbrach er trotz der Anstrengungen nicht, denn schließlich musste er jetzt sehr genau nachdenken.

Die schmale Stiege führte ihn an staubigen Mauernischen und verborgenen Seitenräumen vorbei, in denen sich manches Gerümpel aus alten Zeiten angesammelt hatte. Es schien, als läge hier Schutt von Generationen bereit, um im Schoße der Kirchenmauern die Ewigkeit zu erleben.

In einem kleinen Erker ruhte ein verstaubter Engel mit einem abgebrochenen Flügel neben einem Haufen niedergebrannter, verrußter Kerzenstummel. Ein zerbeulter Kronleuchter verhüllte sich mit einem dichten Netz von Spinnweben. Irgendwo fristete ein Stapel abgegriffener und teilweise zerfetzter Gesangsbücher ein trostloses Dasein. Weiter oben flatterten aufgescheuchte Vögel durch kleine Mauerritzen davon.

Endlich kam er auf die Ebene, die sich direkt über dem Kreuzgewölbe befand. Sie bestand aus einem wackligen und staubig-rutschigen Holzgerüst. Das Anbringen von Geländern hatte man sich aus Kostengründen erspart. Von hier aus blickte man auf die schmalen Rippen und die gebusteten Kappen, die nur einen halben Stein dick waren, und die sich über den Kreuzrippen wölbten.

Hin und wieder war das Ganze durch Balken und starke, eiserne Anker mit den Außenmauern verbunden. Deutlich konnte man auch hier oben den sorgfältig ausgemeißelten Schlussstein im Zentrum eines Gewölbes erkennen, der alles wie von Zauberhand zusammenhielt.

Der Küster hatte für die Architektur keinen Sinn. Er ging zielstrebig auf eine Mauernische zu, die einen fantastischen Blick auf den Teil der Stadt ermöglichte, der von der Oberschule und den Backsteinhäusern im Umkreis der Musikhochschule dominiert wurde.

Draußen dämmerte es. Ein leichter roter Schleier lag über dem Horizont. Das war gewöhnlich ein Vorbote von schlechtem, stürmischem Wetter. Das Treiben unten in den Straßen drang nur dünn an sein Ohr.

Lange Zeit stand er unbeweglich da und brummte vor sich hin. Plötzlich schoss aus einem der Fenster ein schwacher Lichtstrahl herauf, so, als würde es von dem Glas eines Fernrohrs herrühren.

*

Wochen später fand man seine Leiche in einer Ecke des Dachs. Er musste sich beim Sturz von dem schmalen Wegbalken oberhalb des Kirchengewölbes das Genick gebrochen haben. Seine billige Taschenuhr war zerbrochen und bei 18:16 stehen geblieben.

Im Kirchenvorstand atmete man erleichtert auf, als der

Statiker versicherte, dass das alte Kirchengemäuer durch die Wucht des Aufpralls keinen Schaden genommen habe.

In der Tasche des Toten fand Kriminalinspektor Kroll einen Zettel, auf dem ein merkwürdiges Wort stand: ›maty‹.

Kroll konnte sich das nicht erklären. Während er darüber nachgrübelte, band er sich umständlich einen Schnürsenkel zu, der sich beim Treppensteigen geöffnet hatte. Dann strich er sich mit dem Nagel seines linken Daumens über die Stirn. Das machte er immer, wenn er scharf nachdachte. Er hatte die Bewegung im Fernsehen gesehen, bei Inspektor Columbo, den er wegen seines Scharfsinns verehrte.

Bedächtig holte er eine Pinzette aus der Manteltasche hervor, klammerte das Papier mit deren Spitze fest und steckte es in einen Plastikbeutel. Den überreichte er einem Kollegen von der Spurensicherung: »Fingerabdrücke, Schrift, Papier. – Sie wissen schon. Den Bericht möchte ich morgen auf dem Schreibtisch haben.« Dann ordnete er an, dass die Leiche fortgeschafft wird, und entließ seine Mitarbeiter in den wohlverdienten Feierabend.

Ruhe kehrte wieder ein im Gottesgewölbe. Der Inspektor setzte sich auf einen staubigen, von Vogelschiet beschmutzten Mauervorsprung. Er achtete nicht darauf, so sehr war er in seine Gedanken vertieft. Ein merkwürdiger Fall, war seine Meinung. Weder Fisch noch Fleisch. – War es ein Unglück oder war es Mord?

Kroll drehte sich gemächlich eine Zigarette, kramte sein Feuerzeug hervor, von dem er wusste, dass es sowieso nicht funktionierte, und steckte die Zigarette nach mehreren Fehlzündungen einfach kalt in den Mund. Wenigstens spürte er den Tabak auf der Zunge.

Der Kriminalinspektor war in die Jahre gekommen. Das einst rebellische Haupthaar hatte einer Halbglatze weichen müssen. Seine Mitarbeiter hielten sie für sein Erkennungszeichen und nannten ihren Chef hinter vorgehaltener Hand die ›Verbrecherkrolle‹, wobei Krolle ein norddeutscher Ausdruck für Locke ist.

Keine Locke – kein Verbrecher ... Sollte das eine fiese Anspielung auf die Tatsache sein, dass es dem Inspektor bisher leider nicht jedes Mal gelungen war, einen Übeltäter zu überführen?

Kroll war im Grunde genommen eher ein Romantiker als ein Mann der Tat. Und so hatten seine hinter buschigen Brauen verdeckten, tief liegenden Augen mehr den weichen Glanz eines Träumers als den harten Strahl eines Superagenten. Er versuchte, das Verbrechen mit dem Herzen, weniger mit dem Hirn aufzuklären. Das machte ihn für Außenstehende sympathisch.

Sein Gesicht sah aus, als sei es zu oft im Schleudergang gewaschen worden. Den Ansatz zum Doppelkinn konnte er auch nicht mehr durch den ungebügelten dunkelblauen Wollschal verdecken. Durch seinen Zweifingerbart erinnerte er entfernt an Charlie Chaplin. Dazu passten allerdings nicht die gut gefütterten Wangen, die, ebenso wie die auffälligen Augensäcke, den Gesetzen der Gravitation folgend nach unten strebten.

Himmelaufwärts führten dagegen die buschigen Augenbrauen, unter denen die kleinen, aber intensiv leuchtenden Augen lagen. Sein Blick war das Jugendlichste an ihm. Wenn er mit jemandem sprach, funkelten die Pupillen, als wäre er ein Maler, der in seinem Modell ein Motiv für ein Meisterwerk suchte. Er neigte dazu, beim Sprechen schnell hintereinander zu blinzeln. Gewöhnlich heftete er seinen Blick so lange auf seinen Gesprächspartner, bis dieser verlegen zur Seite schaute. Manche hatten den Eindruck, der Inspektor könne bis tief in die Seele seines Gegenübers sehen.

Sein Outfit spottete jeder Beschreibung. Der nunmehr auch noch mit Vogelschiet verunstaltete und verknitterte graue Mantel verhüllte sein Standardkostüm. Obwohl er ›in die Jahre gekommen war‹, trug er immer noch die Kleidung seiner Studentenzeit: ein Sweatshirt mit dem Aufdruck ›I have a dream‹, Bluejeans mit abgewetzten Knien und ungeputzte Turnschuhe.

Auch hier schien das Vorbild Columbo durch. Kroll liebte es, von seinen Gegnern unterschätzt zu werden. Das gab ihm die Möglichkeit, im entscheidenden Augenblick um so nachhaltiger aufzutrumpfen.

Kroll genoss seine kalte Zigarette, versuchte, die Atmosphäre des mutmaßlichen Tatortes in sich aufzunehmen und kam zu einem Entschluss.

»Ein Küster müsste doch eigentlich auf diesem gefährlichen Dachboden jeden Schritt kennen. So leicht stürzt man nicht in die Tiefe. – Und allein die Tatsache, dass der Tote einen merkwürdigen Zettel in der Tasche hatte, sollte fürs Erste ausreichen, um den Fall weiter zu verfolgen. – Vorläufige Arbeitshypothese: Mord.«

Missmutig stieg der Inspektor hinunter in das Kirchenschiff, bekreuzigte sich flüchtig vor der Mutter Maria und stiefelte die wenigen Schritte rüber zum Kanzleigebäude, wo sich vorübergehend sein Dienstzimmer befand. Eigentlich residierte die Regionale Kriminalbehörde in einem scheußlichen Behördenhochhaus außerhalb der Innenstadt. Wegen dringender Renovierungsarbeiten mussten Kroll und sein Team in das historische Nebengebäude des Rathauses umziehen, in dem bereits zu früheren Zeiten die Polizei ihren Sitz hatte.

Der Inspektor liebte das spätgotische Backsteinhaus mit seinem alten Gerichtssaal und dem kleinen, ehemaligen Gefängnis, dem ›Bullenstall‹. Es bildete zusammen mit dem Rathaus und der Marienkirche einen eingeschworenen Dreierbund von Recht, Rat und Religion. Wie ein steinerner Sarg thronte es auf mächtigen Arkaden, als musste es vor dem Treiben des niedrigen Straßenvolkes geschützt werden.

Und das konnte man wörtlich nehmen. Als die Polizei dort gegen Ende des 19. Jahrhunderts ihren ständigen Sitz hatte, nannten die Lübecker das Kanzleigebäude scherzhaft den ›größten Automaten der Stadt‹: Hin und wieder kam es vor, dass Jugendliche mit Steinen oben die Fensterscheiben einwarfen und unten sofort ein Polizist herauskam.

Durch die drei Fenster im nördlichen Renaissancegiebel hatte man einen herrlichen Ausblick auf den nördlichen Teil der Hauptgeschäftsstraße. Wenn ›Verbrecherkrolle‹ seinen Kopf aus dem mittleren Fenster lehnte, bildete seine Glatze für die Passanten einen reizvollen Kontrast zu der über ihm im Mauerwerk eingelassenen riesigen Uhr, die so aussah, als hätte sie früher ihren Dienst im städtischen Bahnhof versehen.

Der Inspektor warf Hut und Mantel auf den Schreibtisch, öffnete das Fenster und schaute geistesabwesend dem Treiben unten auf der Straße zu. Er fühlte sich unwohl bei dem Gedanken, dass der Tod den Küster nur wenige Meter Luftlinie von seinem Dienstzimmer entfernt ereilt hatte. Gewissermaßen auf dem Nachbardach, ohne dass er an seinem Schreibtisch sitzend etwas bemerkt hatte.

Wieder strich er sich mit dem linken Daumen über die Stirn. Ihm kam eine Idee. Er rief seine beiden Mitarbeiter zu sich. Hopfinger, sein Adjutant, war ein junger, karrierebewusster Aufstreber, der sich zum Ziel gesetzt hatte, seinen Chef über kurz oder lang zu ersetzen. Er meinte, dann würde endlich ein Hirn und nicht mehr ein weiches Herz die Regionale Kriminalbehörde zu ungeahnten Erfolgen führen.

In puncto Hirn überschätzte er sich maßlos. Er wusste sich modisch zu kleiden, verkehrte – selbstverständlich aus rein beruflichem Interesse – in der Lübecker Haschischszene und erspielte sich im ersten Golfclub der Stadt immerhin ein Handicap von – 53. Außerdem pflegte er aus den gleichen beruflichen Interessen seine verwandtschaftlichen Beziehungen zum Bürgermeister.

Frau Grell, die Sekretärin, liebte Fernsehkrimis. Von daher meinte sie, Erfahrung in das Team einbringen zu können. Herz, Hirn und Erfahrung, das wären doch die Säulen einer erfolgreichen Verbrecherbekämpfung. Erfahrung war überhaupt ihre Stärke. Nach jedem Kriminalfall wechselte sie ihren Liebhaber. Oft zählten die Mitarbeiter im Ordnungsamt und in der Polizeiinspektion zu ihren Opfern. Das trug zur kollegialen Belebung in der Behörde bei. Kroll hatte von all dem natürlich keine Ahnung.

»Hopfinger, Sie klemmen sich mal hinter das Privatleben des Toten. Ich will alles wissen über den Mann. Und dann recherchieren Sie im Internet über dieses seltsame Wort auf dem Zettel. – Frau Grell, Sie möchte ich bitten, eine Pressemitteilung mit dem Aufruf um Mithilfe der Bevölkerung zu lancieren. – Ich kümmere mich um die Vernehmung der möglichen Tatzeugen.«

Der Laborbericht über den merkwürdigen Zettel lag am nächsten Tag pünktlich auf seinem Schreibtisch. Er klang kärglich. Das Wort war ganz offensichtlich von einem handelsüblichen portablen Etikettendrucker ausgedruckt worden. Gängige Papiersorte. Alles konventionelle Massenware. Keine Fingerabdrücke. Entweder hatte der Täter Handschuhe getragen oder anderweitig seine Spuren verwischt. Keine Haare. Nur ein paar Fussel reiner Schurwolle. Wahrscheinlich von einem hochwertigen Anzugsstoff.

Krolls Befragungen einiger Kirchgänger, der Reinemachefrauen und der Verkäuferin hinter dem kleinen Andenkenstand am Eingang des Gotteshauses erbrachten keinerlei Anhaltspunkte.

Hopfinger stellte fest, dass das Wort ›maty‹ im Ukrainischen vorkommt und ›Mutter‹ bedeutet. Doch inwiefern könnte ein Zusammenhang mit dem Toten bestehen?

Er durchleuchtete das Privatleben des verunglückten Küsters. Viel brachte er nicht ans Tageslicht. Der Mann galt als verschlossen und ungesellig. Über seine Herkunft und seine Gewohnheiten wusste niemand Näheres. Jedenfalls gab es in seinem Leben offensichtlich keinen Berührungspunkt mit der Ukraine. Man nannte ihn einfach nur ›den Küster, den kaum einer wirklich kannte‹.

Auf die kurze Zeitungsnotiz hin meldete sich ein Beamter aus dem Kirchenarchiv. Ihm war aufgefallen, dass sich der fragliche Mann in letzter Zeit öfter unter dem Vorwand, die Schlösser und Riegel der Türen zu ölen, in den Archivgewölben herumgetrieben hatte. Doch auch mit diesem Hinweis konnte Kroll wenig anfangen, fehlte doch nichts in den alten Akten. Aber was hatte ein Küster im Kirchenarchiv zu suchen? Diese Frage stimmte Kroll nachdenklich.

Schließlich erhielt er Besuch von den Eltern eines kleinen Mädchens mit auffallend schönen Mandelaugen. Das Kind wollte anlässlich eines Besuchs zum Tag der offenen Tür eine Schattengestalt gesehen haben, die längere Zeit hinter einer Säule verborgen den Küster beobachtet habe. Dann sei die Gestalt durch eine kleine Tür verschwunden, durch die sich auch der Küster kurz darauf verzogen habe. Kroll fand diesen Hinweis irritierend. Die besagte Tür führte zum Wartungshäuschen der Astronomischen Uhr, nicht zum Tatort. Wo wäre da ein Zusammenhang?

Sein Gefühl sagte ihm, dass in dieser Angelegenheit noch einige Überraschungen seiner harrten. Also beschloss er, vorläufig abzuwarten, ehe er sich auf eine Theorie festlegte. Für Hopfinger waren Krolls Bedenken reine Fantastereien. Für ihn stand fest: Betriebsunfall.

KAPITEL 2: DIE PRÜFUNG

Aina eilte raschen Schrittes durch die engen Gassen. Sie hatte es sich angewöhnt, vorm Gesangsunterricht oder bei Konzerten mit halblauter Kopfstimme einige Einsingübungen vor sich hinzusummen. Die Passanten blickten ihr etwas irritiert nach und schüttelten den Kopf, als meinten sie, die junge Frau müsse vor Liebeskummer wohl den Verstand verloren haben.

Die aber bemerkte das gar nicht. Normalerweise genoss sie es, durch die altmodisch wirkenden Häuserfronten zu schlendern und vor den Schaufenstern einiger kleiner Butzenläden stehen zu bleiben. Jetzt hatte sie jedoch keinen Sinn für das verträumte Altstadtleben. Schließlich machte sie heute ihre Aufnahmeprüfung im Fach Gesang an der Musikhochschule von Lübeck.

Der junge Frühling zeigte sich von seiner schönsten Seite. Die Bäume und Sträucher am Stadtgraben begannen aufzuatmen und neigten sich mit einem zaghaften Grün zur Sonne hin. Selbst in der Innenstadt, wo es schon lange nur noch wenige echte Pflanzen gab, knisterte die kühle Frühlingsluft.

Die Menschen spürten das, als hätten sie eine innere Uhr. Sie gingen langsamer als gewohnt durch die Straßen, hoben ihre Köpfe und lächelten sich sogar hin und wieder gegenseitig an. Selbst in den Gassen, in denen sonst der Kohlgeruch schwebte, roch es jetzt nach Frühling, nach Aufbruch. Für einige Schmetterlingsarten begann die Flugzeit. Hin und wieder verirrte sich ein Kohlweißling in die Hinterhofgärten.

Aina wohnte, obwohl schon volljährig, noch bei ihren Eltern, genauer gesagt, bei ihren Adoptiveltern in einer ruhigen Vorstadtgegend. Dass sie nicht ihr leibliches Kind war, ahnte sie schon seit Längerem. Ein vages Gefühl, ein Anfangsverdacht. Eines Tages wurde sie flüchtig Zeuge einer erregten Debatte zwischen ihrem Vater und ihrer Mutter. Dabei schnappte sie einen Satz auf, der sie sehr nachdenklich stimmte: »Wir können es ihr noch nicht sagen, dafür ist sie zu jung.«

Sie traute sich nicht, ihre Eltern anzusprechen, weil sie sich ihrer Neugier schämte. Wenn sie vor dem Spiegel stand, war ihr bewusst, dass sie ihnen in keiner Weise ähnelte. Und dann diese merkwürdige Sehnsucht nach der Ferne, nach dem Fremden, die sie schon als kleines Kind fühlte. An der Wand ihres Zimmers hing eine Buntstiftzeichnung, die sie im Kindergarten angefertigt hatte. Sie zeigte sie mit ihrem Lieblingsteddy inmitten eines blühenden Palmenwaldes voller exotischer Tiere. Wie kam sie damals auf dieses Motiv? – Aina wusste es nicht mehr.

Die Eltern erkannten sehr früh Ainas musikalisches Talent und ermöglichten ihr einen ausgezeichneten Gesangsunterricht an der Musik- und Kunstschule in der Kanalstraße, wo eine einfühlsame Lehrerin ihre Liebe zur Musik weckte. Gelegentlich durfte sie im Schulchor und auch im örtlichen Kirchenchor kleinere Solopartien vortragen. Ihre Mutter, Musiklehrerin an der Oberschule, begleitete sie dann.

Die Tochter wuchs unter gut behüteten Verhältnissen

auf und entwickelte sich zu einer auffallend schönen jungen Frau. Als dunkler Hauttyp liebte sie es, ihr tiefschwarzes, im Sonnenlicht glänzendes Haar zu einem Pferdeschwanz zu binden. Das betonte nicht nur die hohe Stirn, sondern vor allem auch ihr auffällig stark ausgebildetes Jochbein. Über dem breiten, stets leicht geöffneten Mund schwebten die energisch ausgestellten Nasenflügel. Der lange, gerade Nasenrücken ging über in dichte, aufwärtsstrebende Augenbrauen, die wie zwei frische Palmwedel die großen lilabraunen Augen schützten.

Seit einiger Zeit schminkte sie sich bei öffentlichen Auftritten oder bei besonderen Anlässen einen roten Fleck auf die Stirn, ein Bindi, wie es die Inderinnen tragen. Aina hatte zwar gelesen, dass er ein mystisches ›drittes Auge‹ symbolisiere. Sie schmückte sich jedoch nicht aus religiösen Gründen, ihr gefiel der Punkt ganz einfach. Er verlieh ihren ohnehin fremdländisch wirkenden Gesichtszügen etwas Geheimnisvolles.

Aina war sich ihrer Schönheit kaum bewusst. Sie fühlte sich oft unsicher und einsam. Sie ahnte von ihrer Adoption, obwohl die Eltern nie darüber gesprochen hatten. Das machte sie in ihrem ganzen Charakter schüchtern, sensibel und fast krankhaft selbstkritisch. Hinzu kam, dass sie das Muttermal auf der Innenseite ihres linken Oberarms als Makel, als Stigma empfand. Sie bemühte sich eifrig, es zu verbergen. Nur ihre Mutter wusste davon.

Von Norden her kommend, passierte sie das ehrwürdige Gebäude des Stadttheaters, von dem sie insgeheim hoffte, einmal auf dessen Bühne zu stehen. Kurz darauf kam sie an der Marienkirche vorbei. Gern erinnerte sie sich an die schönen Stunden, als sie hier als Solistin bei Kantatenaufführungen singen durfte.

Die Turmuhr schlug gerade halb zehn Uhr vormittags, als sie den Rathausplatz überquerte. Wenig später erreichte sie das schöne Backsteinhaus, welches das Marionettenmuseum beherbergte. Für die Figuren im Ausstellungsfenster zeigte sie schon immer großes Interesse. Heute sollte sie sie besser unbeachtet lassen, denn die Zeit drängte.

Plötzlich musste sie stehen bleiben. Aus einem der oberen Stockwerke drang wunderbare Musik. Sie erkannte die Melodie sofort: die ›Syrinx‹, das berühmte Solostück für Querflöte von Claude Debussy. Noch nie hatte sie es mit einer derartig packenden Intensität spielen gehört. Alles klang makellos: das gefährlich hohe Es sauber in einem weichen pianissimo intoniert, die arabesken Läufe rhythmisch völlig präzise ausgeführt. Und vor allem: Aina konnte nicht umhin, die verblüffend langen und perfekt gestalteten Phrasierungen zu bewundern.

Sie kannte das Problem vom Gesangsunterricht her. Immer wieder fiel es ihr schwer, größere musikalische Bögen durch die Beherrschung eines gleichmäßigen Luftstromes zu erzielen. Hier schien es, als würde ein Überirdischer musizieren, jemand, der seinen Körper vollkommen im Griff hatte. Nirgendwo eine unästhetische Ecke. Fast klang die Musik wie eine CD-Einspielung. Dennoch handelte es sich zweifellos um eine Live-Darbietung.

Hinter den Gardinen konnte Aina eine menschliche Gestalt erkennen, die der Flöte ohne viel Aufwand die wunderschönen Töne entlockte. Keine theatralischen Arm- und Kopfbewegungen. Es war, als würde der Spieler alle Körperenergie in den reinen Klang stecken. Die bei vielen Musikern übliche affektierte Körpersprache fehlte völlig.

»Wenn ich das doch auch mal so könnte!«

Sie merkte gar nicht, dass sie ihre Gedanken laut aussprach.

Das nur wenige Minuten lange Stück ging schnell zu Ende, auch wenn es Aina wie eine Ewigkeit vorkam. Etwas beklommen setzte sie ihren Weg fort. Diese kleine Begegnung hatte ihr zwar den Weg zur idealen Musik angedeutet, andererseits wurde es ihr jetzt aber umso klarer, wie sehr sie noch am Anfang ihrer Träume stand. Und das ausgerechnet am entscheidenden Tag ihrer Aufnahmeprüfung.

Nur wenige Schritte gegenüber auf der anderen Straßenseite befand sich der Eingang zur Musikhochschule. Bevor die angehende Gesangsstudentin ihn erreichte, bemerkte sie, dass eine auffällig elegant gekleidete Dame mit einem unförmigen Packen von Papier unter dem Arm versuchte, die schwergängige, uralte Eichentür zu öffnen. Dabei fielen ihr ein paar Zettel auf das holprige Kopfsteinpflaster, die durch einen leichten Windstoß vor Ainas Füße wehten.

Sie erkannte die Blätter sofort. Es waren die Noten eines Liedes, das sie zur Aufnahmeprüfung vorsingen wollte. Rasch sammelte sie die Seiten auf und rief: »Entschuldigen Sie, Sie haben etwas verloren. – Richard Strauss, wenn ich mich nicht irre.«

Sie lief zu der eher abwesend dreinschauenden Dame hin und überreichte ihr die Blätter.

»Oh, vielen Dank, sehr aufmerksam. Offenbar verstehen Sie etwas von Musik.«

Die Stimme der Dame klang warm und bestimmt. Ein kurzer Blickwechsel zeugte von gegenseitiger Sympathie. Eilig verschwand sie durch das Portal, das jetzt wie von Zauberhand von dem kauzigen Pedell der Anstalt geöffnet wurde. Aina gelang es nur knapp, ebenfalls schnell durch die offene Tür zu schlüpfen.

»Entschuldigen Sie, wie komme ich zu den heutigen Aufnahmeprüfungen für Gesang?«

Der Patterdale-Terrier zu Füßen des Pedells schnaufte beängstigend.

»Folgen Sie einfach der Dame dort, die will auch dahin!«

Merkwürdige Atmosphäre hier, dachte sich Aina und nahm ohne zu zögern die Verfolgung auf. Über mehrere verwinkelte Gänge, schmale Innenbalkone und ungeschickte Mauerdurchbrüche gelangte sie endlich zu einem kleinen, aber geschmackvoll eingerichteten Konzertsaal.

Sie gesellte sich zu den wenigen Studenten, die dort nervös und voller Lampenfieber mit ihren Notenbündeln im Halbdunkel der Zuschauerreihen kauerten. Jeder vertiefte sich in das Memorieren seiner Prüfungsstücke, keiner nahm von ihr Notiz. Oben auf dem Podium glänzte im Scheinwerferlicht ein B-Flügel. An der Seite waren ein paar Tische angeordnet, vor denen die Prüfungskommission saß und eher gelangweilt die Akten der Prüflinge durchstöberte.

In der Mitte thronte die imponierende Gestalt des Rektors. Aina wusste, dass er ein begnadeter Kontrabassist war, dem nachgesagt wurde, er könne sein schwerfälliges Instrument in eine luftige Stradivari verwandeln. Er machte auf sie einen gutmütigen Eindruck.

Auch die Gesangsdozentin erkannte sie sofort. Die Diva genoss international einen ausgezeichneten künstlerischen Ruf und verhielt sich gerade ihren begabtesten Schülern gegenüber fast krankhaft anspruchsvoll. Als litte sie unter Konkurrenzangst, was bei Sängern allerdings nichts Ungewöhnliches war. Die Gesangsdozentin kaute ungeduldig an ihrem Bleistift, mit dem sie gewohnheitsmäßig die Fehler ihrer Zöglinge in die Noten eintrug.

Aina wurde bange ums Herz.

Die Prüfungskommission bestand noch aus anderen Personen, von denen Aina keine kannte. Der verschlafen wirkende Mann neben dem Rektor schien der Kirchenmusiker zu sein. An seinem Revers prangte eine goldene Plakette mit dem Motiv der Marienkirche.

Ganz rechts jedoch, gleich in der Nähe des Flügels, entdeckte sie die elegante Dame von vorhin. In ihrer Aufregung merkte Aina gar nicht, dass die Dame sie freundlich, aber unauffällig musterte.

Das Vorsingen der anderen Kandidaten war ermüdend. Mal bemühte sich der eine, mal der andere Prüfer ans Klavier, um die verängstigten, ja verknitterten Prüflinge lustlos zu begleiten. Was für ein Unterschied zu der Musik vorhin vor dem Marionettentheater! Das sind verschiedene Welten, sinnierte Aina. Aber – werde ich es denn besser hinkriegen? Wahrscheinlich spielte der Konkurrenzneid auch bei ihr schon eine Rolle.

»Nächster bitte! – Cortes – Cortes, Aina!«

Endlich kam sie an die Reihe. Hastig stieg sie die Bühnentreppe hinauf.

»Was haben wir denn heute auf dem Programm?«, fragte freundlich der Rektor-Bassist. Er tat extra unwissend, um der jungen Frau Mut zu machen. In Wahrheit wusste er über alles Bescheid. Denn das Programm stand ja in seinen Prüfungsunterlagen.

»Ich würde gern mit einem Lied von Richard Strauss beginnen, ›Die Nacht‹«, flüsterte Aina mit belegter Stimme.

»Oha, starker Tobak! Was Leichteres ist Ihnen wohl nicht eingefallen?« Der Prüfungsvorsitzende blickte sie über seinen Brillenrand scheinbar vorwurfsvoll an. Wieso müssen Bassisten immer diese auffälligen Buddy-Holly-Hornbrillen tragen?, dachte Aina. Laut aber sagte sie zögerlich: »Ja, ich meine … Das Lied gefällt mir eben, der Text spricht mich an, besonders die Stelle ›… oh mir bangt, sie stehle dich mir auch …‹.«

Der Kirchenmusiker unterbrach sie unsanft: »Wir wollen hier keine gymnasialen Gedichtsinterpretationen hören, sondern Ihre Stimme! An die Arbeit also!«

Aina nestelte verdattert an ihren Noten herum. Am liebsten würde sie die vorhin begonnenen Einsingübungen zu Ende bringen. Aber dazu fehlte ihr jetzt die Zeit. Die elegant gekleidete Dame stand langsam auf, begab sich an den Flügel, fummelte ein wenig an der Höhenverstellung des Hockers herum und ordnete umständlich ihre Noten.

Dabei waren es doch nur zwei Blätter. Wahrscheinlich wollte sie der jungen Sängerin etwas Zeit geben, sich an das plötzliche Scheinwerferlicht zu gewöhnen. Aina brauchte ihre Noten nicht. Sie konnte die Musik auswendig.

Das Werk von Richard Strauss galt nicht als ein Stück, um Stimmkraft oder Virtuosität zu demonstrieren. Wie aus dem Nichts formten sich die ersten leisen Klaviertöne. Aina musste sotto voce und pianissimo mit einer Unterterz einfallen. Sie wusste, dass der Anfang das Schwierigste sein würde.

Aber sie schaffte es, auch wenn es noch ein bisschen unsicher klang. Nach wenigen Takten spürte sie wohltuend die Anwesenheit der Pianistin. Es war, als würde diese sie wie durch ein zartes, unsichtbares Band sicher durch die schwere Arie führen, in der alles so empfindlich verhalten sein musste.

Aina fühlte sich bald wie eine lebendige, zerbrechliche Marionette in der Hand dieser Frau. Das machte ihr nichts aus. Im Gegenteil. Ihr wurde klar, dass sie noch viel von ihrer erfahrenen Begleiterin lernen konnte.

Die schwere Schlussphrase gelang Aina perfekt. Jetzt spürte man nichts mehr von der anfänglichen Unsicherheit. Die Musik verebbte in einem kaum wahrnehmbaren, tiefen C-Dur-Dreiklang, als wäre sie in einer nebligen Nacht untergetaucht.

Noch lange ließen die beiden Musikerinnen den Klang in ihrem inneren Ohr nachwirken. Auch bei der Prüfungskommission und im Zuschauerraum herrschte minutenlang eine verzauberte Ruhe. Es war, als hätte Richard Strauss zu seinem Stück noch ein paar Takte mehr komponiert. – Musik der Stille.

Dem Rektor fiel gar nicht auf, dass er schon längst seine Hornbrille abgesetzt hatte. Der Kirchenmusiker drückte seine Anstecknadel fest aufs Herz. Und der Gesangsdozentin war der Bleistift aus dem immer noch offenen Mund gefallen.

Ein paar Beifallsklatscher seitens der Studenten, die jetzt nicht mehr so verknittert dreinschauten, zerstörten die Atmosphäre.

Wer hat bloß das dämliche Beifallklatschen erfunden?, grübelte der Rektor. Aber es bot ihm einen willkommenen Anlass, die üblichen Formalien zu erledigen.

»Schön, Frau Cortes. Sie können gehen. Sie hören dann von uns. – Und vielen Dank für das Korrepetieren, verehrte Frau Ampoinimera.«

Die auffällig vornehm gekleidete Dame ging auf Aina zu, sprach ein verhaltenes Lob aus und überreichte ihr eine Visitenkarte.

»Ich bin sicher, dass Sie die Prüfung bestanden haben. – Kommen Sie doch gelegentlich einmal bei mir vorbei.«

Auf der Karte stand: »Rana Ampoinimera, Klavierlehrerin«.

Merkwürdiger Name!, fand Aina. Erst jetzt kam sie dazu, die Dame etwas genauer zu betrachten.

Die elegante, ja stolze Erscheinung der Frau imponierte ihr. Im Gegensatz zu ihr selbst wirkte sie selbstbewusst und dominierend. Das Alter konnte man nur schwer einschätzen.

Nicht über 50, vermutete Aina.

Die vollen, pechschwarzen Haarsträhnen fielen der Frau ins Gesicht und ließen nur noch die Augen frei, die mit ihrer tiefen Mahagonifarbe an die Blüten einer Bougainvillea erinnerten. Mit einer fahrigen Handbewegung bändigte sie ihre Lockenpracht, und ein südländischer Gesichtstyp kam zum Vorschein.

»Wir könnten im Terzett musizieren. Mein Sohn Radamo spielt ausgezeichnet Querflöte.«

Aina musste unwillkürlich an das kleine Erlebnis von heute Morgen denken. Aber sie konnte in ihrer momentanen Situation nicht länger darüber nachsinnen. Jetzt, wo alles zu Ende war, wurde sie plötzlich wieder nervös, packte eilig ihre Sachen zusammen und verschwand.

Diese Nacht würde sie sicherlich nicht gut schlafen.

KAPITEL 3: AINAS TRAUM

Ich falle und falle.

Verzerrt lachende Masken, riesige glühende Schmetterlinge, kopfwärts durch die Gewitterwolken stampfende Segelboote und bunte Butzenscheibenglassplitter fliegen an mir vorbei.

Ein grüner Strand voller rückwärtskriechender Ameisen, ein wasserspeiender Vulkan, ein bizarrer Wüstenurwald.

Plötzlich eine endlose Ebene.

Die Füße kleben am Boden.

Ich kämpfe um jede Bewegung.

Meine hochgereckten Arme erstarren.

Ich bin ein blauer Lemur, dessen Herzschlag immer lauter wird.

Mpilalao.

Ich bin am Ziel.

Aber kein Ende, keine Ruhe.

Wie ein Kontrapunkt nähert sich ein pulsierender Rhythmus von Trommeln und übertönt rasch das Herzpochen.

Schrilles Pfeifen von Meeresmuscheln mischt sich mit dem infernalischen Gesang von wild tanzenden Marionetten.

Wortfetzen.

»Fady – Fady – Fady – Fady – Fady – Fady …«

Plötzlich das Gesicht eines Alten.

Ombiasy.
Magisch leuchtende Masken.
Sie suchen mich, bedrängen mich, berühren mich,
bespucken mich, ritzen mich am Oberarm.
Beißender Schmerz, silbernes Wasser und purpurnes
Blut.
Eine Scheibe.
Unten ein Rinderkopf mit spitzen, riesigen Hörnern.
In der Mitte ein Tropfen Herzblut.
Oben der sich spreizende Wedel vom Baum der Rei-
senden
Ich bin daheim, doch ich bin fremd.
Ich bin fern, doch ich bin geborgen.

Holzpfähle mit Figurschnitzereien stampfen einen Kreis
in die staubige Erde.
Die Marionettenmasken formen sich zu einem Paartanz.
Sie zwingen mich in ihre Mitte.
Kein Entrinnen.
Der Alte hält mir Holztafeln vors Gesicht.
Das Erbe der Ohren.
Deine Ahnen.
Deine Geschichte.
Fremde Mächte reißen dir die Wurzeln aus.
Dein Schicksal.
Mpanandro.
Wer bin ich?
Wo komme ich her?
Wo gehe ich hin?

Und immer wieder:

»Fady – Fady – Fady – Fady – Fady – Fady …«

»Fady – Fady – Fady – Fady –«

»Fady –«

»Fa…«

»a…«

KAPITEL 4: MANDELAUGEN

Das Mädchen mit den Mandelaugen lief, ohne seinen Eltern Bescheid zu geben, in die Innenstadt. Es stromerte lässig durch die Gassen und hatte sich ein Spiel ausgedacht. Es wollte vor einer Schaufensterscheibe stehen bleiben und die Augen schließen, um anhand des Klanges der Schritte und der Gesprächsfetzen der Passanten zu raten, was für Menschen da gerade vorbeigingen. Dann konnte es die Augen wieder öffnen und die Widerspiegelung der Menschen in der Scheibe studieren. Wenn seine Vermutung richtig war, durfte es ein Schaufenster weiter vorrücken. Bald hatte es das Mädchen in seinem Spiel zu einer wahren Meisterschaft gebracht. Schnell lernte die Kleine, Touristen, Hausfrauen, Liebespaare oder Rentner zu unterscheiden. Nur bei den Berufstätigen, dem Briefträger, dem Schornsteinfeger oder dem Eilboten fiel es ihr schwer. Und manchmal schloss sie überhaupt nicht Augen, weil die Auslage so verführerisch aussah. Gern träumte das Mädchen mit den Mandelaugen davon, welche der schönen Sachen später wohl ihm gehören würden.

Im Moment fehlte jedoch leider das Geld. Um genau zu sein, es hatte nicht einen einzigen Penny in der Tasche. Dort ruhte nur sein kleines Maskottchen, Hanna, eine abgegriffene Handpuppe, mit der es die wirklich wichtigen Dinge des Lebens unter vier Augen besprach.

Und es gab wirklich wichtigere Dinge als langweilige Kirchenbesichtigungen mit den Eltern. Voller Neid schaute das Mädchen heimlich zu, wie die Straßenjungen Fußball kickten. Aber das hätte es durchaus ganz offen tun können. Das Kicken gehörte für die Jungen eben ihrerseits zu den wichtigen Dingen des Lebens. Die hätten das kleine Mädchen gar nicht bemerkt. Beide Parteien waren noch zu jung, um zu wissen, dass es in dieser Beziehung ebenfalls wichtige Dinge gab.

Als es an der Musikhochschule vorbeikam, drang eine wunderschöne Frauenstimme durch eines der oberen kleinen Fenster.

»Ob ich später auch mal so schön singen kann?«

Da die Handpuppe darauf keine Antwort wusste, wendete sich das Mädchen ab und wechselte die Straßenseite.

»Das Marionettenmuseum!«

Heute schaute sich die Kleine das Schaufenster endlich einmal ganz in Ruhe an. Wenn sie sonst in dieser Gegend war, zerrte ihre Mutter sie immer hastig fort. Die hatte bestimmt Angst, ihre Tochter könnte auf die Idee kommen, sich eines dieser unnützen Dinge zum Geburtstag zu wünschen.

An der Eintrittskasse saß gelangweilt eine etwas ältere Frau. Ein kleines Hinweisschild an ihrer Bluse machte die Besucher darauf aufmerksam, dass sie gehörlos war. Deshalb lagen stets ein Heft und ein Bleistift in Reichweite. Das Mädchen mit den Mandelaugen presste seine Nase an die Schaufensterscheibe. Herrlich, was es da drinnen alles zu sehen gab:

Hinter der Scheibe hingen der junge Mozart und die Gräfin Laura, zeitgemäß gekleidete Holzfiguren aus einem Marionettensingspiel.

»Ich werde Hanna auch so schön kleiden!«, nahm sich das Mädchen vor.

In seiner Fantasie begannen die beiden hölzernen Figuren, anmutig ein langsames Menuett zu tanzen.

Links in der Schaufenstervitrine schwebte ein grotesker Stelzentrompeter, der nur mit einer lächerlich plumpen Hose und einem knappen Varietéjäckchen bekleidet war. Er blies seiner angebeteten Salome, die in der rechten Ecke neben einer Schüssel mit dem Kopf des Jochanaan stand, ein ohrenzerreißendes Ständchen. Musik von Richard Strauss wird das wohl nicht gewesen sein. Höchstens als Parodie.

Auch wenn die Salome aufregend orientalisch gekleidet war, so jagte die Szene wegen des schrecklichen Kopfes dem kleinen Mädchen gehörig Furcht ein. Der abgetrennte Schädel richtete sich auf, blickte das Mädchen Hilfe suchend an und stieß erbarmungswürdige Schmerzensschreie aus.

Die kindliche Vorstellungskraft ließ alles lebendig werden. Weiter hinten im Halbdunkel der Räume erkannte man die Umrisse von vielen anderen Gestalten, manche davon in Lebensgröße. Waren das auch Marionetten? Oder vielleicht Besucher?

Bei Mädchen in diesem Alter überwiegt die Neugier vor der Furcht. Und so drückte es sich vorsichtig an dem Kassenhäuschen vorbei. Die Gehörlose war viel zu sehr in ihren Groschenroman vertieft, als dass sie etwas bemerkt hätte. Heute hatte sowieso noch niemand Eintrittskarten gelöst.

Ein bizarres Halbdunkel voller teilweise geschickt angeleuchteter Puppen und Marionetten empfing das Kind. Da es allein war, fühlte es sich sofort tief in den Bann dieser Scheinwelt gezogen.

Gleich neben dem Eingang stand ein englischer Clown in einem gelb-blauen Zirkuskostüm. Das traurig-freundliche Gesicht mit den hochgezogenen Augenbrauen gefiel der Kleinen. Nachdem sie sich vergewisserte, dass die Kassiererin außer Reichweite war, zog sie zaghaft an einem der Fäden. Der Unterkiefer bewegte sich. Es war, als wollte der Clown das kleine Mädchen warnen, weiterzugehen.

Das hatte aber schon längst Moto Rafael, den elektrischen Zeichner, gesehen, eine Bauchrednerpuppe, die es an seinen Vater erinnerte. Hier konnte es den Schnurrbart und das Bärtchen nach Belieben bewegen. Was es bei ihrem Papa nie durfte.

Und dann da hinten in einer Nische der Cakewalk-Tänzer Johnson, der, als er die kleine Besucherin kommen sah, einen akrobatischen Jitterbug aufführte.

Im Nebenraum tummelte sich ein lustiger Kugelläufer. Und die Hexe auf dem Zauberbesen durfte natürlich auch nicht fehlen. Die Mandelaugen des Mädchens wurden immer größer.

Im hintersten Eck des letzten Raumes thronte der Schulreiter Hansi auf seiner Rosinante. Seinen Hals und Teile des Pferdes konnte ein Marionettenspieler mittels langer Fäden und sinnreich angeordneter Holzkreuze bewegen. Sicherlich erforderte das eine große Geschicklichkeit.

Auch hier zog das Mädchen wieder an einer der Schnüre. Das Pferd konnte sogar den Schweif heben und Pferdeäpfel fallen lassen! Die kleinen braunen Holzkugeln polterten auf den Boden und rollten quer durch den Raum. Erschrocken drehte die Kleine sich um. Aber die Kassiererin war weit weg, wie in einer anderen Welt. In seinem ersten Schreck hatte das Mädchen vergessen, dass die Alte gehörlos war.

Eine Kugel rollte direkt vor die hintere Wand. Als das Mädchen sie aufhob, bemerkte es im Halbdunkel, dass ein großer Kasten genau vor ihm hing. Bei näherem Hinsehen entpuppte er sich als eine detailgetreue Nachbildung der Astronomischen Uhr, die es mit seinen Eltern in der Marienkirche bewundert hatte.

Endlich durfte das Kind sie berühren. Das kleine Schild ›Anfassen verboten‹ war in der Dunkelheit gar nicht zu lesen. Vorsichtig bewegte das Mädchen einen der Zeiger. Plötzlich schlug die Uhr zwölf und ein paar kleine Holzfiguren begannen zu tanzen. Erschrocken drehte sich die kleine Besucherin um, aber es war ja niemand anwesend.

An der Mitte der Wand ruhte auf einem Podest ein merkwürdiges, schlittenähnliches Gebilde: Ein glitzerndes Rahmenwerk aus Metall, kaum größer als eine kleine Uhr, und sehr fein gearbeitet. Es war Elfenbein daran und eine durchsichtige, kristallinische Substanz.

Hinten befand sich eine Kupferscheibe, die unzählige geheimnisvolle Muster zeigte. Davor saß eine fantastisch gekleidete Holzmarionette in einem mit rotem Plüsch bezogenen Sessel. Vor ihr leuchteten die bunten Lichter eines zylindrischen Steuerpults.

Wären die Eltern dabei gewesen, hätten diese den Schlitten sofort wiedererkannt: Er war eine Replik der Zeitmaschine aus dem gleichnamigen Film, den der Vater so liebte. Die Tochter hatte ihn schon vieles darüber erzählen hören, und sie liebte es, im Geiste davon zu träumen, zusammen mit ihrer Hanna durch die Zeit zu reisen.

Sie würde mit ihrer Handpuppe gern die Oma besuchen, die vor ein paar Jahren verstorben war, um mit ihr zusammen einen Becher Himbeersaft zu trinken. Oder in die Zukunft fliegen, wenn sie als umjubelte Königin der Nacht auf der Bühne des Stadttheaters stand. Ihre Eltern hatten sie schon einmal mit in die Oper genommen, und ihr gefiel die ›Zauberflöte‹ außerordentlich gut.

Hanna wusste natürlich, dass dieser komische Schlitten eine Zeitmaschine war. Doch als stummes Wesen konnte sie ihrer Herrin das Wunderwerk nicht erklären. Diese zeigte sich weniger begeistert von den technischen Details als vielmehr von der darin hockenden Puppe. Sie stellte Aladin dar, die Hauptfigur aus den orientalischen ›Märchen aus tausendundeiner Nacht‹. Seinem bunten Turban fiel es schwer, das dichte, rabenschwarze Haar zu bändigen. Glasklare, blaue Augen schauten den Betrachter mit durchdringendem Blick an. Irgendjemand war auf die Idee verfallen, die Wunderlampe und den Fliegenden Teppich mit einer Zeitmaschine zu vertauschen.

Das Mädchen drückte auf einen der Kontrollknöpfe. Plötzlich öffnete sich langsam eine kleine, aber schwere Eisentür, die hinter dem Podest versteckt war. Als würde sie von einer Geisterhand bewegt werden.

Sicherheitshalber zog das Mädchen die Handpuppe Hanna aus der Tasche. Jetzt brauchte es jemanden, der ihm beistehen konnte. Die Eltern waren weit weg und wussten von nichts. Ein Raum voller merkwürdiger Gestelle, Räderwerke, Maschinen und Uhrengehäuse tat sich vor seinen Augen auf.

Im hinteren Teil des Raumes saß auf einem Sessel eine elegant gekleidete Gestalt. Der Sitz hatte Ähnlichkeit mit dem Modell der Zeitmaschine, war jedoch viel größer und bestand im Wesentlichen aus einem komplizierten Stahlgerüst.

Kein roter Plüsch. Dafür aber ein Gewirr von Kabeln, Messgeräten, Computerteilen und Leuchtbildschirmen, auf denen bizarre Schwingungen zuckten. Der Mann bewegte sich nicht, doch seine Augen leuchteten merkwürdig lebendig, als wollte er die Kleine hypnotisieren.

Ist das auch eine Marionette?, fragte sich das Mädchen.

Es roch bitter nach unbekannten Giften. Aus einer Tasse, die auf einem kleinen, exotisch geschnitzten Tisch neben der Tür stand, strömte ein kaum wahrnehmbarer, aber betörender Duft. Dann begann die Gestalt, mit einer angenehmen Stimme gleichmäßig und beruhigend auf das Kind einzureden.

»Keine Angst, tritt ruhig näher! – Schau, was ich für dich habe.«

Sie öffnete ihre Hände. Ein goldener Vogel breitete seine Schwingen aus und flog mit einem surrenden Geräusch auf die Schulter des Mädchens. Es zuckte zusammen.

»Du brauchst dich nicht zu fürchten. Es ist nur ein harmloses Spielzeug. Probier es aus: Es hört auf deine Befehle.«

Die Kleine drehte ihren Kopf vorsichtig zu dem Metallvogel und wisperte: »Sing mir ein Lied!«

Der Schnabel des Flugapparats öffnete sich und eine angenehme, exotische Flötenmelodie füllte den Raum.

»Toll!«, schwärmte das Mädchen, »kannst du auch einen Salto machen?«

Der Vogel sprang in die Luft und vollbrachte ein perfektes Kunststück. Dann befahl der Mann im Sessel dem Kind: »Komm näher zu mir! Streck deine Hand aus, damit der Vogel sich daraufsetzen kann. Er wird dir eine wunderschöne Geschichte erzählen. – Aber nur, wenn du die Augen zumachst!«

Dem Mädchen gefiel das, fühlte es sich doch an sein neues Lieblingsspiel erinnert: Wie eine Blinde vor einer Schaufensterscheibe stehen und Menschen erraten. – Es tat wie ihm befohlen und schloss die Augen. Der Raum schwirrte von geheimnisvollen Klängen. Das Surren und Ticken der elektrischen Apparate vermengte sich mit entferntem Straßenlärm, der nur ganz schwach an sein Ohr drang. Irgendwo in einem der Nachbarhäuser spielte jemand Klavier. Es klang sehr professionell. Jetzt gesellte sich die Stimme des Fremden hinzu. Er begann, in einer ihr unbekannten Sprache weiterzureden. Plötzlich näherte sich das kaum wahrnehmbare Schwingen von mechanischen Flügeln. Der Vogel nahm auf der Hand des Mädchens Platz.

Das Kind spürte kaum den leichten Schmerz, als der Vogel mit seiner Kralle in dessen Haut stach. Er reichte aber aus, um es zu veranlassen, die Augen wieder zu öffnen. Was es nun sah, überstieg alles Bisherige. Eine regenbogenfarbene Zauberwelt spiegelte sich in den weit aufgerissenen Pupillen.

Der Vogel nahm das Mädchen mit den Mandelaugen mit

auf eine nie enden wollende Reise in das Paradies. Als letztes fühlte es ein tiefes Glück durch seinen Körper strömen.

*

Am nächsten Morgen entdeckte ein Jogger das Mädchen mit den Mandelaugen tot in einem Gebüsch am Ufer des Stadtgrabens nahe dem Holstentor, dem alten Stadttor. Spuren von Gewalt fand Inspektor Kroll nicht. Ein Sexualdelikt konnte er ausschließen.

Über der einen Hand des Mädchens hing ein kaum spürbarer bitterer Duft. Die Augen waren noch mandelförmiger als sonst. Sie schienen den Inspektor anzuschauen und ihm stumm zu verraten, dass dem Mädchen in seiner letzten Minute noch ein großes Glück widerfahren war. In der Hosentasche fand man eine kleine braune Holzkugel.

»Eine Murmel«, meinte der Assistent Hopfinger voreilig. »Wir sollten die umliegenden Spielplätze abklappern, vielleicht finden wir eine Spur«.

»Wenn Sie meinen – dann machen Sie es!«, erwiderte Kroll skeptisch.

Das Mädchen hielt Hanna immer noch in den Händen. So war das immer, wenn es seine Handpuppe um Rat fragen wollte. Aber das wusste der Inspektor natürlich nicht. Der schwache, bittere Geruch an der Hand der Kleinen machte ihn allerdings stutzig. Das passte nicht in sein Bild von einer unbeschwerten Kinderwelt. Vorsichtshalber gab er Hopfinger den Auftrag, die Leiche auf Giftspuren untersuchen zu lassen.

Die Obduktion zeitigte kein Ergebnis; von den bekannten Giften nicht den Schatten einer Spur.

Am nächsten Tag verbrachte Kroll seine Mittagspause am Stadtgraben. Unruhig streifte er durch die Parkanlagen. Er stellte sich vor, was er als Junge hier angestellt hätte. Natürlich war ihm klar, dass kleine Mädchen anders handelten. Aber zumindest versuchte er, sich in die Welt eines Kindes hineinzuversetzen, um mögliche Anhaltspunkte für den Ablauf seiner letzten Lebensstunden zu erhalten.

Er schlenderte langsam am Uferweg entlang. Auf dem Abenteuerspielplatz oben auf den Wallanlagen tobten ein paar Fußball spielende Jungen. Plötzlich fiel Kroll ein Ball vor die Füße. Die Burschen schauten ihn erwartungsvoll an. Der Inspektor fühlte sich um 40 Jahre jünger und kickte den Ball im hohen Bogen zurück. Anerkennender Beifall.

Aber Kroll war sich bewusst, dass er sich eigentlich in die Psyche eines kleinen Mädchens versetzen sollte. Er kehrte zum Fundort der Leiche zurück, entdeckte ganz in der Nähe eine etwas verrottete Parkbank und ließ sich seufzend nieder.

Ein paar graue Tauben näherten sich vorsichtig und bettelten nach Futter. Der Inspektor, der in seinem verknitterten Mantel wie eine vergessene Bücherlehne auf der Parkbank saß, hatte aber nichts dabei.

Mürrisch zeichnete er mit seinen Schuhen zwei kleine Kreise in den schmutzigfeuchten Sand. Ein breiter senkrechter und darunter ein schmaler waagerechter Strich ergänzten sich zu einem traurig dreinschauenden Mondgesicht.

»So kommst du nicht weiter«, flüsterte ihm das Mondgesicht zu.

Kroll holte sich eine seiner selbstgedrehten Zigaretten aus

der Manteltasche. Sie hatte ein wenig gelitten und sah wie ein krummes Fragezeichen aus. Er bügelte sie sorgfältig mit den Handflächen gerade und steckte sie kalt in den Mund.

Sein ohnehin nicht funktionierendes Feuerzeug aus der anderen Manteltasche herauszukramen, hatte er heute keine Lust. So sehr beschäftigte ihn der Tod des kleinen, unschuldigen Mädchens. Im Gedanken daran spuckte er einen Krümel Tabak verächtlich zur Seite auf den Boden. Erschrocken flogen die Tauben auf.

Da entdeckte er im zertretenen Gras einen zart glitzernden Gegenstand. Eine kleine verschmutzte Glasmurmel. Kroll hob sie auf, putzte sie ordentlich und hielt sie in das Licht der noch recht kalten Frühlingssonne.

Ein blauroter Farbschleier funkelte ihm entgegen. Als er die Kugel nahe vors Auge hielt, konnte er die Büsche, den Stadtgraben und die dahinter liegenden Häuserzeilen spiegelverkehrt und optisch verzerrt erkennen.

Wovon träumt ein kleines Mädchen, wenn es durch eine solche Glasperle schaut?, fragte sich Kroll und lehnte sich auf der wackeligen Parkbank zurück. Er schloss seine Augen, träumte und bildete sich ein, in die Haut des Mädchens geschlüpft zu sein.

*

Die alte Zigeunerin hält ihre Wahrsagerkugel dicht vor
meine Augen. Durch das runde Kristall erscheint die
Welt wie ein Zauberland.
Alles steht Kopf. Ich fühle keine Schwerkraft. Ich
kann fliegen, wie die Tauben im Park.

Feine farbige Schleier reiten auf den sich vielfältig brechenden Sonnenstrahlen und laden mich ein zu einer Reise in die Vergangenheit.

Das wuchtige Holstentor auf der gegenüberliegenden Seite der Brücke über dem Stadtgraben verwandelt sich in ein mächtiges, verwunschenes Schloss. Es ragt auf einem Felsen steil über dem Wassergraben hervor. Die Stadtbrücke wird zur mittelalterlichen Zugbrücke.

Auf den Zinnen des Doppelturmmittelbaus steht ein Stelzentrompeter und schmettert eine angsterregende Kriegsmusik. Auf einem der beiden Dachreiter tanzt im Winde eine schmale, riesiglange rotblaue Fahne. Sie umschlingt meinen Hals und zieht mich wie von magischen Kräften getrieben zum Vorhof hin. Ich fliege sanft durch die Luft.

Dort lässt sie mich fallen.

Das schwere eisenbeschlagene Tor öffnet sich, und ein Ritter ohne Kopf lädt mich mit einer schwungvollen Geste ein, näherzutreten. Er sitzt auf einem Holzpferd, das seinen Schweif hebt und runde braune Pferdeäpfel fallen lässt. Sie bombardieren mich wie Kanonenkugeln. Eine fliegt direkt in meine Tasche. Mir bleibt nichts anderes übrig, als in den Schlund des düsteren linken Turmbaus einzutreten.

Ich habe Angst.

Rußige Fackeln erleuchten einen hohen Rittersaal nur spärlich. In den Ecken stehen rostige Rüstungen. Sie klappern mit ihren Schwertern. Ein Clown mit einem rotblauen Zirkuskostüm nimmt mich an die Hand und führt mich stumm zur Stirnseite des Raumes, wo sich ein von einem Meer von Kerzen angeleuchteter Thron befindet.

Darauf sitzt ein orientalischer Prinz. Er trägt einen rot-blauen Turban und ein lustig gemustertes Varietéjäckchen. Er lächelt mich an. Hinter ihm tummeln sich farbenprächtig gekleidete Tänzerinnen um einen Halbkreis von Fackeln, die einen betörenden Duft ausströmen.

Der Prinz zwinkert mir freundlich zu und winkt mich ganz zart mit einer leichten Handbewegung zu sich. In der anderen Hand hält er einen wunderschönen Paradiesvogel. Ich beginne, wieder Mut zu schöpfen.

Was will der Märchenprinz von mir?

Er erhebt sich, nähert sich und legt seinen Arm um meine Schulter.

»Möchtest du meine Braut werden? – Ich zeige dir mein Reich.«

Er führt mich durch eine schmale Pforte eine steile Wendeltreppe hinauf. Sie mündet in einem breiten, runden Turmgemach. In der Mitte steht ein großes Holzmodell der Stadt im 17. Jahrhundert. Alles ist detailgetreu nachgebildet.

Ich steige auf die Bank, die rund um das Modell führt. Von hier aus sehe ich die Stadt, als wäre ich ein Vogel. Die Menschen eilen durch die Straßen und Gassen. Pferdegespanne wühlen sich durch die schlammigen Wege. Am Hafen herrscht reges Treiben. Die vielen Koggen müssen entladen werden, bevor die Ware schlecht wird. Auf den wehrhaften Wallanlagen patrouillieren Zinnsoldaten in Hundertschaften.

Da, dort oben neben dem Burgtor, ist unsere Gasse, und das da muss unser Haus sein. Wie gemütlich es aussieht! – Mama und Papa sitzen drinnen vor dem Kamin. Sie ahnen nicht, dass ich sie von hier oben beobachte.

Als wäre ich ihr Engel.

Vor den Wänden stehen eisenbeschlagene Truhen. Der Prinz öffnet die größte davon. Sie enthält den sagenumwobenen Wikingerschatz. Goldketten, Münzen und Perlenohrringe leuchten mir im unsteten Schein der Fackeln entgegen. Der Prinz greift herein und zieht eine sonderbare Handpuppe hervor. Sie ist mit einem von kostbaren Perlen durchsetzten Kleid angetan.

»Die schenke ich dir. Sie war einst der Schutzengel meiner Urgroßmutter, der Prinzessin von Nowgorod. Unsere Stadt trieb vor vielen Jahren Handel mit dem fernen Königreich. Und als man dort einmal eine Schiffsladung Salz und Tran nicht bezahlen konnte, wurde sie, um Lösegeld zu erpressen, gewaltsam in unsere Stadt verschleppt. Sie durfte nichts mitnehmen außer ihrem Schutzengel. Die Herrscher von Nowgorod aber waren geizig und lösten die Geisel nie aus. So blieben denn beide bei uns. Die schöne Prinzessin heiratete eines Tages unseren Fürsten, und die Puppe beschützt uns seither vor den Angriffen böser Feinde. – Jetzt soll sie dich bis in den Himmel begleiten.«

Der Zauberprinz führt mich in einen anderen Raum, in dem ein großes, schweres Schiffsmodell, eine Kogge, von der Decke herabhängt. Es ist voll beladen mit Gewürzen, Wein und Tuchballen und stampft unter vollen Segeln gegen die tobende See.

Gischtspritzer fliegen mir ins Gesicht.

Aus der Nische des Raumes nähert sich ein Piratenschiff. Trotz des heftigen Kanonenbeschusses gelingt es ihm, sich mit in Teer getränkten Tauen an der Kogge festzumachen. Die Seeräuber entern ihre Beute unter Gebrüll. Köpfe rollen. Eine Stichflamme schießt aus dem Achterdeck.

Mithilfe der Puppe gelingt es mir, mich aus dem Gemetzel herauszuhalten. Da kommt von Luv auch schon ein mit Kriegsvolk besetztes Fredeschiff der bedrängten Kogge zu Hilfe. Die Seeräuber müssen unverrichteter Dinge wieder abziehen.

Weiter geht es mit dem Rundgang. In vielen Nischen stehen Geschützrohre. Die finster dreinschauenden Kanoniere geistern im Fackellicht schwankend um ihre Kanonen herum. Gott sei Dank gibt der Prinz den Befehl, nicht zu schießen.

Er weist mich an, eine nach unten führende Wendeltreppe hinabzusteigen.

Die Folterkammer.

In einen ›Spanischen Mantel‹ hat man einen nackten Gefangenen eingezwängt. Die scharfen Klingen ritzen ihm bei jeder Bewegung in das Fleisch. Er jammert hilflos, Blutreste kleben auf dem kalten Steinboden.

Auf einer Streckbank windet sich vor Schmerzen eine als Hexe verurteilte Magdfrau. Sie soll Obst verkauft haben, das vom Teufel besessen war. Ihre Gliedmaßen werden so lange auseinandergezogen, bis sie ein Geständnis ablegt. Dann soll sie auf dem Marktplatz öffentlich verbrannt werden.

An der Wand hockt ein Brotdieb. Man hat ihn mit einem Halseisen und mit Hand- und Fußschellen an die Mauer geschmiedet. Der Kerkermeister holt einen Brandstempel aus der Feueresse und drückt ihm ein Brandmal auf die nackte Brust. Der Gefolterte schreit herzzerreißend auf.

Jetzt wird es mir zu viel. Das Gesicht meines Traumprinzen hat sich in eine hässliche Maske verwandelt. Er lacht mich höhnisch an und tröpfelt mir aus einer kleinen Flasche eine bitter riechende ölige Flüssigkeit auf die Hand.

Mir wird schwindelig. Mit dem betörenden Duft durchströmt mich ein nie erlebtes Glücksgefühl. Ich halte Hanna fest in den Händen. Mama gibt mir einen Kuss auf die Stirn.

Ein grauer Schleier legt sich auf meine Augen. Im letzten Moment sehe ich, wie Papa einen in der Wand verborgenen Schalter umwirft.

Ich verliere den Boden unter den Füßen und gleite schwerelos auf einem feinen blauroten Farbschleier durch einen nicht enden wollenden Tunnel. Unter einem Gebüsch am Ufer eines Wassergrabens bleibe ich liegen.

*

Wieder flog ein Fußball vor Krolls Füße. Er schreckte aus seinen Träumen auf. »Wenn man die Wahrheit doch herbeiträumen könnte …«, seufzte er halblaut.

Der Inspektor ahnte nicht, dass er in seinem Traum schon recht nahe an die Wahrheit herangekommen war. Er steckte die Glasmurmel in die Tasche, stand auf und beförderte den Ball mit einem kräftigen Tritt hoch zur Jungenschar. Wieder Beifallgegröle.

Kroll achtete nicht weiter darauf, sondern ging langsam quer durch die Büsche am Ufer entlang in Richtung Holstentor, das von oben grüßte. Unterhalb der Böschung zur Stadtbrücke stutzte er. Unter dem wilden Gestrüpp verbarg sich eine mannshohe, rostige Eisenklappe. Wahrscheinlich ein Zugang zur unterirdischen Kanalisation oder der Eingang zu einem Wartungskeller für die Brücke, dachte er. Ich werde Hopfinger darauf ansetzen. Vielleicht hat das irgendwie mit dem Tod des kleinen Mädchens zu tun. – Und Frau Grell soll in den alten Stadtarchiven stöbern, ob es irgendeine Notiz über unterirdische Gänge gibt. – Die Suche nach dem Ursprung der kleinen braunen Holzkugel werde ich besser selbst übernehmen.

Er stellte seinen rechten Fuß auf eine Parkbank. Wieder einmal hatte sich ein Schnürsenkel gelöst. Dann machte er sich auf in Richtung Büro.

Frau Grell hatte keinen Erfolg. Erstens konnte sie die Schrift in den alten Dokumenten nur mit Mühe entziffern. Hätte man sich damals doch bloß einer Schreibmaschine bedient! Aber selbst wenn sie die Buchstaben lesen konnte, konnte sie mit der altdeutschen Sprache nur wenig anfangen. Nach wenigen Ansätzen gab sie enttäuscht auf. Dafür nahm sie sich umso mehr Zeit, den jungen Archiv-Assistenten auf die Erfahrungen des Lebens vorzubereiten.

Hopfinger fand heraus, dass das Tiefbauamt zwar von der Existenz des Stolleneingangs wusste, der zuständige Referent versicherte jedoch, dass der Gang seit Menschengedenken nicht mehr benutzt worden sei. Er ging davon aus, dass er als Überbleibsel aus der Bauzeit der Brücke über den Stadtgraben zur Trockenlegung der Trasse diente.

Inspektor Kroll gab nicht auf. Auch wenn der Obduktionsbericht ergebnislos ausgefallen war, so schnell stirbt ein kleines Mädchen nicht. Außerdem konnte er den befremdlichen, bitteren Geruch nicht vergessen, der selbst den erfahrenen Polizeichemikern ein Rätsel blieb. Er bemühte sich vergebens, das Geheimnis um die kleine braune Holzkugel zu lüften.

Dabei spürte er deutlich, der Lösung des Falls ganz dicht auf der Spur zu sein. Weder die Eltern des Kindes noch die Spielfreundinnen kannten die Kugel. Und in der Nähe des Fundorts der Leiche gab es ebenfalls keine Anhaltspunkte.

Die murmelähnliche Kugel bekam, zusammen mit der Glasmurmel, die er neben der Parkbank gefunden hatte, einen Ehrenplatz auf Krolls Schreibtisch. Beide erinnerten ihn täglich daran, dass noch eine Rechnung zu begleichen war. Er musste wieder einmal darauf vertrauen, dass die Zeit für ihn arbeitete. Auf den Gedanken, den mysteriösen Tod des Küsters mit dem ebenso merkwürdigen Ableben des kleinen Mädchens in Verbindung zu bringen, kam er erst viel später.

KAPITEL 5: LE ROSSIGNOL

Das Haus lag an einer breiten Durchgangsstraße, die unten vom Haupttor der Stadt hoch zum Marktplatz mit dem historischen Rathaus führte. Viele Passanten blieben gern vor der prachtvollen Bürgerfassade stehen, bewunderten das auffällige, barocke Sandsteinportal mit der Messingtafel ›Adrian Ampoinimera, Goldschmied und Uhrmacher‹. Und den hübschen Staffelgiebel. Oder schauten neugierig in die verlockenden Auslagen der Schaufenster zu beiden Seiten des Eingangs.

Über dem linken stand in großen Lettern ›Goldschmiede‹. Jemand hatte die Vitrine geschmackvoll mit wertvollen Colliers, Ringen, Anhängern und Armreifen dekoriert. Manches davon schien aus einer orientalischen Werkstatt zu kommen, aber alles stammte von Meister Adrian.

Die Vitrine auf der anderen Seite mit der Überschrift ›Uhrmacherei‹ stach nicht so stark ins Auge. Die etwas angestaubte, riesige Standuhr mit einem Orgelwerk und dem Pendelkasten aus Mahagoni fristete ein wenig beachtetes Dasein, als sei sie der gescheiterte Versuch, die physikalische Zeit mit der Musik, der erlebten Zeit, zu versöhnen.

Ebenso erging es der seltenen Fünf-Minuten-Uhr, die früher einmal im Stadttheater gehangen hatte und die mit ihren zwei Zahlenfeldern jeweils den Ablauf von fünf Minuten sowie die Stundenzahl anzeigte, als wollte ihr Erschaffer den gewohnten Zeitlauf der Stadt überlisten.

Der Mechanismus bestand aus zwei Messingtrommeln, zwischen denen das Räderwerk und ein kleines Pendel angebracht waren.

Als Blickfang stand vorn in der Mitte des Schaufensters eine aus vergoldeter Bronze gefertigte Directoire-Uhr. Ein Harlekin mit schwarzem Gesicht und einem Säbel am Gürtel hielt in der einen Hand eine Kuckucksuhr hoch. Mit der anderen zeigte er schelmisch auf den Vogel, als ob er sich über den Lauf der Welt lustig machen würde. Zur vollen Stunde konnte er diesen Arm bewegen und dazu weise mit dem Kopf nicken.

Das Besondere an der Uhr bestand darin, dass ihre Zeiger rückwärts liefen. Einem Ungeübten fiel es schwer, die Uhrzeit korrekt abzulesen. Wollte sich auch hier der Uhrmacher über die Bürger mokieren?

Natürlich gab es außerdem goldene Taschenuhren, moderne Wecker und quarzgesteuerte, komplizierte Armbanduhren. Ein Marinechronometer in einem Gehäuse aus Palisander stand in einer Ecke neben einer aus Messing und Eisen gefertigten Wanduhr in Laternenform. Die ganze Vitrine hinterließ den Eindruck, als sei die Zeit hier zu Hause, als sei der Uhrmacher der Herr der Zeit.

In dem Gästebuch, das im Eingangsbereich des Hauses auf einem kleinen, schön verzierten Tisch lag, konnte man als Widmung auf der ersten Seite lesen:

›Gold ist Sternenstaub. Gold ist außerirdisch, doch sein Glanz ist Schein. – Vielleicht ist das der Grund, warum wir Menschen uns vorgaukeln, Gold sei unvergänglich.

Nur das Gold, das den Göttern gewidmet ist, überdauert.
Uhren stehen für Zeit. – Jede Zeigerbewegung mahnt den Menschen an seine Sterblichkeit.
Goldene Uhren sind der Versuch, Ewigkeit und Vergänglichkeit miteinander zu versöhnen.
Vanitas. – Sie zeigen, dass wir unsere Lebenszeit letzten Endes nicht selbst bestimmen.
Nur die Zeit der Götter währt unendlich.‹

Als vor Jahren der Physiklehrer der Oberschule seiner Frau einen neuen Ring kaufte, konnte er es sich nicht verkneifen, in das Gästebuch einen schulmeisterlichen Zusatz einzutragen: »Richtig. Gold entsteht nicht auf unserer Erde, es bildet sich bei einer Supernova oder durch Gammastrahlungsausbrüche bei der Kollision zweier Neutronensterne.«

So erklärte der Physiker die wesentlichen Dinge des Lebens.

Obwohl nur selten Kunden einen der beiden Läden betraten, schien es für Herrn Ampoinimera ein einträgliches Geschäft zu sein. Seine Familie wohnte in einer der ersten Adressen der Stadt, sie konnte sich ein ausgiebiges Luxusleben leisten und verkehrte in der besten Gesellschaft.

Und das, obwohl sie erst wenige Jahre in Lübeck weilte. Der Pastor meinte zu wissen, sie käme aus Peru oder irgendeinem anderen lateinamerikanischen Land, wo sie in einem Goldbergwerk zu Reichtum gelangt war. Das würde auch den folkloristischen Einschlag in der Goldschmiedekunst Adrians erklären. Die Nachbarn schlossen sich der Ansicht des Pastors an. Das war am bequemsten so.

Adrians Frau Rana spielte ausgezeichnet Klavier, und man engagierte sie gern als Lehrerin für die höheren Töchter. Außerdem genoss sie einen guten Ruf sowohl an der Musikhochschule als auch am Stadttheater, wo man sie als Korrepetitorin schätzte. Ihren Schülern schrieb sie gewöhnlich ins Poesiealbum: ›Musik ist der Sieg des Menschen über den Flug der Zeit.‹

Insofern passte das Ehepaar Ampoinimera gut zusammen.

Der Sohn Radamo galt als Favorit der Damenwelt der Nachbarschaft. Er sah blendend aus, kleidete sich stets geschmackvoll und elegant und hatte gute Umgangsformen, auch wenn sich seine Konversation bisweilen nur auf die Wiedergabe allgemeinhöflicher Floskeln beschränkte.

Es sprach sich herum, dass er außerordentlich gut Flöte spielte. Auch betätigte er sich als Aushilfsorganist in der Marienkirche.

Keiner der benachbarten Damen war es bisher gelungen, privat mit ihm unter vier Augen auch nur eine Minute zu verbringen. Aina wusste das, kam aber mit anderen Absichten. Heute wollte sie die Einladung von neulich wahrnehmen. Frau Ampoinimera hatte ihr kürzlich in der Musikhochschule ein paar Noten zum Üben gegeben.

Léo Delibes' ›Le Rossignol‹ für Gesang, Flöte und Klavier.

»Das ist zwar sehr schwer, aber Sie werden es schon schaffen, meine kleine Nachtigall. Übrigens werde ich mich beim Opernleiter des Theaters für Sie verwenden. Er ist mir zu Dank verpflichtet. Da kann er Sie ruhig mal vorsingen lassen.«

Die junge Sängerin schritt ein wenig aufgeregt durch das Sandsteinportal und blätterte in dem Gästebuch. Die Sache mit dem Sternenstaub ging ihr durch den Kopf.

»Wäre ich wirklich ein Adoptivkind – wäre ich dann nicht auch so etwas wie Sternenstaub?«

Ihr Physiklehrer hätte in seiner nüchternen Art sicherlich erwidert: »Richtig. Alle Elemente in deinem Körper, die schwerer sind als Eisen, stammen aus fernen Sternkatastrophen im Weltall.«

Die Türen, die in dem schmalen Eingangskorridor zu beiden Seiten in die Läden führten, standen offen. Aina konnte jedoch niemanden erkennen, auch keinen Kunden. Wenige Schritte weiter öffnete sich der Gang zu einer imposanten Diele. Die breite, von einer mächtigen Dielensäule aus Marmorimitat gestützte mehrläufige Treppe beherrschte den nur sparsam erleuchteten hohen Raum. Sie führte auf eine obere, von einem imposanten Hausbaum mit einem verzierten Unterzug getragene Innengalerie. Man konnte von unten die Fenster und Zimmertüren von mehreren Gemächern im ersten Geschoss erkennen.

Links grenzte der Goldschmiedeladen an die ehemalige Küche an, die jetzt als eine Goldschmiedewerkstatt genutzt wurde.

Die Uhrenwerkstatt lag auf der gegenüberliegenden Seite, gleich neben dem Uhrenverkaufsraum. Im Hintergrund führte eine Tür zu weiteren Gemächern. Viele vornehme Bürgerhäuser beherbergten dort früher ein Landschaftszimmer. Der Name kam weniger daher, dass man von hier einen Ausblick in den schmalen Garten hatte. Vielmehr leitete sich das Wort von den bemalten oder mit Tapeten bespannten Wänden ab, die mit Allegorien versetzte, luftige Landschaften zeigten. Auf dem mit Kalksteinplatten ausgelegten Dielenboden standen, wie stumme Zeugen einer vergangenen Epoche, verschiedene, teilweise riesige Uhrenkästen. Vielen fehlte das Innenleben, sodass sie wie gespenstische Puppen aus einem Gruselkabinett aussahen.

Aina fröstelte ein wenig in dieser muffigen, kalten und tendenziell staubigen Atmosphäre.

»Ist da jemand?«

Ihr schüchternes Rufen blieb erfolglos. Dann entdeckte sie neben der Säule eine Handklingel. Das Echo einer fernen Glocke drang an ihr Ohr, und es dauerte ein wenig, bis sich eine der hinteren Türen öffnete.

Ein mürrisch dreinschauender junger Mann erschien und wischte sich die Hände umständlich an einer Lederschürze ab. Eine Baskenmütze versuchte, sein strohfarbenes, ungepflegtes Haar zu bändigen.

Sicher der Uhrmachergeselle, vermutete Aina.

»Ja?« Der Bursche schien nicht besonders redselig zu sein.

»Entschuldigen Sie die Störung. Aber ich bin mit Frau Ampoinimera zum Musikmachen verabredet.«

Der Geselle schloss hinter sich die Tür. Er hatte gerade an einem neuen Uhrwerk des Meisters gearbeitet, einer in der Art der Salome orientalisch gekleideten Marionettenpuppe, die einem Menschen täuschend ähnlich war. Sie hielt ein Tablett in den Händen, auf dem sich ein kunstvoll verzierter Regulator befand, und sie konnte beim Schlag zwölf eine vollendete Pirouette drehen.

Der junge Mann schlurfte langsam nach vorn an Aina vorbei, musterte sie kurz von oben bis unten, drehte sich um und fing an, aus einem der Uhrenkästen ein Räderwerk auszubauen.

»Oben!«, sagte er, ohne sich ihr zuzuwenden. Zu mehr schien es bei ihm nicht zu reichen.

Verlegen stieg Aina die Treppe hinauf und bog in eine der beiden Galerien ein. Sie hatte keine Ahnung, wie es jetzt weitergehen sollte.

Plötzlich öffnete sich direkt vor ihr eine Tür, als hätte sie eine Lichtschranke ausgelöst. Vor ihr dehnte sich ein lichter Wohnraum im Stil der Beletage aus. Der Gegensatz zur dunklen Diele konnte nicht größer sein. Durch freundliche Fensterflügel flutete das Tageslicht von der Straße herein. Helle Vorhänge wehten zärtlich gegen Blumenkübel.

Palme, Venusfliegenfalle, Wüstenrose, Fledermausblume, Paradiesvogelblume. Es duftete nach Vanille.

Hohe Pfeilerspiegel zwischen den Fenstern und Spiegelflächen in der gegenüberliegenden Wand erzeugten eine Illusion der Unendlichkeit. Die textilen Wandbespannungen an den Seiten zeigten Szenen aus dem Fernen Osten.

Die Möblierung bestand lediglich aus einem kleinen persischen Rundtisch, dessen Oberfläche kunstvoll mit Perlmutt besetzt war, begleitet von drei passenden Stühlen. In der Mitte des Raumes stand ein schwarz glänzender Salonflügel, vor dem, vertieft in ihre Notenlektüre, die Hausherrin saß. Die helle Fensterfront spiegelte sich in der Innenseite des offenen Flügeldeckels und verstärkte die Raumillusion.

»Tritt näher und setz dich!« Das Du klang, als würde sie Aina schon lange kennen.

»Vielen Dank für Ihre freundliche Einladung. »Aina wagte es nicht, die Dame zu duzen.

»Mein Mann lässt sich entschuldigen. Er hätte dich gern kennengelernt, aber er muss die goldene Kette für den Ratsvorsteher rechtzeitig fertig bekommen.«

Merkwürdig, wunderte sich Aina. Vorhin hatte ich doch niemanden in der Werkstatt gesehen.

»Ehrlich gesagt teilt er nicht immer meinen Musikgeschmack. Dann sucht er gern einen Vorwand, um nicht höflich zuhören zu müssen«.

Rana lachte kurz auf, wobei ihr die Locken wieder ins Gesicht fielen. Aina fand sie faszinierend. Sie spürte, wie das rotes Bindi auf ihrer Stirn brannte.

»Ich habe die Noten von Léo Delibes mitgebracht, in der berühmten Flötenversion von Ary van Leeuwen. Aber ich glaube, das ist noch etwas zu schwer für mich. – Was halten Sie von diesem Mozartlied?«

Frau Ampoinimera beachtete das Angebot gar nicht. Stattdessen legte sie ein paar Notenseiten auf das Klavierpult.

»Wenn du meinst, Mozart sei einfacher, dann hast du eine falsche Vorstellung vom Singen.«

Sie stand auf, betätigte einen Klingelzug neben der Tür und gesellte sich zu Aina an den kleinen Tisch.

»Das Schwere liegt nicht in der Technik, das Schwere

liegt in der Gestaltung! – Natürlich geht in der Musik nichts ohne Technik. Die kann man weitgehend erlernen. Aber Technik ohne Gestaltung ist wie ein leeres Uhrengehäuse. Es fehlt der Sinn, es ist tote Zeit.«

Inzwischen war eine etwa 30 Jahre alte Bedienstete, die Kammerzofe, eingetreten.

»Ria, bitte melde meinem Sohn, dass er ins Musikzimmer kommen möge. Er soll seine Flöte mitbringen. – Und servier uns dann bitte einen Litschi-Aperitif.«

Die Zofe warf einen kurzen Blick auf Aina. Hinter ihrem diskreten Lächeln schien sich ein Anflug von Eifersucht zu verstecken.

»Zurück zu Delibes. Le Rossignol – die Nachtigall. Was findest du denn schwer daran?«

»Das ist eine virtuose Koloratur-Arie mit schweren Tonsprüngen und vielen Verzierungen. Und alles klingt so durchsichtig. Ich fürchte, meine Stimme ist dazu noch nicht reif genug.«

»Dass du erst am Anfang deiner Stimmausbildung bist, das weiß ich auch. Aber das ist jetzt nicht entscheidend, da wirst du mit der Zeit schon deinen Weg gehen. Mir käme es darauf an, dass du Musik machst, nicht einfach nur Töne ablieferst. Verstehst du, was ich meine?«

Die Tür ging auf und ein junger Mann mit einer Querflöte in der Hand trat ein. Er trug einen dunkelbraunen Herrenanzug. Das Jackett stand offen. Aina fiel sofort auf, dass der Hosengürtel rechts eingeschlauft war. Das war eigentlich nur bei Frauen üblich. Der wohlgeformte dunkelbraune Lockenkopf erinnerte sie spontan an Michelangelos David.

In seinem Alter sollte er sich etwas sportlicher kleiden, dachte sie.

»Schön, dass du Zeit für uns hast.« Frau Ampoinimera stand auf, ging auf ihren Sohn zu, hakte ihn unter und führte ihn zum Tisch.

»Mein Sohn Radamo.«

Aina gefielen die dunklen, magisch offenen Augen, mit denen er sie aufmerksam anschaute. Unwillkürlich hatte sie das Gefühl, hypnotisiert zu werden.

Es entwickelte sich ein kurzes oberflächliches Gespräch, zu dem Radamo nur wenig beisteuerte. Komisch, der ist genauso wortkarg wie der Uhrmachergeselle vorhin. Scheint wohl für die Männer dieses Hauses typisch zu sein, ging es Aina durch den Kopf.

Die Zofe brachte dezent den Aperitif. Man nippte ein wenig und gruppierte sich zum Musizieren um den Flügel.

Radamo spielte seinen Flötenteil gut. Aina beeindruckte seine Musikalität. Wie konnte ein so dandyhaft erscheinender junger Mann, der allenfalls dürftigen Small Talk zustande brachte, seinem Instrument derartig intensive Gefühle und sensible Klänge entlocken?

Rana Ampoinimera hatte nur wenige einfache Akkorde zu spielen, führte damit aber das Trio wie eine Dirigentin an. Sie achtete peinlichst genau auf die Einhaltung des Zeitmaßes und bestimmte mit kleinen Gesten die Ausführung der Fermaten.

Die ersten Takte liefen für die junge Sopranistin ganz gut, und sie begann, Selbstvertrauen zu gewinnen. Dann kam aber die gefürchtete Stelle, in der sie mit der Flöte im

Duett singen musste. Gleich beim dritten Ton, dem zweigestrichenen h, brach ihr vor Aufregung die Stimme weg, und sie verpatzte dadurch den folgenden Zwiegesang mit der Flöte.

Die raffiniert komponierten Echowirkungen waren ihr im Gesangsunterricht schon besser gelungen. Radamo spielte wie ein Profi unbeirrt weiter, als sei nichts geschehen.

Endlich begann das Klaviervorspiel zum Allegretto. Kaum hatte Frau Ampoinimera wieder ihre Hände im Spiel, fing sich Aina. Und bald fügte sich ihre Stimme wie selbstverständlich in die Musik ein. Sie begann, in dem feinen Wechselspiel mit der Querflöte Musizierfreude und innere Wärme zu entwickeln.

Ein paar Passanten draußen auf der Straße blieben stehen und lauschten dem Wettstreit der Nachtigallen.

Mit einem zarten Nachspiel von Flöte und Klavier klang das Stück aus. Rana stand schweigend auf und ging versonnen zur Tür, um den Klingelzug zu betätigen. Dann kam sie auf Aina zu, die noch ganz im Bann der letzten Klänge stand, und umarmte sie.

»Du bist wundervoll, meine Nachtigall. Selten habe ich Musik schöner erlebt. Die kleinen Patzer zählen nicht. – Aber mit Radamos Leistung bin ich noch nicht zufrieden.«

Ohne weitere Worte verschwand sie schnellen Schrittes durch die Tür, ohne sich um ihren Sohn zu kümmern, der weiterhin regungslos mit der Flöte in der Hand neben dem Flügel stand.

Er schaute Aina mit seinen hypnotischen Augen an, ohne

etwas zu erwidern. Erst jetzt fiel ihr auf, dass Radamo überhaupt nicht blinzelte. Nur wenige Sekunden später erschien die Zofe.

»Ich werde Sie hinausbegleiten, gnädiges Fräulein.«

*

Aina hatte kaum noch Zeit, sich nach Radamo umzudrehen, um sich ihrerseits für das schöne Konzert zu bedanken und sich zu verabschieden. Die Zofe führte sie hinunter in die Diele.

Dort hantierte Raik, der Geselle, immer noch an einem der Uhrengestelle herum. Er schien sich überhaupt nicht für seine Umwelt zu interessieren. Verwirrt schlich sich Aina an ihm vorbei und verschwand durch die offene Eingangstür.

Raik blickte ihr aus den Augenwinkeln hinterher.

Sie bemerkte auch nicht, dass ihr die Kammerzofe Ria mit einem nicht gerade freundlichen Blick nachschaute, bis sie um die nächste Straßenecke verschwunden war.

Die Sonne wärmte die Bürgersteige. Sogar ein Schmetterling hatte sich in die engen Gassen verirrt. Vor der Bäckerei an der Ecke – aus Gründen des Brandschutzes durfte seit jeher dieses Gewerbe nur in Eckhäusern betrieben werden – standen zwei Hausfrauen mit frisch riechendem Brot unter dem Arm und schwatzten über ihre Allerweltssorgen.

Aina fühlte sich in dieser Atmosphäre wohl. Sie liebte ihre Kleinstadt, obwohl sie, je älter sie wurde, immer mehr das Bedürfnis nach einem Leben in einer anderen Welt verspürte.

War das nur der verständliche und notwendige Wunsch eines jeden Heranwachsenden, dem Elternhaus zu entfliehen, oder steckte mehr dahinter? Aina wusste keine Antwort auf ihre Frage. Einerseits fühlte sie sich als Glied dieser Gemeinschaft, andererseits spürte sie, dass sie anders war. Irgendetwas anderes, Höheres verbarg sich in der Zukunft, davon war sie überzeugt. Doch was war es?

Ihr fiel ein kleines Märchen ein, das sie kürzlich im Internet gefunden hatte, von dem sie meinte, es würde zu ihrer momentanen Situation passen.

›Warum die fünf Finger sich getrennt haben.

Jeder Finger, so heißt es, hatte seine eigenen Gedanken. Und zwar war das folgendermaßen:

Der kleine Finger sagte: »Ich bin so hungrig.«

Darauf meinte der Finger, der ihm am nächsten war: »Wenn du so hungrig bist, geh und stiehl dir etwas, womit du deinen Hunger stillen kannst!«

Da rief der übernächste Finger: »Bring reichlich mit, denn wir möchten auch etwas abhaben.«

Darauf sagte der Zeigefinger: »Ich glaube, diese Burschen geben dem Kleinen schlechten Rat. Wird man nicht bestraft, wenn man stiehlt?«

Der Daumen aber schalt: »Ich verstehe das Geschwätz dieser Gesellen nicht. Weil sie Unrecht planen, wende ich mich ab von ihnen. Denn ich bin rechtschaffen.«

Seht Ihr, dies war die Ursache für die Trennung der fünf Finger, wobei der Daumen den restlichen Fingern entgegensteht.‹

Natürlich war dieser Vergleich übertrieben, das wusste Aina. Ihre Eltern planten kein Unrecht, wohl aber spürte sie, dass es ihr gegenüber vielleicht gerechter gewesen wäre, sie hätten sie über ihre Herkunft aufgeklärt. Sie konnte den Wunsch der Eltern nach einem eigenen Kind verstehen. Und Aina ahnte, dass es ihnen nicht vergönnt war, ein leibliches Kind zu haben. Ihren ›Hunger‹ nach einer vollständigen Familie aber hätten sie nicht so selbstverständlich, so unausgesprochen stillen dürfen.

KAPITEL 6: SCHATTENGOLD

Das Ehepaar Sánchez-Ruiz aus der spanischen Stadt Girona besuchte Lübeck regelmäßig, seit es die neue direkte Flugverbindung zwischen beiden Orten gab. Fernando liebte das mittelalterliche Ambiente der Hansestadt, während Ángela gern durch die kleinen Geschäftsgassen flanierte, die rund um den Marktplatz zu beiden Seiten um den buckelförmigen Stadtkern herunterfuhrten.

»¡Qué precioso!«, kommentierte Fernando das Heiliggeisthospital, ein Profanbau aus dem 13. Jahrhundert. Zwar konnte Girona mit seiner Kathedrale und der Casa de Pia Almoina ebenfalls wertvolle gotische Gemäuer aufweisen. Ihn beeindruckte hier vor allem die architektonische Einheit des Hospitals in der direkten Nachbarschaft mit der hochragenden Jakobikirche, den historischen Pastorenhäusern und dem in einem Anbau versteckten kleinen Buchladen.

Hier erstand Fernando seinen ersten deutschen Roman, eine Erzählung von einem bekannten Lübecker Dichterfürsten. Leider verstand er nicht viel, obwohl er nun schon seit fünf Jahren Deutsch lernte. Zu viele unbekannte Adjektive, zu viele seltene Adverbien, zu komplizierte Satzstrukturen und eine Ansammlung von Metaphern, die nicht einmal ein Muttersprachler so leicht verarbeiten konnte.

»¡Vaya joyas!«, rief Ángela, als sie vor der Vitrine des Goldschmieds Adrian Ampoinimera stehen blieb. Der scheinbesorgte Hinweis ihres Mannes, man würde das Flugzeug verpassen, wenn man sich nicht sputete, verfehlte seine Wirkung. Trotzig betrat sie den Laden. Obwohl dort Schätze offen herumlagen, stand niemand hinter dem Tresen. In Lübeck gab es offensichtlich keine Diebe.

»Los alemanes parecen ser personas honradas. En esta ciudad tan acogedora no hay ningún ladrón.«

Sie ahnte nicht, dass die Augen des goldenen Vogels, der oben auf einem Regal stand, mit zwei Minikameras ausgerüstet waren. Ángela betätigte eine Handglocke. Geraume Zeit später erschien der Uhrmachergeselle.

»Ja?« Wie immer war er Fremden gegenüber recht wortkarg.

Die weitere Diskussion verlief ebenso. Raik verstand kein Spanisch und Ángelas Deutschkenntnisse hielten sich in engen Grenzen. Zum Bierbestellen reichte es, nicht aber zum Einkauf in einem edlen Juwelierladen.

Endlich fand sie das Richtige. Der geklöppelte Goldschmuck, der an einer schlichten Kette hing, hatte die Form einer exotischen Riesenspinne, in deren Mittelpunkt ein blaustichiger Diamant thronte.

Das kostbare Geschmeide riss eine beachtliche Lücke in Fernandos Geldbeutel. Als Trost erlaubte sie ihm, die Kette persönlich um ihren Hals über den dunkelbraunen Rollkragenpulli zu hängen. Stolz verließen sie den Laden und begaben sich in Richtung Holstentor, der letzten Sehenswürdigkeit, die auf ihrem heutigen Besichtigungsprogramm stand, bevor der Flieger nach Girona startete. Ángela fühlte die neidischen Blicke der Passanten. Sie bemerkte allerdings nicht, dass ihr eine männliche Gestalt unauffällig folgte.

An der Ampel vorm Holstentor mussten sie zusammen mit einer Handvoll Fußgänger bei Rot stehen bleiben. Der Verfolger drängte sich dicht hinter Ángela. Vorsichtig öffnete er den Verschluss der Halskette, zog sie behutsam zur Seite und steckte sie schnell in seine Manteltasche.

Die Frau hatte wegen des Pullis nichts gespürt. Die Rotphase dauerte Fernando zu lange, also widmete er seiner teuren Frau einen kurzen Kontrollblick.

Die kostbare Kette war verschwunden!

»¡Ángela, tu collar!«

Ángela erschrak und fasste sich an den nunmehr ungeschmückten Rollkragenpulli.

»¡Ay, por Dios, que me han robado el collar!«

Der Dieb verriet sich durch eine hastige Bewegung seitwärts.

»¡Al ladrón!«

Leider verstanden die Umstehenden, die kein Spanisch sprachen, nicht sofort, was passiert war. Der Dieb nutzte den Augenblick der Verwirrung, um sich schnellen Schrittes abzusetzen und dann in Richtung Wallanlagen zu laufen. Das Ehepaar Sánchez-Ruiz blieb ihm, unterstützt von ein paar Passanten, auf den Fersen.

»¡Socorro! – ¡Al ladrón!«

Der Dieb eilte die Böschung hinunter in ein dichtes Gebüsch, öffnete eine Eisentür und verschwand blitzschnell in einem dunklen Schacht.

Die Verfolger kamen dicht heran, konnten aber nichts mehr ausrichten, denn die Tür fiel vor ihrer Nase donnernd zu. Sie hörten nur noch, wie jemand von innen den Riegel zuschob.

Damit fand die Jagd ein abruptes Ende. Nun war guter Rat teuer. Die Kommunikation unter den nach Luft schnappenden Menschen gestaltete sich eher schwierig. Einem jungen Mann fiel ein Wort ein: »Policía.« Mit einer eindeutigen Geste forderte er die beiden Spanier auf, ihm zu folgen.

Ángela war zutiefst enttäuscht. Also gab es doch Diebe in dem so romantischen Lübeck! Fernando fürchtete, nicht mehr rechtzeitig zum Check-in am Flughafen zu kommen. Aber schließlich war die Kette wesentlich teurer als ein neues Flugticket.

*

In der zentralen Polizeistation hinter dem Marktplatz war die Hölle los. Ein älteres Ehepaar beschwerte sich über die laute abendliche Musik der Nachbarn, ein Rentner konnte sein gestern Abend abgestelltes Auto nicht mehr finden, ein Junge meldete seine entlaufene Katze als verschwunden, dem Pizzabäcker hatte jemand eine Beule in sein Kurierauto gejagt und anschließend Fahrerflucht begangen, und ein paar Angetrunkene grölten in der Entzugszelle. Und das alles gleichzeitig.

Dabei hatten die Beamten genug Schreibkram zu erledigen. Die vielen Anzeigen wegen gestohlener Wertsachen häuften sich in letzter Zeit. Die Liste der Betroffenen wurde immer länger. Zuerst traf es die Frau des Stadtpräsidenten. Ihre neue, bei Meister Ampoinimera gefertigte, karibisch aussehende Goldbrosche verschwand beim Einkauf auf dem Hauptmarkt im Gedrängel an den Gemüseständen. Warum musste sie zum Einkaufen auch unbedingt ihre neue teure Brosche zeigen?

Und jetzt auch noch dieses spanische Ehepaar, das nur radebrechend Deutsch sprach. Der junge Mann, der die beiden zum Revier begleitet hatte, erklärte kurz die Situation. Der zuständige Beamte hatte die Nase voll.

»Das mit den Schmuckdiebstählen nimmt jetzt überhand. Es wird Zeit, dass wir die Regionale Kriminalbehörde einschalten. Sollen die sich daran die Zähne ausbeißen!«

Er rief im Büro von Inspektor Kroll an, der jedoch gerade wegen der Recherche nach den kleinen braunen Holzkugeln außer Haus weilte.

So musste sich Hopfinger bequemen, die wenigen Schritte rüber zur Hauptwache zu gehen. Er hasste diesen Ort der Vulgärkriminalistik. Warum sollte er, der Spezialist für Mord und Gewaltdelikte, sich mit einfachen Raubfällen beschäftigen?

Die Tatzeugen mussten Hopfinger umständlich alle Details bis ins Kleinste erläutern. Als sie die verborgene Eisentür im Gestrüpp unterhalb der Wallanlagen erwähnten, horchte der Kriminalassistent auf. Die kannte er doch aus dem Todesfall mit dem jungen Mädchen. Ob da eine Verbindung bestand?

Prompt zeigte er reges Interesse an dem bis dato langweiligen Schmuckdiebstahl. Er zog seinen Armani-Mantel aus, setzte sich hinter den Schreibtisch des Reviervorstehers und fühlte sich ungemein wichtig.

»Aha! Hatte ich mir doch gleich gedacht, dass es mit dem Tunneleingang etwas auf sich hat.«

Er spitzte sorgfältig einen der abgewetzten Bleistifte an und machte sich Notizen.

›Donnerstag, 2. Juni, 13.35 Uhr. Juwelendiebstahl vorm

Holstentor. Täterbeschreibung: männlich, mittelgroß, unscheinbares Äußeres. Vermutung auf international operierendes Verbrechersyndikat, da bereits vorher Anhäufung von ähnlichen Übergriffen. Dieb entkam durch einschlägig bekannten Schachteingang am Stadtgraben. Fundort Kinderleiche in unmittelbarer Nähe. Erkundung der unterirdischen Gänge zwingend erforderlich. Werde Spezialisten anfordern und die Operation »Tunnel« höchstpersönlich leiten.‹

*

Hopfinger war intelligent genug, um sich darüber im Klaren zu sein, dass er nicht persönlich in den unterirdischen Gang eindringen durfte. Als Leiter der Operation musste er außen vor Ort sein, um im Notfall weitere Hilfe anfordern zu können. Außerdem musste er den Überblick behalten.

Und er wollte seinen neuen Armani-Mantel nicht unnötig schmutzig machen. Er ließ die Eisentür mit einer kleinen Sprengladung aufbrechen und schickte zwei mit Taschenlampen versehene Polizisten in den Schacht.

Modrige Luft schlug ihnen entgegen. Sie entdeckten auf dem staubigen Boden ein paar deutliche Fußspuren, die sofort vermessen und fotografiert wurden. Der Gang war also offenbar schon mehrfach benutzt worden. Eine verrostete Schubkarre lag beladen mit einem Haufen Ziegelsteinen in einer schmalen Wandnische. Wartungsarbeiten waren hier wohl jahrzehntelang nicht mehr ausgeführt worden.

Der Gang verengte sich nach wenigen Metern. Eine verschreckte Ratte flüchtete tief in den dunklen Tunnelschacht hinein. Von der Decke tropfte es den Männern auf den Kopf. Ab und zu bröckelten Erdklumpen und sogar kleine Deckensteine herunter.

Plötzlich fluchte der vordere Polizist laut. Er war über ein verrottetes Kanalrohr gestolpert und gegen die schleimige Tunnelwand gefallen.

»Verdammter Mistjob. Hier kommen wir nicht weiter. Außerdem wird es zu gefährlich. Der Schacht könnte jeden Moment einstürzen. Wir müssen zurück!«

Draußen erstatteten sie Hopfinger Bericht. Außer der Sicherung der Fußspuren und der Erkenntnis, dass der Gang vor Kurzem benutzt worden sein muss, war bei der ganzen Aktion bisher nicht viel herausgekommen. Man wusste immer noch nicht, wohin der geheimnisvolle Schacht führte. Selbst für die erfahrenen Männer der Feuerwehr wäre ein Einsatz wegen der Einbruchsgefahr zu riskant geworden.

Hopfinger kam eine Idee. Er wusste, dass die Lübecker Polizei aufgrund der permanenten Sparmaßnahmen des Senats nur über bescheidene technische Mittel verfügte. Er hatte neulich gesehen, dass bei seinem Nachbarn der Wagen einer Firma für Kanalinspektion und Rohrsanierung stand. Vermutlich hatten seine frechen Kinder mal wieder ihre Diktathefte wegen der mangelhaften Zensuren im Klobecken entsorgt.

Der Kriminalassistent holte sein Handy hervor und rief im Büro bei Frau Grell an, sie möge sich mit einer Rohrreinigungsfirma in Verbindung setzen.

»Und befehlen Sie den Kanalratten, sie sollen ihren Hintern schleunigst in Bewegung setzen. Ich kann mir meine Zeit schließlich nicht stehlen. Notfall. Geld spielt keine Rolle.«

Hopfinger konnte manchmal sehr ungemütlich werden, wenn er spürte, in einem Fall nicht voranzukommen.

Nach 20 Minuten raste, begleitet von einer Polizeistreife, der mit modernster Technik ausgerüstete Übertragungswagen der Firma quer durch die Parkanlage heran. Die mit neongelber Berufskleidung und roten Helmen ausgestatteten Männer stiegen aus. Sie rochen nach Kanalisation. Hopfinger ekelte sich. Er knöpfte seinen Armani-Mantel zu, als wolle er sich vor dem Gestank schützen.

»Wo ist hier das Problem?«, fragte der Einsatzleiter.

»Verdammt, konnten Sie nicht schneller kommen? Wir sind einem Verbrecher auf frischer Spur. Wenn alle so langsam arbeiten würden wie Sie, wären wir bald nur noch von Gangstern umringt.«

Er wies die Polizeiwache vor dem Stollenzugang an, den Männern freien Zutritt zu gewähren. »Lasst die Kanalratten rein! Die sollen endlich mal einen vernünftigen Job machen.«

Die Arbeiter warfen sich einen kurzen, bezeichnenden Blick zu. Sympathie herrschte auf beiden Seiten nicht unbedingt.

Der Einsatzleiter wies den Fahrer an, rückwärts so dicht wie möglich an das Eisentor heranzufahren. Dann öffnete er die hintere Wagentür, holte eine große Kabeltrommel heraus und schloss das rückwärtige Ende an einen Überwachungscomputer an. Vorn befestigte ein Arbeiter das fernsteuerbare Kanalauge.

»Über verschiedene Monitore und entsprechende Schalter können wir den Schacht ausleuchten und die eingesetzte Kamera per Mausklick und Hebel im Rohr positionieren und lenken«, erklärte der Vorarbeiter. »Wir benutzen ein 4,5 Millimeter mal 30 Meter langes Glasfieberkabel mit einer 32 Millimeter Farb-CCD-Kugelkopfkamera. Mit der Kamera erreiche ich maximal eine Geschwindigkeit von 1,5 Metern pro Sekunde.«

»Wenn Sie hier nicht so lange Vorträge halten würden, könnten Sie sogar 2,5 Meter pro Sekunde schaffen. Also ran an die Arbeit!«

Oben vom Kinderbolzplatz kam eine Schar Jungen heruntergestürmt. Einer hatte einen Fußball unter dem Arm. Neugierig näherten sie sich dem Ü-Wagen.

»Verschwindet hier! Das ist nichts für Kinder. Ab nach Hause, sonst brumme ich euren Eltern eine satte Strafe wegen Polizeibehinderung auf!«

Hopfinger hatte heute nicht seinen besten Tag. Die Kinder verdrückten sich verschüchtert zur Seite.

Langsam verschwand der kleine Kameraschlitten im Stollen. Auf dem Computermonitor konnte man alles haarscharf erkennen. Deutlich zeichneten sich die Spuren des Flüchtigen und die der beiden Polizisten, die bis zu dem Kanalisationsrohr vorgedrungen waren, im Staub ab.

Ab und zu huschte eine Ratte oder geisterte eine Kröte über den Weg. Bald musste das Kabel verlängert werden. Geschickt steuerte der Mann am Schaltpult den Kameraschlitten über dieses Rohr. Jetzt sah man nur noch die Spur des flüchtigen Golddiebes.

»Wir müssten jetzt mitten unter dem Stadtgraben sein«, meinte der Einsatzleiter.

»Ich will keine Vermutungen hören, ich brauche Beweise – und zwar bald, sonst reißt bei mir der Geduldsfaden!«, fuhr ihn Hopfinger unfreundlich an. Er fürchtete langsam um den Erfolg seiner ›Operation Tunnel‹.

Die Männer von der Kanalinspektionsfirma schauten sich vielsagend an. Einer grinste leicht und griff zu einer der vielen DVDs, die an der Seite lagen.

»Zu Dokumentationszwecken müssen wir alles mitschneiden«, sagte er in harmlos-geschäftigem Ton.

»Tun Sie, was Sie wollen, aber tun Sie es heute!« Hopfinger war wirklich am Ende seiner Kräfte. Immer noch kein nennenswertes Ergebnis außer einer dürftigen Spur in der staubigen Tunnelsohle. Weder an den Seiten, Kämpfer genannt, noch an der Decke, dem Scheitel, ließen sich irgendwelche Anzeichen menschlichen Einwirkens beobachten.

Plötzlich gabelte sich der Schacht.

»Wir sind jetzt ungefähr unter dem Konzertsaal der Musikhochschule«, schätzte der Vorarbeiter. »Ich schlage vor, dem rechten Teil zu folgen.«

»Nur schade, dass die Kamera nicht mit Mikrofonen ausgestattet ist. Dann könnten wir jetzt zur Abwechslung wenigstens Musik hören«, witzelte Hopfinger.

»Können Sie haben!«, murmelte der Mann am Computer und betätigte ein paar Schalthebel.

Auf dem Monitor sah man plötzlich, wie sich der Gang weitete. Vor ihnen breitete sich eine bizarre Höhlengrotte aus. Das Licht einer Laterne spiegelte sich in einem unterirdischen See und strahlte bis in den letzten Winkel des verzweigten Grottensystems. Zu allem Überfluss erklang eine atemberaubende sinfonische Musik.

Das muss tatsächlich unter dem Konzertsaal der Musikhochschule sein, vermutete Hopfinger. Das Studentenorchester spielt gar nicht so schlecht, wie ich annahm. – Verdi.

Von Musik hatte er überhaupt keine Ahnung.

Plötzlich schwenkte die Kamera in eine Nebengrotte, die in hellgelbes Licht getaucht war. Da standen offene Seemannskisten über und über gefüllt mit Goldmünzen, Juwelen, Diamanten, Perlenketten und silbernen Kronleuchtern.

Hopfinger war überwältigt. Der sagenhafte Wikingerschatz!, ging es ihm durch den Kopf. Hätte der Baggerführer seinerzeit beim Bau des Konzertsaales der Musikhochschule ein wenig tiefer gegraben, wäre er der Entdecker geworden.

Nun blieb dem Kriminalassistenten diese Gunst vorbehalten. Er war so aufgeregt, dass er nicht bemerkte, wie sich die Arbeiter verstohlen zuzwinkerten.

»Es ist gut. Machen Sie Schluss für heute. Jetzt wissen wir, wo wir weitersuchen müssen. Fahren Sie die Kamera zurück und packen Sie ein. – Und kein Wort zu irgendjemandem! Wir müssen eine Nachrichtensperre verhängen, um die weiteren Ermittlungen nicht zu behindern. Geben Sie mir die DVD mit der Videoaufzeichnung. Ich werde sie im Büro genauer analysieren.«

*

Am nächsten Tag bat Hopfinger seinen Vorgesetzten zu sich.

»Wir haben eine heiße Spur, Chef. Schauen Sie sich das mal an.«

Er startete den DVD-Player. Deutlich erkannte man die Spuren im Staub.

»Die Kollegen im Labor konnten mit den Fußabdrücken nur wenig anfangen. Schuhgröße wahrscheinlich 40/41, was auf einen mittelgroßen Mann schließen lässt. Gleichmäßiger Gang, kein Hinken oder Ähnliches«, ergänzte der Assistent. »Aber passen Sie auf, gleich wird es interessant. Das muss jetzt ungefähr direkt unter dem Konzertsaal der Musikhochschule sein.«

Als die Szene mit der unterirdischen Grotte kam, musste Inspektor Kroll laut auflachen. Er kannte sie bereits aus dem Fernsehen.

»Also haben wir jetzt den Täter! Der Graf von Monte Christo war es – in der Neuverfilmung von Kevin Reynolds! Glückwunsch zu Ihrer erfolgreichen Recherche, Hopfinger! Die Kanalisationsarbeiter haben Ihnen einen Bären aufgebunden.«

Hopfinger hätte sich am liebsten im tiefsten und dunkelsten Teil des unterirdischen Ganges verkrochen. Für die nächste Woche meldete er sich krank. Die Verbrecherwelt von Lübeck konnte aufatmen.

Kroll hielt nicht viel von weiteren Kanalisationsuntersuchungen. Erstens war ihm das zu gefährlich und auch zu kostspielig. Außerdem hatte er schon öfter von unterirdischen Gängen gehört. Hin und wieder fand man einen erfrorenen Bettler oder einen verirrten Hund in irgendwelchen grubenähnlichen Schächten. Aber von Schätzen und Hehlerlagern war noch nie die Rede gewesen.

In der Lübecker Unterwelt kursierten Gerüchte, dass man in den alten Wehrgängen rund um die Wallanlage noch massenhaft verrostete Gewehre und unbrauchbar gewordene Handgranaten aus dem letzten Krieg finden könne.

Aber bislang hatte sich noch niemand ernsthaft an die Suche gemacht. Das waren alles wohl ähnliche Gerüchte wie die der Oberschüler, die noch heute davon träumten, sich vor dem Unterricht drücken zu können, indem sie durch die angeblichen Gänge unter der Oberschule fliehen wollten.

Kroll bezweifelte auch die Beweiskraft dieser Schächte. Selbst wenn sie vorhanden wären, was sollten sie belegen? Er schloss aus, dass sie direkt in das Schlafzimmer irgendeines Verbrechers führen würden, wo die Diebesbeute in die Matratze eingenäht worden war.

Er hielt es für besser, der Roten Rabea, der weiblichen Krone der Lübecker Unterwelt, einen Besuch abzustatten. Für das Plündern von Touristen war sie die anerkannte Spezialistin in der Stadt. Unter Profis kannte man sich, auch wenn man auf verschiedenen Seiten der Barrikade arbeitete.

Rabea hielt er sich als zuverlässige Informantin warm. Mehrmals hatten ihre Tipps zur Verhaftung eines Ganoven geführt. Dafür drückte Kroll bei der Verfolgung ihrer eigenen Straftaten alle nur erdenklichen Augen zu. Auch wenn er dabei gelegentlich seine Dienstpflichten verletzte.

Zur Roten Rabea pflegte Kroll aber noch ein ganz anderes Verhältnis. Als Junggeselle wurde er in Bezug auf Frauen nicht gerade verwöhnt. Er gehörte zu den zahlreichen Männern, die lieber von der Intimität mit dem anderen Geschlecht träumen, als sie real auszukosten. Dazu hatte er zu viele Enttäuschungen über sich ergehen lassen müssen. Seine Liebesabenteuer endeten all zu oft damit, dass ihm die Frauen nach kurzer Zeit schlichtweg einen Korb gaben. Mit der Zeit gewann er den Eindruck, dass er einfach nicht dazu geschaffen war, die Bedürfnisse dieser komplizierten Geschöpfe zu befriedigen.

So begnügte er sich mit einer schüchternen Scheinwelt. Rabeas Kurven, die diese mit für ihn unergründlichen Mitteln geschickt in Szene zu setzen wusste, reizten zwar seine Fantasie. Zu gern hätte er die Schluchten ihres Blusenausschnitts erkundet. Doch einerseits traute er sich nicht, obwohl er wusste, dass sie eine Professionelle war. Und andererseits fühlte er, dass er das aus beruflichen, gewissermaßen aus ermittlungstechnischen Gründen, nicht durfte.

Und das war auch gut so. So konnte er weiterhin von ihren weiblichen Reizen träumen, ohne sich der Gefahr der Erpressbarkeit auszusetzen.

Hopfinger gegenüber erzählte er nichts von seinen realen und virtuellen Kontakten zur Unterwelt. Schließlich hatte der ja seine eigenen in der Drogenszene, das wusste er.

Die Rote Rabea konnte ihm aber nicht weiterhelfen. Eine Goldkette am helllichten Tage zu klauen, das hätte sie, die ihr Gewerbe lieber im Schutze der Nacht ausübte, nicht gewagt. Auch in einschlägigen Kreisen war ihr diesbezüglich nichts zugetragen worden.

Kroll glaubte ihr. Er fühlte, dass der freche Raub an helllichtem Tage nicht die Tat eines einfachen Taschendiebes sein konnte. Außerdem war da noch der Tunnel, die geheimnisvolle Querverbindung zu dem Fall des toten kleinen Mädchens.

KAPITEL 7: TAGEBUCH DER ZOFE – 1. TEIL

Am Abend, nach getaner Arbeit, zog sich die Zofe Ria in ihre Räumlichkeiten zurück, eine kleine Dachwohnung mit einem schmalen Lukenfenster zum Garten hin. Den konnte sie allerdings von hier oben nicht einsehen, wohl aber drang jedes Geräusch wie aus dem Küchenschacht eines Grand Hotel zu ihr hinauf. Hier hatte sie sich ihr eigenes kleines, privates Reich aufgebaut.

Ihre einzige Leidenschaft bestand darin, zweimal in der Woche ins Kino zu gehen. Sie liebte es, sich in diese Welt der Illusionen zurückzuziehen. Es waren nicht die üblichen Schinken, die man in den herkömmlichen Kinos anbot, welche Ria anzogen. Gleich ein paar Straßenzüge weiter befand sich das sogenannte ›Kommunale Kino‹. Hier zeigte man seltene Filme, cineastische Leckerbissen, Streifen gegen den Strich oder Schöpfungen ausländischer Filmemacher.

Ria war Stammgast. Besonders gern besuchte sie außerdem die Lübecker Filmtage, auf denen weniger bekannte, meist nordische Regisseure ihr Können bewiesen. Die besten Streifen erhielten den ›Nordischen Filmpreis‹, ein ehrenvoller, ihrer Meinung nach aber leider nicht gebührend dotierter Preis. Die Stadt leistete sich in Sachen Kultur keine großen Sprünge.

In einem kleinen Pappkoffer, der unter ihrem Bett lag, hob sie die Filmprogrammhefte auf. Immer wieder blätterte sie darin herum und schwelgte in Erinnerungen. Ihre wichtigsten Gedanken und Gefühle vertraute sie ihrem Tagebuch an, einem einfachen Oktavheft, das seinen Platz ebenfalls in dem Koffer gefunden hatte.

Ria warf ihre Dienstkleidung achtlos auf einen Stuhl, kramte das Heft aus dem Versteck unter dem Bett hervor und legte sich, mit einem Bleistift bewaffnet, auf ihr Bett.

Mittwoch, den 1. Juni – 21 Uhr

Raik entgleitet mir.

Heute weilte eine junge Sängerin bei der gnädigen Frau.

Raik schien von ihr hingerissen zu sein. Ich beobachtete ihn heimlich. Er hat während des ganzen Konzerts seine Arbeit ruhen lassen und von unten aus intensiv gelauscht.

Er spielt ganz gut Cello, wie ich von Frau Ampoinimera weiß. Er liebt die Musik.

In dieser Beziehung habe ich ihm leider nichts zu bieten.

Wie kann ich es nur anstellen, dass er mich einmal zu einem Kinobesuch einlädt?

Dann könnte ich ihm zeigen, was in mir steckt. – Aber wenn ich ehrlich bin, habe ich das unbestimmte Gefühl, dass er gar nichts von mir wissen will. Wahrscheinlich findet er mich zu alt. Dabei fühle ich mich überhaupt nicht als ›alte Schachtel‹. Ich denke, dass ich trotz meiner 35 Jahre recht attraktiv bin. Meine Brüste sind noch ganz fest und die paar Falten unter den Augen sieht man nur, wenn ich ungeschminkt bin. – Warum muss ich mich auch immer nur in jüngere Männer verknallen?

Bei der gnädigen Frau fühle ich mich wohl. Sie ist immer sehr aufmerksam mir gegenüber und verzeiht mir auch mal den einen oder anderen Fehler.

Ihr Klavierspiel bringt mich immer ins Träumen, dann vergesse ich schnell irgendeine Pflicht.

Ich glaube, im Inneren ihres Herzens ist sie gut. Komisch ist allerdings ihr Verhalten ihrem Sohn gegenüber. Man spürt sofort, dass es beiden an Herzenswärme fehlt. Sie tauschen nie familiäre Zärtlichkeiten aus, jedenfalls nie in meiner Gegenwart. Es scheint fast, als wäre Radamo ein Diener, ein Fremder wie ich.

Radamo ist für mich das größte Rätsel im Hause. Es gibt kein Kinderzimmer, keine alten Fotografien, keine Erinnerungsstücke an seine Kindheit, nichts Privates. Außer in seiner Musik scheint er keine Gefühle zu kennen. Ich glaube, ich könnte nackt in sein Zimmer kommen, es würde sich in ihm überhaupt nichts regen.

Er hat nicht einmal eine eigene Sprache. Wenn er den Mund aufmacht, ist es, als würde seine Mutter oder sein Vater reden.

Draußen grölen ein paar Angetrunkene. Die kommen bestimmt vom Altstadtfest.

In der Diele schlagen die Uhren zehn Mal. Unten höre ich den Meister unruhig in seinem Arbeitszimmer hin und hergehen. Es ist etwas Geheimnisvolles an ihm, das ich mir nicht erklären kann. Normalerweise stellt er seine Neuschöpfungen gleich in die Regale im Laden. Aber manchmal arbeitet er nächtelang durch, ohne dass ich am nächsten

Tag ein neues Uhrwerk oder ein unbekanntes Schmuckstück entdecken kann. Mir gegenüber hält er sein Arbeitszimmer fest verschlossen. Es scheint, als ob er an etwas ganz Anderem, an etwas Größerem arbeitet.

Ich muss mich jetzt zur Ruhe begeben. Morgen wartet auf mich ein langer Tag.

KAPITEL 8: GEHEIMGÄNGE

Unten stand Adrian Ampoinimera in seiner Bibliothek, entfaltete einen alten Stadtplan und studierte ihn. Mit einer verärgerten Handbewegung streifte er sich den dabei heruntergerieselten Staub von seiner dunkelgrauen Nadelstreifenhose.

»Hm, die Darstellung stimmt nicht mit den Angaben aus den Archivakten überein. Von dem Schrangen aus, dem schmalen Platz unterhalb des Rathauses, gibt es keine Querverbindung zur Oberschule. Die Karte ist gerade mal 150 Jahre alt. Wahrscheinlich hatte man damals den Gang zugeschüttet. – Oder er war in Vergessenheit geraten.«

Er holte sich die abgetretene Anstellleiter und fischte aus dem obersten Bücherbord einen zerfledderten Lederband heraus. ›Liber judicii‹ stand in kaum noch lesbaren goldenen Lettern auf dem Bücherrücken. Wieder machte er sich die Hose schmutzig.

»Verdammt, ich werde der Zofe auftragen, hier mal ordentlich Staub zu wischen.«

Adrian wusste, dass er die einzige noch erhaltene Abschrift, ein Exemplar aus dem späten 17. Jahrhundert, der inzwischen als verschollen geltenden Schrift besaß. Es handelte sich um eine Art Gerichtsprotokoll aus der Mitte des 16. Jahrhunderts, in dem Besitzvollstreckungsbeschlüsse, Todesurteile und Ratsurteile in Privatrechtsfällen aufgezeichnet worden waren. Für den Goldschmied war es eine Quelle der Inspiration. Mit diesem Buch verfügte er über Kenntnisse, die den städtischen Archäologen und Archivaren wohl für immer verborgen blieben.

Lübeck pflegte schon früh einen regen Handel mit fernöstlichen und ostafrikanischen Ländern. Bei passender Gelegenheit plünderte man dann auch gern die kulturellen Schätze der Länder. Diese landeten entweder auf den Wohnzimmerbüfetts der vornehmen Handelsherren oder schmückten deren Frauen. Die Verteilung der Beute gab nicht selten Anlass zu juristischen Streitigkeiten, und so blieb es nicht aus, dass die wertvollen Gegenstände in den Gerichtsbüchern erwähnt wurden.

In Verbindung mit anderen Dokumenten und alten Stadtplänen war es Adrian schon mehrfach gelungen, Kultobjekte, Kunstgegenstände, Goldschmuck und wertvolle Antiquitäten aus fernen Kulturen zu orten und mithilfe seines Sohnes zu bergen. Für Geldmünzen interessierte er sich nicht sonderlich. Sie galten ihm als Symbole der Krämerseele und gehörten seiner Meinung nach allenfalls in öffentliche Museen.

Kürzlich fiel ihm ein über 20 Jahre alter Artikel in den ›Lübecker Schriften zur Archäologie und Kulturgeschichte‹ in die Hände. Bei Ausgrabungen auf dem Schrangen fanden Wissenschaftler ein Kuhhorn, gefüllt mit über 100 Münzen aus dem Ende des 16. Jahrhunderts. Wie so oft erwies sich eine mittelalterliche Kloake als perfekter Fundort. Hier handelte es sich um den Abtritt des Frons, dem Scharfrichter der Stadt.

Da Herr Ampoinimera außerdem wusste, dass der Fron gleichzeitig als Gefängniswärter fungierte und in seiner Fronerei die Gefangenen beherbergt hatte, kam er auf die

Idee, dass hier in der Nähe noch mehr zu finden sein müsse. Nicht selten versteckten die Ganoven ihre Diebesbeute in Kloaken oder an anderen, schwer zugänglichen Orten.

Auch hatte er von mysteriösen Fluchtversuchen gelesen. Eingekerkerte Räuber verschwanden spurlos aus der Fronerei. Weder von ihnen noch von ihrer Beute hörte man jemals wieder etwas.

Adrian brachte das in Verbindung mit den Geheimgängen, die er in frühen Lageplänen der Umgebung entdeckte. Einige Gänge um das ehemalige Katharinenkloster, der heutigen Oberschule, kannte er bereits.

In dem alten Buch entdeckte er die Angabe, dass die Fronerei erstmals im Jahre 1312 erwähnt wurde. Die mittelalterliche Gerichtsbarkeit war nicht gerade zimperlich. Verbrennen, enthaupten, rädern, henken (das Hinrichten mit dem Strang), stäupen (das Auspeitschen am Pranger) sowie das Abhacken von Händen zählten zu den üblichen Strafen. Gegen Ende des 15. Jahrhunderts verurteilte der Rat zwei Frauen, die Kleider und Tuche gestohlen hatten, dazu, lebendig unter dem Galgen begraben zu werden.

Sogar der legendäre Schelm Till Eulenspiegel soll in der Fronerei eingekerkert worden sein. Angeblich hatte er den Wirt der Ratsweinschenke betrogen. Eulenspiegel soll den Ratsweinkeller mit einem Krug voll Wasser, den er unter seinem Mantel verborgen hielt, und einem leeren Krug in der Hand betreten haben. Dort ließ er sich Wein einfüllen, vertauschte heimlich die beiden Krüge und hielt den mit Wasser gefüllten dem Schenk vor die Nase.

»Ich will den Wein doch nicht haben. Kauft ihr ihn mir für den halben Preis wieder zurück?«

Der redliche Mann schalt ihn aus: »Elender Kerl, der nicht weiß, was er will! Gib her, du kriegst dein Geld zurück. Dummheit soll man nicht noch strafen.«

Das tat denn auch Till Eulenspiegel. Der Schenk kippte das Wasser in sein Weinfass zurück, Till aber verließ die gastliche Stube mit einem Krug kostenlosen Weins.

Als der schlechte Scherz herauskam, wurde der Spitzbube zum Tode am Galgen verurteilt. Nur durch das Austricksen des Rates soll er mit dem Leben davongekommen sein. Schelme führten damals schon ein gefährliches Leben. Heute war das in Lübeck nicht anders, vor allem, wenn sie ihre Streiche auf politischem Boden ausfochten.

Die Fronerei auf dem Schrangen riss man erst im Jahre 1855 ab. Die Folterwerkzeuge, die im Zuge der Strafrechtsreform an praktischer Bedeutung verloren, schaffte man auf das Gelände der St. Katharinenkirche, die sich gleich neben der heutigen Oberschule befand. Zur Züchtigung der dortigen Zöglinge wurden sie wohl kaum eingesetzt. Die Lehrer kannten inzwischen moderne, psychologische Folterwerkzeuge.

Die Schüler übrigens auch.

Danach kamen die historischen Folterwerkzeuge in das St. Annenmuseum und später in das ehemalige Verlies des Holstentors, wo sie heute noch Touristen und kleine Kinder erschrecken.

Auf dem Marktplatz standen der Pranger und das Finkenbauer. In Letzterem schmiedete man die weniger üblen Missetäter an und stellte sie, ebenso wie die Verbrecher am Pranger, auch ›Kaak‹ genannt, öffentlich zur Schau. Die Passanten durften sie nach Herzenslust beschmähen und mit faulem Obst bewerfen. Lediglich das Werfen von festen Gegenständen war untersagt. Vielleicht hatte der Fron Angst, die Delinquenten würden das nicht überleben. Das hätte ihn schnell brotlos machen können.

Adrian tat einen Seufzer der Erleichterung. Wie gut, dass er in einer modernen, aufgeklärten Zeit lebte. Was ihn jedoch nicht davon abhielt, weiterhin dunkle Pläne zu schmieden.

»Man müsste eine Maschine konstruieren, mit der man in die Vergangenheit reisen kann. Dann würde ich die alten Berichte gewissermaßen zeitnah überprüfen können«, überlegte Adrian Ampoinimera, Goldschmied und Uhrmacher, laut.

»Vor allem interessiert mich der Einbruch in die Akzisenkammer des Rathauses im Jahre 1502, bei dem wertvolle Gegenstände, unter anderem Schmuck, silberne Becher und goldene Ringe aus Südostafrika, entwendet wurden. Damals bat der Rat sogar eine benachbarte Stadt um Mithilfe. Die Goldschmiede, Geldwechsler und Kleinhändler sollten die Augen offen halten und das Anbieten von Hehlerware melden. Seitdem wurde in den Annalen nichts mehr darüber berichtet. – Ich vermute, dass sich da noch ein wahrer Schatz bergen lässt. – Ich müsste meinen künstlichen Vogel einsetzen und ihn in der fraglichen Zeit im Rathaus niederlassen.«

KAPITEL 9: WIEGENLIED

Wenige Tage später wurde Aina zum Vorsingen ins Theater bestellt. Sie hatte inzwischen bei der Gesangsausbildung gute Fortschritte gemacht und traute sich jetzt zu, eine Nebenrolle in der ›Zauberflöte‹ zu übernehmen. Vielleicht eine der drei Damen der Königin der Nacht.

Eine Sekretärin hatte mit ihr einen Termin für die Mittagszeit vereinbart, um den Betrieb nicht unnötig zu stören. Die Schauspieler und Bühnenarbeiter machten dann in der Kantine unten im Keller ihre Pause.

Nur der Pförtner saß am hinteren Eingang, ein ehemaliger Beleuchter, der sich ein Zubrot zu seiner schmalen Rente verdiente. Er erklärte Aina den Weg. Es war nicht leicht, sich in dem verschachtelten Gebäudekomplex zurechtzufinden.

Im Jahre 1752 kaufte ein wohlhabender Zimmermeister das geräumige Haupthaus mit den elf Fenstern zur Straßenseite hin. Als kulturbewusster Handwerker ließ er es zu einem Theater und Opernhaus umbauen. Es entstand eine geräumige Bühne mit einem Platz für das Orchester davor und einem Zuschauerraum, standesgemäß in ›Parterre‹ (Eintritt 20 Schilling) und ›Galerie‹ (Eintritt acht Schilling) unterteilt. Später schuf man eine Jugendstildecke mit einem gigantischen Kronleuchter und goldenen Sternen auf blauem Grund, umrahmt von einem Kranz aus Blattwerk und Rosetten.

Durch den mit bizarren Eisengerüsten vollgestellten Hof ging es vorbei an der Bühnenwerkstatt, dem Malersaal und der Schneiderei zum Hauptbühnenhaus. Im zweiten Stock befand sich in einem verwinkelten Flur das Büro des Opernleiters.

Aina überprüfte mit einem kleinen Handspiegel ihr Make-up, zupfte sich die Bluse zurecht und klopfte dezent. Ein bisschen Nervosität fühlte sie innerlich, aber lange nicht so, wie damals vor der Aufnahmeprüfung an der Musikhochschule.

»Entrez!«, rief eine Baritonstimme.

Hinter einem unaufgeräumten Schreibtisch saß ein dicklicher, im Gesicht schon müde aussehender Mittfünfziger. Er qualmte eine Zigarre. Rauchen war für alle im Hause verboten – nur für den Direktor nicht. In der Ecke stand ein mit Noten vollgemülltes Klavier. An der Wand hingen vergilbte Fotos früherer Opernstars. Nur Frauengesichter. Mit einer persönlichen Widmung an ihren ›lieben Meister‹.

»Enchanté, Mademoiselle Cortes! – Hast du gut hergefunden?«

Ganz das Gegenteil zum Direktor der Musikhochschule. – Nicht gerade sympathisch, dachte sich Aina, bevor sie zu einer Antwort ansetzte.

Mit fester Stimme versicherte sie: »Ja, vielen Dank, Herr Direktor. Frau Ampoinimera meinte, ich solle Ihnen bei Gelegenheit etwas vorsingen.«

»Aber natürlich. Frau Ampoinimera hatte schon immer einen scharfen Blick für junge Talente. Und wenn sie auch noch so attraktiv aussehen, kann man doch nicht Nein sagen!« Sein Lachen klang wie das Meckern einer alten Ziege. »Du kannst mich ruhig duzen, das ist am Theater so üblich, Schätzchen. – Was haben wir denn alles auf dem Programm?«

»Ein paar Lieder von Claude Debussy. Oder was von Johannes Brahms.«

»Ja, das ist gut. Das ›Wiegenlied‹. Damit fangen wir an.«

Denn das war nicht so schwer zu spielen, und außerdem konnte er es fast auswendig, weil er es jedes Jahr als Ausklang zur Weihnachtsfeier der Belegschaft mit inbrünstiger Baritonstimme vortrug.

Er stand auf, zog sich wichtigtuerisch die Hose hoch und setzte sich ans Klavier. Dann begann er, mit seinen pummeligen Händen auf der Tastatur herumzukneten. Eine gewaltige Klangwolke durchflutete den kleinen Raum – zu viel Haltepedal. Und zu harter Anschlag. Eigentlich hatte Brahms ein ›piano‹ vorgeschrieben. Bei Frau Ampoinimera klang das ganz anders, grübelte Aina. Aber sie versuchte, das Beste daraus zu machen.

Manchmal sang der Mann sogar verzückt laut mit. »Wunderschöne Musik«, meinte er am Schluss. »Und dazu deine bezaubernde Stimme. Wirklich schön.«

Er stand auf und musste sich wieder die Hose hochziehen. Dann entledigte er sich seines Jacketts, warf es über den Schreibtisch und baute sich vor Aina auf.

»Wirklich schön – im Ansatz. Weißt du, deine Stimme gefällt mir. Sie hat so was Weiches, wie soll ich sagen …« Er lockerte die quer gestreifte Krawatte.

»Dir fehlt nur noch ein wenig die Technik. Technik ist das A und O auf der Opernbühne. Die Körperhaltung zum Beispiel. Brust raus, Po nach hinten, du weißt schon.« Wieder das abstoßende Lachen.

Wie um seine Theorie zu untermauern, knöpfte er Aina den oberen Teil der Bluse auf.

Die junge Frau wich verlegen einen Schritt zurück, wagte es aber nicht, dem Mann zu widersprechen. Schließlich hätte sie gern die Rolle in der Zauberflöte.

»Und dann vor allem das Zwerchfell. Ich zeig dir das mal.«

Er packte Aina an den Schultern und drehte sie um.

»Nun sing noch mal die Stelle von vorhin: ›Schlupf' unter die Deck'…‹«

Er schmiegte seine Arme von hinten um Ainas Taille und presste ihren Körper an den seinigen.

»Mehr mit dem Bauch singen. Man muss das spüren, mit jeder Faser.«

Sein Kopf vergrub sich in Ainas Haar. Unangenehmer Mundgeruch drang in ihre Nase. Billiger Sherry. Sie wollte sich losreißen, doch es gelang ihr nicht. Seine rechte Hand wanderte hoch zu ihrem Busen, die andere kroch langsam rockabwärts.

»Meine Gesangslehrerin hat immer gesagt, man muss aus dem Unterleib heraus singen.«

Angewidert trat ihm Aina rückwärts gegen das Schienbein. Er ließ sie verdattert los. Das Vorsingen hatten sich beide anders vorgestellt. Aina konnte keinen Ton herausbringen.

»Jetzt stell dich nicht so an. Ich mache das doch nur für die Kunst!« Er näherte sich ihr erneut und hielt sie am Oberarm fest. Dabei verrutschte der Ärmel der Bluse und er sah ihr Muttermal.

»Ein schönes Tattoo, und an einer so intimen Stelle. Wirklich verführerisch!«

Die Aufdeckung ihres sorgsam gehüteten Geheimnisses empfand Aina noch schlimmer als das ekelhafte Gegrapsche des Mannes. Sie warf ihm die Noten so heftig ins Gesicht, dass er die junge Frau vor Schreck losließ, und rannte aus dem Zimmer.

Doch wohin? Wie kam sie hier am schnellsten wieder raus? Sie öffnete einfach die nächstbeste Tür. Hinter ihr nahm der fluchende Direktor die Verfolgung auf.

Der Kostümfundus, ein Raum voller Kleiderständer und im Stil unterschiedlicher Epochen angezogener Schaufensterpuppen. Rasch versteckte sie sich hinter einer Puppe mit einem monströsen Barockkleid. Der Kerl lief so dicht an ihr vorbei, dass sie deutlich sein grunzendes Murmeln hören konnte.

Schnell flüchtete Aina durch eine rückwärtige Tür. Deren Zuschlagen wurde von einem kräftigen Knall begleitet. Eine Eisentür, so wollte es die Vorschrift für die Zugänge zum seitlichen Bühnenraum. Der Verfolger kannte sich hier natürlich bestens aus und wusste sofort, wo das Biest versteckt war.

Aina rannte erst nach vorn an die Rampe. Der Orchestergraben versperrte ihr den Fluchtweg. Sie drehte sich kurzerhand um und lief quer über die Bühne, auf die ein von den Beleuchtern vergessener Scheinwerfer einen ovalen Lichtspot warf. Fast wäre sie in die Arme ihres Verfolgers gelaufen.

»Ah, schnell bist du! Willst wohl gleich hier bei uns auf der Bühne mit deiner Karriere anfangen? Aber bitte doch nicht ohne deinen Gönner!«

Ohne zu zögern rannte Aina zu der eisernen Wendeltreppe, die sie im letzten Augenblick entdeckte. Ich bin jünger und geschmeidiger, da wird der Fettsack nicht so schnell hinterherkommen!, tröstete sie sich.

Die Treppe führte hoch zum Schnürboden. Ihre Schuhe klapperten auf den Metallstufen wie Maschinengewehrfeuer. In schwindelnder Höhe sah sie sich einem Gewirr von Seilen, Brücken, Leitern und unheimlichen Radkonstruktionen gegenüber. Sie fühlte sich wie ein Zwerg in dem Räderwerk einer gigantischen Uhr.

Heftig stieß sie mit dem Kopf gegen einen der Scheinwerfer. Sie spürte Blut auf der Stirn. Aber wohin jetzt? Plötzlich sah sie, dass sich am Ende des Laufstegs eine Tür öffnete und der Opernleiter heftig schnaubend zum Vorschein kam.

Er war einfach außerhalb des Bühnenbereichs über die Nottreppe nach oben gelaufen. Das Tageslicht beleuchtete ihn von hinten. Er wirkte im Gegenlicht wie ein Gespenst.

»Dachte ich mir es doch! Hier bist du. So leicht entkommst du deinem Wohltäter nicht!«

Aina blieb nichts anderes übrig, als es mit einem schmalen Quergang, der völlig im Dunkeln lag, zu versuchen. Sie erreichte eine Tür.

Als sie sie öffnete, fiel Licht auf eine regungslos in einer Nische des Querganges verharrende Gestalt, von der sie nur die leuchtend stechenden Augen erkennen konnte. Hatte sie jetzt schon zwei Verfolger? Um darüber nachzudenken, blieb keine Zeit.

Gott sei Dank führte diese Tür nach draußen auf eine Feuertreppe. Hastig rannte Aina hinunter, immer drei Stufen gleichzeitig nehmend. Die Eisentür hinter ihr schlug polternd zu.

Der Rentner an der Pforte bemerkte nicht, dass eine aufgeregte und blutende junge Frau hinaus auf die Straße lief.

*

Als die Bühnenarbeiter von ihrer Mittagspause in der Kantine wieder zurück zu ihrer Arbeit kamen, fanden sie die Leiche ihres Opernleiters mit gebrochenem Genick mitten in dem vergessenen Scheinwerferspot liegen.

Sicherlich hatte er oben auf dem Schnürboden das Gleichgewicht verloren und war über das Geländer gestürzt.

Inspektor Kroll, der wenig später eintraf, fand ein Stück Papier in der Hose des Verunglückten: ›kisoa‹ war diesmal darauf zu lesen.

Wieder so ein Wisch, mit dem er nichts anfangen konnte! Sicherlich bestand angesichts der fremden Sprache ein Zusammenhang zu dem Fall des toten Küsters. Aber welcher? Was hatten der Küster und der Operndirektor gemein? Das waren doch zwei Menschen aus völlig unterschiedlichen Welten! »Ich werde Hopfinger noch mal auf die fremde Sprache ansetzen. Schließlich kennen wir jetzt schon zwei Vokabeln.« Den Zettel überließ er einem Mitarbeiter der Spurensicherung. Nachdenklich stand der Inspektor im Rampenlicht. Ein zufällig vorbeigekommener Schauspieler machte ihn darauf aufmerksam, dass ein Schnürsenkel offen war. Verlegen bückte sich Kroll und band ihn wieder.

»Verdammt, warum löst sich dieser Fall nicht so leicht wie mein Schnürsenkel?«, fluchte er.

Dann richtete er sich auf und blickte nach oben. Er ließ den Chefbeleuchter kommen. Dieser stieg mit ihm hinauf zum Schnürboden und musste ihm das Gewirr von Seilzügen, Hebeln und Leitern erklären.

»Bei dem Durcheinander passiert wohl hin und wieder ein Unfall, nicht wahr?«

Der Mann wehrte Kroll mit einem herablassenden Blick ab: »Nein, praktisch hat es noch nie etwas Ernstes gegeben. Die Kollegen, die hier oben arbeiten, kennen sich in ihrem Job aus. Ein Laie wie Sie hat da eigentlich nichts zu suchen.«

»Was und wo ich etwas zu suchen habe, können Sie mir ruhig selbst überlassen!« Kroll holte sich eine seiner Selbstgedrehten aus der Manteltasche, um seinen aufkommenden Ärger mit einem Krümel Tabak zu besänftigen.

»Um Gottes willen«, rief der Mann, »Rauchen ist im Hause streng verboten!«

»Ich will sie ja auch gar nicht anstecken. – Was macht übrigens ein Opernleiter auf dem Schnürboden? Ist das üblich? Ist er denn hier oben nicht auch ein ›Laie‹?«

Der Meister wusste keine Antwort. Darüber hatte er noch nicht nachgedacht. »In der Tat, höchst merkwürdig.«

Endlich waren sich beide mal einig in ihren Gedanken.

An der Kante eines Scheinwerfers entdeckte Kroll eine schwache Blutspur. Ob hier ein Kampf stattgefunden hat? Dann wären die Spuren aber vermutlich ausgeprägter gewesen, überlegte er sich. Auf alle Fälle rief er einen Mitarbeiter von der Spurensicherung herauf, um eine Blutprobe ins Labor schaffen zu lassen. Vielleicht ergab das ja einen Hinweis.

Am Toten und an allen Mitarbeitern des Hauses wurde eine DNA-Analyse durchgeführt. Eine Übereinstimmung mit dem Blut an dem Scheinwerfer konnte ausgeschlossen werden.

Wieder verlief eine Spur im Sande. Aber das trieb Krolls Ehrgeiz nur noch mehr an. Er hasste es, wenn er in seinen Ermittlungen auf der Stelle trat.

Die Theaterdirektion sorgte sich ernsthaft darüber, dass die Abendvorstellung wegen der polizeilichen Spurensicherung ausfallen müsste. Rasch schaffte man den Toten fort. Heute stand Gounods ›Margarete‹ auf dem Programm. Für die Rolle des Valentins, der im vierten Akt als Leiche auf der Bühne liegen sollte, konnte schlecht ein toter Operndirektor herhalten.

Für die Theaterdirektion handelte es sich nur um einen Unfall. Man beschloss, die Sicherheitsvorkehrungen auf dem Schnürboden bei nächster Gelegenheit zu verbessern.

Aina erzählte niemandem von dem peinlichen Vorfall mit dem Operndirektor. Sie widmete sich wieder mit aller Energie ihren Gesangsübungen. Daher entging ihr die kurze Nachricht über dessen Unfalltod, die am nächsten Tag in der Zeitung stand. Kroll wollte das aus ermittlungstechnischen Gründen noch nicht als Mord deklarieren.

Der Laborbericht über den mysteriösen Zettel besagte, dass es sich um den gleichen Drucker und das gleiche Papier handelte, wie in dem Fall des toten Küsters. Diesmal jedoch entdeckten die Fachleute ein winziges Haar, dass zweifellos von einer Perücke stammte. Kanekalon, ein verbreitetes Material für Kunsthaar. Gelockt, Farbe dunkelbraun.

KAPITEL 10: IM RATSWEINKELLER

»Ruhe, meine Herren! Ruhe, bitte!«

Der Ratsvorsteher, der seinen Platz an der Stirnseite der großen Ratsweinkellertafel einnahm, stand auf und läutete die Handglocke. Langsam beruhigte sich die Ratsherrenversammlung.

»Kommen wir zum nächsten Tagesordnungspunkt. Die Zeitumstellung bei der Astronomischen Uhr in der Marienkirche. Wie mir der Senator für Tourismus berichtete, haben sich viele Besucher darüber beschwert, dass es dort keine Umstellung von Sommer- auf Winterzeit gibt.«

Um nachzudenken, wie er fortfahren sollte, legte er eine Kunstpause ein, indem er mit einer großen Geste – das konnte er als Politiker überzeugend – sein rot-weiß kariertes, riesiges Leinentaschentuch aus der Hosentasche zog, sich bedeutungsschwer schnäuzte und den Blick durch den Saal schweifen ließ.

Der Ratsweinkeller bestand im Wesentlichen aus verwinkelten spätromanischen Gewölbebögen. Gelegentlich waren die Räume durch Mauern abgetrennt. Überall blätterte die Wandfarbe ab, und es hatten sich hier und da Salpetersäureblasen gebildet. An den Mauern hingen dicht an dicht die Porträts ehemaliger Ratsvorsteher und bedeutender Ratsherren in Öl.

In einigen Nischen standen Glasvitrinen, die mit gespenstisch angestrahlten Figuren und Masken gefüllt waren, Leihgaben aus der Völkerkundesammlung der

Stadt. Die mit Erdfarbe, Kalk und Holzkohleruß bemalte Giebelmaske erschreckte den Betrachter. Eine Ahnenfigur aus Holz, Metall und Federn stand nackt und verloren in einem grellen Lichtkegel. Alpenländische Fastnachtsmasken wechselten sich mit afrikanischen Schamanenmasken und Ritualmasken aus der Südsee ab. Hin und wieder konnte man die Masken leicht mit den Charakterköpfen einiger Anwesender verwechseln. Filmfans wie Ria hätten glauben können, hier würde ein Fritz-Lang-Film gedreht.

Der Ratsvorsteher hielt es an der Zeit, seine programmatische Rede fortzusetzen.

»Nun ja, wie Sie wissen, ist uns die Zeit ein heiliges Thema. Schon unsere Vorfahren hielten an dem Grundsatz fest: ›Des Menschen Engel ist die Zeit.‹«

Er wusste nicht, dass dieser Satz von Schiller stammte.

»Als seinerzeit einer meiner Vorväter – ebenfalls ein allseits geachteter Ratsvorsteher – «, er zeigte bedeutsam auf eines der Ölbilder an der Wand, »mit stolzem Nationalbewusstsein erklärte, er würde lieber sterben, als sich …«

»Zur Sache, Herr Ratsvorsteher! Wir haben heute noch mehr zu besprechen.« Die Frau Ratskämmerin hielt offensichtlich nichts von Zeitverschwendung.

»Immer mit der Ruhe, liebe Kollegin! – Also, wie gesagt, es steht zur Debatte, ob wir mit der Zeit gehen sollen …«

Ihm fiel auf, dass diese Redewendung wenig passte, und er schnupfte sich, um davon abzulenken, erneut in sein Tuch. Die qualmige, muffige und bierdunstgetränkte Luft im Ratsweinkeller griff seine Bronchien an. Jetzt versuchte er es im volkstümlichen Ton.

»Ich meine, sollen wir den neumodischen Kram mit der Zeitdreherei mitmachen oder nicht?«

Schwer lastete die Schicksalsfrage auf den Köpfen der Anwesenden. Endlich kam man auf den Punkt und leerte den vor sich stehenden Bierhumpen in einem Zug. Durch diesen Schluck mutig geworden, stand der Pastor auf und fing an zu predigen: »Die Zeit geht hin, und der Mensch gewahrt es nicht.«

Weil er keine eigene Meinung hatte, bediente er sich gern kluger Sätze anderer. Nur dass er meistens nicht mehr wusste, von wem sie stammten. In diesem Fall handelte es sich um Dante Alighieri.

»Gott hat uns die Zeit geschenkt, und es ist nicht an uns, in sein heilig Werk einzugreifen. Solange es Gott gibt, gibt es die Zeit. Zeit ist der Atem Gottes. Sie ist absolut, unantastbar, bis in die Ewigkeit.«

»Amen«, murmelten einige Anwesende, die das von ihrem Kirchgang her gewohnt waren.

Das brachte den Bausenator, einen pensionierten Philosophielehrer der Oberschule und Ehrenbürger von Lübeck, auf den Plan. Man achtete ihn sehr in dieser Runde, weil die meisten Ratsherren früher einmal seine Schüler gewesen sind.

»Die Erkenntnisse der modernen Naturwissenschaften, allen voran die der Relativitätstheorie, beweisen, dass es keine absolute Zeit geben kann. Zeit ist nicht unendlich, Zeit hat einen Anfang und ein Ende. Man könnte sogar sagen: Zeit wurde geboren und Zeit wird sterben.«

Der Pastor vergaß, seinen Mund zu schließen. Ketzerei! Er nahm sich vor, bei nächster Gelegenheit im Ehrenrat des

Stadtrats zu beantragen, dass so einer nicht länger Ehrenbürger der Stadt sein dürfe.

»Mehr noch! Aus Sicht der Relativitätstheorie sieht es so aus, als hätte jeder von uns sein eigenes Zeitmaß, seine eigene Uhr. Und diese Uhren stimmen nicht überein. – Nehmen wir jemanden, der im obersten Stockwerk eines Hochhauses lebt. Für ihn geht die Uhr schneller als für den Nachbarn parterre. Er altert schneller, weil das auch für seine biologische Uhr gilt. Oder ein anderes Beispiel: Der, der sich schneller bewegt, dessen Uhr läuft langsamer. Er altert also auch langsamer.«

Die mitteljunge Sekretärin mit Bubikopffrisur, die gleich neben dem Ratsvorsteher saß, um die Sitzung mitzustenografieren, beschloss, bei nächster Gelegenheit umzuziehen. ›Nach parterre‹.« Jetzt lebte sie im 13. Stock eines Vorstadthochhauses. Sie hatte von dort aus zwar einen schönen Blick auf die Altstadtkulisse von Lübeck, aber wenn man ans Altern dachte, mussten eben Opfer gebracht werden. Außerdem wollte sie sich ein schnelles Auto zulegen. Dann würde sie der Weg zur Arbeit jünger machen, als wenn sie wie bisher Rad fuhr.

Leider unterbrach sie der Fraktionsführer der Opposition bei ihrer Zukunftsplanung.

»Antrag zur Geschäftsordnung!«

Als langjähriger Oppositioneller wusste er, wie man eine Ratsdebatte zu seinen Gunsten lenken konnte.

»In der Frage der Uhrenumstellung sind hier neue Gesichtspunkte zutage getreten. Unsere Bürger haben ein Recht darauf, dass wir solche wichtigen Entscheidungen nur dann treffen, wenn wir umfassend informiert sind. Ich schlage daher vor, die Diskussion zu beenden und eine Kultursonderkommission zu bilden, die sich eingehend mit der Problematik beschäftigt. – Um uns dann ein Fachgutachten erstellen zu lassen. Ich selbst wäre bereit, den Vorsitz dieser Kommission zu übernehmen.«

Das war die längste Rede der heutigen Sitzung. Der Sekretärin taten schon die Finger weh. Außerdem freute sie sich auf den Umzug.

Die Kommission bildete sich rasch. Viele Ratsmitglieder trugen sich ein. Kommissionen sind nämlich etwas Schönes: Man erhält Zusatzzahlungen und kann sich auf Kosten der Stadtkasse während der Sitzungen verpflegen lassen.

Zufrieden stellte der Ratsvorsteher fest, dass dieser Tagesordnungspunkt glücklich abgehandelt war. Insgeheim freute er sich, dass es eine funktionstüchtige Opposition gab.

Das nächste Thema der heutigen Sitzung würde sicherlich weniger Anstrengung kosten.

»Kommen wir zum Punkt zwo: die innere Sicherheit. Hierzu begrüßen wir unseren Referenten, Herrn Kriminalassistenten Hopfinger. – Bitte sehr, Herr Kriminalrat.«

Inspektor Kroll hatte die Berichterstattung seinem Assistenten übertragen. Er fühlte sich im Kreis der hohen Herren unwohl, und außerdem war Hopfinger mit dem Bürgermeister verwandt, was er als ideale Voraussetzung für den Job hielt. Der junge Assistent, der schon gehofft hatte, angesichts der fortgeschrittenen Zeit nicht mehr bemüht zu werden, erhob sich von seinem Platz ganz hinten neben der Tür und ging festen Schrittes nach vorn zum Rednerpult.

Die Dienstpistole, die er hier eigentlich nicht brauchte, verformte ein wenig sein Jackett. Aber die verräterische Beule, die jeder Liebhaber von Kriminalfilmen kannte, gab ihm mehr Sicherheit und hoffentlich auch Respekt, dachte er.

»Sehr verehrter Herr Ratsvorsteher, hochverehrte Ratsmitglieder. Lieber Herr Pastor.«

Bedeutungsvolle Pause. Ein prüfender Blick in die Runde, ob auch alle aufpassten.

Im Unterschied zu seinem Vorredner zog er kein Taschentuch, sondern ein paar Merkzettel aus seiner Hosentasche.

»Wie Ihnen aus meinem Dossier, das ich an Ihre Dienststellen habe verteilen lassen, bekannt ist, hat sich in den letzten Jahren die Sicherheitslage in unserer Stadt deutlich verschlechtert. Um ein paar Zahlen zu nennen …«

Der Ratsvorsteher unterbrach ihn.

»Das können wir uns schenken, das haben wir ja alle gelesen.«

In Wahrheit hatte keiner der Anwesenden das umfangreiche Papier in die Hand genommen. Dafür waren die Unterabteilungsleiter zuständig. Und die befanden den Inhalt für nicht wichtig genug.

»Kommen Sie zum Wesentlichen!«

Hopfinger blätterte verlegen in seinen Zetteln. Man hatte ihn gleich am Anfang aus dem Konzept gebracht.

»Ja, also, wie soll ich sagen … Im Wesentlichen handelt es sich um zwei Probleme. Erstens haben die Raubüberfälle auf wohlhabende Mitbürger und reiche Touristen zugenommen. Dabei ging es ausschließlich um die Erbeutung von Goldschmuck und goldenen Uhren.«

Der Polizei war es bisher entgangen, dass es sich bei dem Diebesgut immer um Stücke aus der Werkstatt des Herrn Ampoinimera handelte. Als läge ein Fluch auf ihnen.

Den Oppositionsführer durchzuckte ein Gedanke: Ich werde einen neuen Safe für meinen Goldschmuck anfertigen lassen.

Eigentlich meinte er den seiner Frau, aber immerhin hatte er ihn ja bezahlt. Laut erklärte er: »Richtig, erst vorgestern wurde meiner Gattin eine kostbare Goldkette gestohlen. Alter Familienschmuck, wissen Sie. Allein der ideelle Wert! – Und das mitten in der Oper, in aller Öffentlichkeit, während des Auftritts der Königin der Nacht! – So geht das wirklich nicht weiter!« Insgeheim sinnierte er: Gut, dass das die Versicherung zahlt.

Hopfinger wusste davon noch nichts. Das konnte er auch nicht, denn die Kette lag längst wieder im Safe des Oppositionsführers. Die Gattin hatte nur vergessen, sie vor dem Konzert anzulegen. Und hinterher war dann ja die Versicherung schon alarmiert worden.

Der Kriminalassistent gab sich gelassen. »Meine Mitarbeiter und ich haben jede Spur verfolgt. Wir sind uns sicher, dass eine ausländische Diebes- und Hehlerbande dahinter steckt, denn die Gegenstände sind bei uns nie wieder aufgetaucht. Wir haben da so unsere V-Männer.«

Keiner der Anwesenden bemerkte, dass sich die Augen eines der Ahnen auf der Gemäldesammlung, ausgerechnet diejenigen des eingangs erwähnten Vorfahren des Ratsvorstehers, merkwürdig bewegten. Hätten die Diskussionsteilnehmer besser auf ihre Umgebung geachtet, wäre ihnen aufgefallen, dass die Leinwand-Augen herausgeschnitten und durch zwei sehende ersetzt worden waren.

»Das zweite Problem ist eher belanglos. In letzter Zeit hat sich die Sterblichkeitsrate in unserer Stadt leicht erhöht. Leider ist es gehäuft zu tödlichen Unfällen gekommen, die wir mehr oder weniger rekonstruieren konnten. – Ich meinerseits bin mir sicher: Fremdeinwirkung unwahrscheinlich. – Es gibt da zwar noch ein paar ungelöste Fragen, und mein Vorgesetzter, unser allseits geschätzter Herr Inspektor Kroll, ist der Ansicht, man solle die Mordthese nicht von vornherein ausschließen. Aber insgesamt können wir mit unserer Arbeit zufrieden sein.«

Die Augen in der Wand blitzten auf.

»Ich möchte dem Hohen Rat empfehlen, in den öffentlichen Gebäuden und in den Museen die Sicherheitsvorkehrungen zu überprüfen und gegebenenfalls zu verbessern.«

Der Ratsvorsteher begeisterte sich für den Vorschlag. »Gut, wir werden zu dieser Frage eine Kontrollkommission bilden.«

Die Ratsherren horchten wieder auf.

»Und was können wir Ihrer Meinung nach, lieber Herr Kriminalrat, in Bezug auf das Goldproblem tun?«

Ein junger Ratsherr, der lauthals forderte, eine Goldkommission zu bilden, wurde schnell mundtot gemacht. Schließlich habe man doch die Versicherungen bereits erhalten.

Hopfinger präsentierte eine andere Idee.

»Ich schlage vor, meine Leute kleiden sich zivil und verteilen sich zwecks Observation an strategisch wichtigen Stellen. Unsere Statistik der Raubfälle weist aus, dass der oder die Täter oft gegen 20 Uhr, also zu Beginn der Fernsehhauptsendezeiten, und sonntags zur Zeit des Gottesdienstes gehandelt haben. Tatort waren meist die Häuser der Bessersituierten.«

Der Pastor wollte schon protestieren, aber der Ratsvorsteher meinte: »Gut, arbeiten Sie also einen detaillierten Plan für die fraglichen Zeiten und Orte aus und schreiten Sie unverzüglich zur Tat!«

Diesem entschiedenen Ton wagte niemand zu widersprechen. Außerdem wollte man endlich zum gemütlichen Teil des Abends übergehen. Skat.

*

Der Goldraub blühte in den kommenden Wochen nach wie vor. Nur dass die Überfälle jetzt an anderen Stellen und zu anderen Zeiten stattfanden. Es schien, als seien die Diebe gewarnt worden.

Die Sekretärin zog im nächsten Monat um, nach ›parterre‹. Ihre Bubikopffrisur wurde noch kürzer.

Der ehemalige Philosophielehrer erhielt am folgenden Tag ein anonymes Schreiben: ›Wenn Sie weiterhin öffentlich solche Gotteslästerungen verbreiten, wird Ihre persönliche Zeit schneller zu Ende gehen, als Ihnen lieb ist. Man verleumdet nicht ungestraft die heiligen Gesetze der Götter!‹ Weder er noch der Inspektor, den er sofort einweihte, konnten sich diese Drohung erklären. Wahrscheinlich irgend so ein übler Schülerscherz, vermutete Kroll und fand es nicht der Mühe wert, die Sache weiter zu verfolgen.

Schließlich hatte er im Augenblick andere Sorgen. Es war ihm immer noch nicht gelungen, das Rätsel um die fremden

Wörter zu lüften. Obwohl man jetzt schon zwei Vokabeln kannte, war Hopfinger dieser mysteriösen Sprache bisher nicht auf die Spur gekommen. Er entschuldigte seine ergebnislose Recherche mit der Ausrede, dazu bräuchte man noch mehr Worte.

Was Kroll jedoch überhaupt nicht gern hörte, hätte das ja weitere Leichen erfordert.

Und einen Zusammenhang zwischen einem Küster, den kaum einer wirklich kannte, einem Mädchen mit großen Mandelaugen und einem Operndirektor, der vom Schnürboden stürzt, vermochte er bei bestem Willen nicht erkennen.

KAPITEL 11: DER TEUFEL UND DER SCHATZ

Inzwischen kehrte der Hochsommer in Lübeck ein. Über den engen Gassen der Stadt hing eine erdrückende Hitzeglocke aus Wärme, Staub und Schweiß.

Viele Bewohner flüchteten um die Mittagszeit in die schattigen Parkanlagen rund um den Stadtgraben. Wer sich mehr leisten konnte, fuhr an die nicht weit gelegene See und faulenzte in einem der zahllosen Strandkörbe.

Diejenigen, die zu Hause bleiben mussten, sperrten alle Fenster weit auf, um Luft schnappen zu können. Daher summte die ganze Innenstadt von den Geräuschen, dem Lachen, dem Singen und dem Fluchen der Bürger.

Der sonst so lebendige Marktplatz blieb wegen der Schwüle menschenleer. In den Geschäften herrschte gähnende Langeweile.

Auch im Laden des Adrian Ampoinimera, Goldschmied und Uhrmacher.

Für den Meister bot sich damit die Gelegenheit, die Arbeit an einer seltsamen Goldschmuckfigur in aller Ruhe fortzusetzen. Er nahm einen feinen Seidenlappen, putzte liebevoll die Figur und hielt sie gegen das Licht. Am Nebentisch hantierte sein Geselle an einem reich verzierten Uhrengestell.

»Weißt du, Raik, es ist schon merkwürdig. Diese Gegenstände, die ich geschaffen habe, sind wie Kinder für mich. Ich liebe sie. Ich würde sie am liebsten gar nicht aus den Händen geben. Für mich sind sie heilige Gegenstände. In ihnen spiegelt sich der Geist meiner Vorfahren. – Den Kunden dienen sie sowieso nur zur eitlen Angeberei.«

Raik litt unter der stickigen Luft in der Werkstatt. Seine Gedanken galten eher der jungen Sängerin als den Sorgen seines Meisters oder dem Feinjustieren der Rädermechanik. So blieb es nicht aus, dass er irgendwann eine zarte Feder zerbrach und das Werkzeug wütend in die Ecke warf.

Herr Ampoinimera ahnte, dass er etwas gegen die sommerliche Unlust seines Gesellen unternehmen musste. Schimpfen oder drohen würde wenig helfen, das wusste er.

Da fiel ihm eine alte Sage ein, die er kürzlich beim Durchstöbern der Stadtarchive entdeckt hatte.

»Lass uns eine kleine Pause machen. Dann geht es hinterher bestimmt viel besser.«

Er setzte sich neben Raik auf einen dreibeinigen Schemel und klopfte ihm väterlich auf die Schulter.

»Sag mal, in welchem Monat bist du geboren?«

»Im Juli. Warum fragen Sie?«

»Juli, das ist gut. Wer im Juli geboren ist, der wird hoch geachtet und beneidet werden und seiner Familie Ehre bringen. So sagen es die Alten. Und die Gesetze der Alten sind unumstößlich. Ich beispielsweise wurde im Monat Mai um Mitternacht geboren. Die Alten sagten, man würde dann ein Wissenschaftler werden. Und es ist eingetroffen, heute bin ich der Herr der Zeit.«

Er lächelte vor sich hin. Raik fand das ein bisschen überheblich, wollte aber seinem Chef nicht widersprechen.

Adrian Ampoinimera legte die Figur, an der er bis

eben gearbeitet hatte, in ein mit Samt ausgeschlagenes Etui. Dann nahm er eine kleine goldene Uhr von seinem Arbeitstisch und begann, sie ebenfalls langsam und liebevoll zu putzen.

»Ich werde dir zur Ablenkung eine kleine Geschichte erzählen. Sie soll sich wirklich zugetragen haben, sagt man.«

Wenig begeistert lehnte sich Raik zurück und holte seine Wasserflasche hervor.

Wenn es denn sein muss, dachte er und nahm einen kräftigen Schluck.

*

»Vor vielen 100 Jahren lebte einmal hier in der Nähe, in der Goldschmiedegasse, ein Kollege von mir. Damals waren die Handwerker noch nicht so angesehene Bürger wie heute und konnten sich nur bescheidene Ganghäuser leisten.

Dieser Goldschmied hatte es jedoch schon ein wenig weiter gebracht und nannte immerhin ein Häuslein mit Front zur Gasse hin sein Eigen. An dem hohen Treppengiebel erkannten die Menschen, dass er ein durchaus ehrbarer Bürger war.

Wie er zu seinem bescheidenen Reichtum kam, konnte sich niemand erklären, denn sein Geschäft ging nicht gut.

Die Leute mochten den stets übel gelaunten Miesepeter nicht besonders.

Er hatte weder Frau noch Kinder, und so wurde er ein stadtbekannter Geizhals.

Nichts erschien ihm wichtiger, als sein bescheidenes Vermögen zu vermehren.

Aber wozu? Er selbst gab keinen Silberling aus, und Nachkommen hatte er nicht.

Nicht einmal einen Gesellen wollte er in Brot halten, und zur Kirchmesse ging er auch nicht, weil er sich vor dem Klingelbeutel fürchtete.

Nur eine halbblinde Magd kümmerte sich sporadisch um sein leibliches Wohl. Dafür durfte sie ein paar Krumen mitessen, Lohn bekam sie nie.

Es war schlichtweg der Geiz – als ob der Teufel von ihm Besitz ergriffen hätte.

Er sorgte sich sehr um seinen Mammon. Wenn ihn auf der Straße ein Bekannter grüßte, pflegte er zu antworten: ›Verdammter Erbschleicher!‹

Eines Tages erhielt er von Übersee – niemand wusste, wo dieser Kontakt herrührte – eine schwere Kiste zugeschickt. Drei Soldaten und zwei Träger bemühten sich, so schwer und wertvoll muss diese Kiste gewesen sein.

Man munkelte, dass die eisenbeschlagene Lade einen riesigen Schatz an Goldschmuck in sich bergen würde. Aber Genaues wusste niemand.

Ein Pfaffe will beobachtet haben, wie der Goldschmied seinen Schatz im Hof unter einem Wegestein vergraben hat.

Niemand sollte ihn jemals anrühren, schwor sich der Geizige, und als es an der Zeit war, vor den Thron des Herrn zu treten, fragte man ihn: ›Wer soll nach deinem Tode dein Hab und Gut erhalten?‹

›Der Teufel soll mein Erbe sein!‹, antwortete der Geizhals.

Und wirklich stellte sich am selbigen Tage der Teufel in Gestalt eines vornehm gekleideten Ratsherrn ein.

›Du hast mich gerufen?‹

Verlegen antwortete der Goldschmied: ›Ich weiß nicht, wovon Sie sprechen, gnädiger Herr.‹

›Ich will mein Erbe antreten, ich will den Goldschatz!‹

›Einen Goldschatz? Hab keinen. Sehen Sie doch, wie armselig ich hier hause!‹

Der Teufel mochte noch so überzeugend reden, der Alte sagte nichts. Er hatte den Stein mit einem kleinen, unscheinbaren Kreuz gekennzeichnet.

So sehr der Teufel auch suchte, er fand nichts und musste unverrichteter Dinge wieder abziehen.

Wenige Tage später verstarb der Goldschmied. Ob er in den Himmel fuhr oder in die Hölle stürzte, vermochte niemand zu sagen. Nicht einmal der Pfaffe.

Wahrscheinlich ist, dass er in das Reich des Teufels kam.

Weil sich kein Erbe finden ließ, wollten die Stadtväter sein Vermögen einer Armenstiftung vermachen. Doch es gab nicht viel zu holen. Einen Schatz entdeckte niemand, und die wenigen Goldschmiedearbeiten, die seinen Verkaufsstand zierten, verschwanden über Nacht.

Wahrscheinlich war ein gerissener Dieb den Stadtvätern zuvorgekommen.

Das Haus kaufte ein Bierbrauer, der sich in seinem begehrten Handwerk vergrößern wollte. Er richtete sich zusammen mit seiner Frau und seinem Sohn in den Räumen ein.

Eines Tages erhielt er Besuch von einem Fremden mit einem Spitzhut auf dem Kopf und einer Wünschelrute in der Hand. Der erzählte ihm, dass in seinem Haus ein Schatz liege.

Man wurde schnell handelseinig, und der Fremde ließ seine Wünschelrute spielen. Dann hieß er den Brauer, auf dem Hof eine bestimmte Steinplatte anzuheben und vorsichtig die Erde abzutragen.

Kaum fing der Hausherr an, lief seine Frau hinzu: ›Ach, lieber Mann, was ist unserm Sohn widerfahren, dass er im Bett liegt und das Gesicht über den Nacken verdreht!‹

Eilig steckte der Brauer seinen Spaten in die Erde und eilte ins Haus. Der Sohn kam jedoch plötzlich wieder kerngesund aus seinem Bett, und als der Brauer zum Hof zurückkehrte, war der Fremde verschwunden.

Ein Loch in der Erde zeigte an, dass unter der Steinplatte etwas verborgen gelegen haben muss, als wäre es eine Schatzkiste gewesen.

Seither munkelt man in der Stadt von einem geheimnisvollen Schatz, den sich der Teufel geholt haben soll. Jedoch fand ihn niemand. Er musste in ein anderes Versteck irgendwo in der Nähe gebracht worden sein.

Doch wohin genau? – Das weiß bis heute keiner. Und wenn man den Schatz inzwischen gefunden hätte, wäre die Geschichte längst vergessen worden.«

KAPITEL 12: SEGEL AM HORIZONT

Aina liebte es, in ihrer freien Zeit an die nahe gelegene Küste zu fahren. Vom Steilufer aus konnte sie stundenlang die weißen Segel am Horizont beobachten.

Wo kommen sie her?

Wo gehen sie hin?

Wer steht am Ruder?

Heute herrschte ein freundlicher Tag. So einen schönen Sommer hatte Aina lange nicht mehr erlebt. Sie hatte seit der Aufnahmeprüfung Stunden über Stunden in ihrem kleinen Kämmerchen geübt, und jetzt wollte sie ein wenig ausspannen, ihre Gedanken über das weite Meer schweifen lassen.

Die Sonne glitzerte über der Wasseroberfläche. Der wolkenlose Himmel färbte das Wasser mit einer tiefdunkelblauen Farbe. Der Wind legte die Segelboote gehörig auf die Seite. Man konnte den Schaum der Bugwellen von Weitem sehen.

Etwas neidisch verfolgte Aina die Boote, die Richtung Horizont segelten. Die uralte Sehnsucht nach der Ferne trieb die Schiffe an.

»Wäre ich doch dort an Bord! Ich würde meine Heimat suchen. Ich würde dafür rund um die Erde segeln.«

Noch saß sie aber einsam auf einer Bank oben dicht am Abhang des Steilufers. Sie konnte immer noch nicht das schreckliche Erlebnis im Opernhaus vergessen. Bislang hatte sie es nicht gewagt, sich jemandem anzuvertrauen.

Frau Ampoinimera war sie nach dem gemeinsamen Musizieren nicht mehr über den Weg gelaufen.

Aina fühlte, dass sie seitdem viel an Selbstvertrauen verloren hatte. Vor allem beim Singen spürte sie es. Sie konnte sich nicht mehr richtig auf die Musik konzentrieren. Ihre Gesangslehrerin zeigte in der letzten Zeit deutlich ihre Unzufriedenheit.

Die frische Luft und der herrliche Blick taten ihr gut. Sie beschloss, hinunter zum nahen Hafen zu wandern.

Dort schlenderte sie ziellos an der Uferpromenade herum. Ein paar Ausflugsdampfer sammelten reiselustige Touristen auf. An Bord der Fischerboote wanden sich in den mit Eis aufgefüllten Körben die verendenden Fische.

Kinder tobten am Ufer, stets von den mahnenden Rufen ihrer besorgten Mütter begleitet: »Nicht so nah ans Wasser! Komm sofort zurück!«

Es handelte sich wohl mehr um einen mütterlichen Reflex, denn es konnte eigentlich nichts passieren. Dicht an dicht hatten die Segelboote an der Kaimauer festgemacht. Die Kinder wären allenfalls den Leuten ins Cockpit gefallen und hätten den Picknicktisch mit den Bier- oder Weingläsern umgekippt.

Es gab viele kleine Segelboote mit einem Kajütdach, unter dem man sich nur im Liegen aufhalten konnte. Ihre Segel waren provisorisch am Baum festgezurrt.

Ein paar Wetterkleider und Rettungswesten hingen zum Trocknen darüber. Schließlich blies ein kräftiger Wind aus Nordwest.

Man trank aus Bierdosen.

Andere Boote verfügten über hohe Masten und Rollreffanlagen für die Segel. Hier saß man gemütlich im geräumigen Cockpit und überbot sich mit prahlerischen Geschichten über die Segelabenteuer.

Portweingläser machten die Runde.

Aina interessierte sich sehr für die Schiffsnamen. Von den Booten selbst hatte sie überhaupt keine Ahnung.

›Don Carlos‹, ›Lütten‹, ›Alexandra‹, ›Fare Well‹, ›Navecita‹, ›Godewind‹, ›Navalis‹.

Jedes fünfte Boot hieß ›Carpe diem‹.

›Lebe mit Verstand, kläre den Wein und
beschränke ferne Hoffnung auf kurze Dauer!
Noch während wir reden,
ist die missgünstige Zeit schon entflohen:
Nutze den Tag, und glaube so wenig wie möglich
an den nächsten!‹

Horaz

Insgeheim überlegte sich Aina einen Namen für ihr eigenes imaginäres Boot, das sie später einmal über die Meere hin zu ihrer Heimat führen würde.

Ihr fiel nichts Passendes ein. Vielleicht sollte es besser sein, namenlos sein Ziel zu finden.

Plötzlich stutzte sie. Eines der kleineren Boote hieß ›Aion‹.

Das klang fast wie ihr Vorname.

In dem Boot stand, mit dem Rücken zu ihr, ein junger Mann und machte sich am Großsegel zu schaffen. Dann drehte er sich unvermittelt um. Er hatte eine Leine in der Hand, blickte kurz, von der Sonne geblendet, hoch zur Kaimauer und rief ihr zu: »Mach doch mal am Poller da vorn fest – Webelein!«

Aina fing völlig verdattert das Tauende auf. Mit seinem letzten Wort konnte sie nichts anfangen, weil sie nicht wusste, dass es sich um einen speziellen Seemannsknoten handelte. Ungeschickt bastelte sie an dem Poller herum.

Inzwischen war der Mann hochgeklettert. Er ahnte, dass die junge Frau keine Ahnung hatte.

»Wohl Landratte, was?«

Er wollte ihr die Leine aus der Hand reißen, da erkannte er sie: »Bist du nicht die, die neulich bei uns in der Werkstatt zum Singen war?« Er kratzte sich verlegen an der Schulter. In seiner schüchternen Art versuchte er, seine Freude, sie wiederzusehen, zu verbergen.

Der wortkarge Uhrmachergeselle! – Na, inzwischen hat er ja wenigstens ein paar Worte dazugelernt, dachte sie.

»Gib mal her, ich zeig dir das.«

Aina fand seine Hilfe durchaus nicht unsympathisch. Zaghaft gestand sie: »Ich hab noch nie ein Segelboot betreten.«

»Dann wird es Zeit!«

Kurz entschlossen kletterte er in das Boot zurück und streckte ihr die Hand entgegen.

»Spring! – Ich halt dich.«

Das Boot schaukelte bedenklich, und der junge Mann musste sie gut festhalten, indem er sie um die Taille fasste.

Das fühlte sich nicht unangenehm an.

Auch er genoss die Berührung eine Sekunde lang. Dann aber lösten sich beide wieder, als gälte es, eine Peinlichkeit zu vermeiden.

»Segeln ist weder schwer noch gefährlich, man muss nur wissen, wie es funktioniert.«

»Würdest du es mir denn beibringen? – Aber kein Physikunterricht bitte! Damit nervt mich mein Vater genug.«

»Na klar.« Er reichte ihr die Hand. »Ich heiße Raik.«

»Aina.«

Mit einem geschickten Ablegemanöver brachte Raik sein Boot rasch aus dem Hafen. Ein strammer Am-Wind-Kurs trieb das sportliche Boot schnell voran.

Der Bug zerschnitt das Wasser, und es spritzte eine mächtige Schaumfontäne. Das Kielwasser hinter ihnen glänzte noch lange im Sonnenlicht.

Möwenrufe begleiteten die Fahrt.

Das Boot entwickelte seine eigenen Geräusche, seine eigene Musik. Die Majestät der Segel, die Grenzenlosigkeit des Himmels und des Wassers und das souveräne Gleiten durch die Wellen ließen den Alltag vergessen.

Bald lag die Uferlinie nur noch als undifferenzierbarer, dunkler Streifen in der Ferne. Menschen und Häuser konnte man nicht mehr unterscheiden.

›Endlich fern von allem, endlich kann ich ich selbst sein‹, sinnierte Aina und öffnete ihren Haarknoten.

Der Wind spielte mit ihren Haaren, als wären sie Engelsflügel.

In dieser Situation gefiel es ihr, dass Raik schweigsam war.

Sie lernte die Grundlagen des Segelns, ohne dass es vieler Worte bedurfte. Bald saß sie an der Pinne und steuerte das Boot, als ob sie das schon immer gemacht hätte.

Irgendwann fragte sie ihn: »Magst du auch die Musik?«

»Schon. Ich spiele ein wenig Cello – nichts Besonderes.« Das war allerdings völlig untertrieben. In Wirklichkeit spielte er ausgezeichnet. Bevor er seine Uhrmacherlehre anfing, hatte er jahrelang am Konservatorium Cello studiert und galt als gesuchter Begleiter bei Kammermusikabenden.

»Und welche Musik gefällt dir am besten?«

»Debussy, vor allem seine Klavierwerke. Oft, wenn ich in der Werkstatt sitze, höre ich die Hausherrin oben auf dem Flügel spielen. Dann lausche ich gern, und ich lass meine Arbeit einfach liegen.«

Für einen jungen Mann ein ungewöhnlicher Geschmack, meinte Aina und fragte: »Warum ausgerechnet Debussy?«

»Seine Musik erinnert mich ans Segeln. Wenn Frau Ampoinimera seine ›Voiles‹ spielt, ist es in meinen Ohren der Klang von Freiheit, von Ferne, von Sehnsucht. – Ich hab mal was gelesen von ihm:

›Man hört nicht auf die tausend Geräusche in der Natur
um sich herum, man lauscht zu wenig auf die so vielfältige
Musik, die uns die Natur überreich anbietet.
Sie umfängt uns, und wir haben bis jetzt in ihr gelebt,
ohne ihrer gewahr zu werden.‹

Ich bin fest davon überzeugt, dass Debussy ein begeisterter Segler war, sonst hätte er so was nicht komponieren können.«

Das stimmte natürlich nicht.

Aina nahm sich vor, ihre Gesangslehrerin zu bitten,

bei nächster Gelegenheit ein Hugo-Wolf-Lied mit ihr zu erarbeiten.

Raik hockte auf der hohen Kante und achtete auf den Segeltrimm, indem er mal eine Leine mithilfe der Winsch dichtholte, mal die Schot durch die Hand fierte.

Mit diesen Handgriffen sorgte er dafür, dass sich die Segel optimal zum Wind stellten und dadurch das Boot schnittig durch die Wellen rauschte. Er beobachtete Aina aus den Augenwinkeln heraus.

Eine Frau an Bord! Das hatte es in seinem jungen Leben noch nie gegeben. Eigentlich segelte er deswegen so gern, weil es ihm die Möglichkeit gab, allein zu sein.

Hier, abseits des geschäftigen Stadtlebens, fand er das, wonach er sich sehnte: Ruhe und Gelassenheit, Besinnung und Träume, inneren Frieden und das Einssein mit der Natur. Hier brauchte er keine Uhr. Segeln gab ihm das Gefühl, den Lauf der Zeit aufhalten zu können, Zeit für sich selbst zu gewinnen. – Aber wofür?

Die Anwesenheit von Aina machte ihm schlagartig klar, dass er bisher Einsamkeit mit Geborgenheit verwechselt hatte.

Der Stand der Sonne zeigte ihm, dass der Nachmittag sich dem Ende zuneigte. Der Wind ließ nach, und jetzt glitt das Boot sanft durch das inzwischen fast glatte, aber immer noch dunkelblaue Wasser.

»Wir sind vom Hafen weit abgekommen. Der Wind wird bald einschlafen, und ich glaube kaum, dass wir die Rückfahrt noch vor Nachtanbruch schaffen.«

Das dem Ausgangspunkt gegenüberliegende, steinige Ufer der weiträumigen Meeresbucht lag zum Greifen nah.

Es war menschenleer. Hier gab es keine Ferienbungalows und keine Strandkörbe.

Nur eine Schar Möwen saß kreischend auf den Felsbrocken, die von einem Steilhang hinunter ins seichte Uferwasser gerollt waren.

»Dann übernachten wir eben hier«, schlug Aina vor. »Meine Eltern werden sich denken, ich verbringe die Nacht bei einer Kommilitonin. Das sind sie gewohnt. – Wie ist das bei dir?«

»Mein Vater lebt nicht mehr. Und meine Mutter weiß, dass ich gern auf dem Boot übernachte. Ich habe eigentlich immer alles Notwendige an Bord. – Das heißt, natürlich nicht zwei Schlafsäcke und zwei Decken …«

»Das kriegen wir schon hin, ich bin in dieser Beziehung wenig anspruchsvoll.«

Langsam bildeten sich am Horizont leichte Wolkenschleier. Aber die Sonne spendete noch reichlich Wärme.

»Da drüben können wir ankern. Halt du die Pinne und achte auf meine Anweisungen. Ich gehe nach vorn und bereite den Anker vor.«

Die Segel waren schnell geborgen, der Anker fasste Grund.

Fast völlige Ruhe herrschte. Die Möwen waren bei der Annäherung des Bootes in einem weiten Bogen Richtung Sonne geflüchtet. Das Boot dümpelte sanft bei jeder Bewegung seiner Insassen.

Raik kontrollierte die Ankerkette. Aina lehnte am Mast und schaute träumend zum Strand. Ihr war, als entdeckte sie eine neue Welt.

Plötzlich kam ihr eine Idee.

»Lass uns ans Ufer schwimmen!«

Und ehe sich Raik versah – als guter Segler wollte er das Boot nicht sich selbst überlassen – streifte sie sich ihre Kleidung ab und sprang, nur noch mit ihrer Unterwäsche bekleidet, ins Wasser.

Mit wenigen kräftigen Stößen gelangte sie in flaches Wasser und watete triefend an Land.

»Komm her, es ist überhaupt nicht kalt!«

Raik blieb nicht anderes übrig, als sich seiner Kleidung bis auf die Unterhose zu entledigen und ihr nachzuspringen.

Am Ufer saßen sie lange Zeit schweigend nebeneinander auf den Felsbrocken. Aina hatte ihr nasses Haar provisorisch zusammengebunden. Infolge dieser Bewegung fiel Raiks Blick zufällig auf das Muttermal an der Innenseite ihres linken Oberarms.

Er sagte nichts, aber sie spürte, dass er es gesehen hatte.

Komisch, jetzt machte ihr das nichts mehr aus.

Nach einer Weile fragte er: »Neulich hattest du einen roten Punkt auf der Stirn. Das gefiel mir. Trägst du ihn nicht immer?«

»Nein«, antwortete sie. »Er hat keine religiöse Bedeutung. Ich schminke mich gern damit, wenn ich einen Auftritt habe. Das gibt mir Selbstsicherheit, wenn ich singe. Ich spüre ihn kaum, aber dennoch hilft er mir, mich auf die Musik zu konzentrieren. Ich kam auf die Idee während einer Gesangsstunde. Meine Lehrerin empfahl mir, ich solle mir vorstellen, die Töne strömen aus der Stirn heraus.« Sie lächelte, als sie Raiks skeptisches Gesicht bemerkte. »Das ist keine Spinnerei, sondern ein alter Trick in der Gesangspädagogik. Die Vorstellung hilft, Resonanzräume zu öffnen. – Der Punkt ist eine Art Talisman für mich und meine Musik.«

Aina machte eine Pause. Sie lauschte dem feinen Plätschern der sanften Uferwellen. »Ach, was reden wir groß von mir. Erzähl mir lieber ein wenig von dir. Wie lebst du, und was ist mit deinen Eltern?«

»Wir wohnen in einer kleinen Mansardenwohnung außerhalb der Stadt, gleich gegenüber dem Stadtgraben. Mein Vater kam bei einem Betriebsunfall tragisch ums Leben, als ich noch ganz jung war. Meine Mutter hat das bis heute nicht überwunden. Ich glaube, sie verlor damals ein wichtiges Stück ihres Lebens. Ich konnte ihr das nicht ersetzen. Sie ist sehr einsam geworden.

Das Merkwürdige ist nur, dass sie nach außen hin das genaue Gegenteil zeigt. Oft beobachte ich von meinem Zimmerfenster unterm Dach unseres Hauses aus, wie sie morgens scheinbar festen Schrittes über den Hof zu ihrem Auto läuft. Als ob sie ganz in Eile wäre. Dabei weiß ich, dass sie überhaupt nichts vorhat. Und am späten Nachmittag kommt sie dann zurück mit ein paar Einkaufstüten von irgendwelchen Modegeschäften in der Hand. Die sind aber leer, die hatte sie morgens in ihrer Handtasche versteckt.«

Er bemerkte nicht, dass Aina ihren Arm auf seine Schulter stützte und anfing, leise vor sich hinzusummen.

»Ich bin mir sicher, dass sie den ganzen Tag nur mit dem Auto durch die Gegend gefahren ist. Ich erkenn das am Tachostand. Manchmal fährt sie nach Travemünde, wo sie ein kleines Ferienhaus an Badegäste vermietet. Ab und zu muss sie da etwas regeln. Mich persönlich interessiert das nicht besonders. Das mondäne Travemünde ist nicht meine Welt. Und ich glaube, auch Mutter fühlt sich dort nicht besonders wohl – seit damals, als wir Vater verloren.«

Raik schwieg unvermittelt und schubste mit den Zehen ein paar kleine Kieselsteine ins Wasser. Als ob er sich dem Anflug trüber Gedanken erwehren wollte. Mit einem leichten Seufzer fuhr er fort.

»In unserer Straße tut sie, als sei sie eine viel beschäftigte Hausfrau. Aber das trügt. Sie belügt nicht nur mich und die Nachbarn, sie belügt sich selbst. Für sie ist dieser trügerische Schein offenbar der einzige Weg, um ihre Einsamkeit zu ertragen. – Und ich kann ihr dabei nicht einmal helfen.«

Eine so lange Rede hatte Raik noch nie gehalten. Er kam nicht umhin, sich über sich selbst zu wundern.

Dann lachte er bitter.

»Das Komische ist, dass, obwohl bei uns zu Hause so viele Uhren stehen, sie angeblich nie weiß, wie spät es ist. Dann fragt sie mich, als ob ich als Uhrmachergeselle dafür zuständig sei. – Ich glaube aber, da steckt was anderes dahinter. Wie viele andere Menschen auch weiß sie nicht, mit der Zeit umzugehen.

Das ist es: Sie nimmt die Uhrzeit als ihre Lebenszeit.«

Er hielt inne.

»Weißt du, wie mein Boot heißt?«

»Ja, ich erinnere mich, weil der Name meinem Vornamen ähnlich klingt: Aion. – Was bedeutet das?«

»Aion kommt aus dem Griechischen. Man kann es übersetzen mit ›Lebenszeit‹. Ich bin mal durch Zufall darauf gestoßen, und das Wort gefiel mir als Bootsname.

Viele Menschen achten sie nicht, ihre Lebenszeit. Wenn ich mit meinem Boot über das Wasser gleite, spüre ich sie. Das ist die Zeit, in der ich wirklich lebe. Außerhalb, bei meiner Arbeit oder zu Hause bei meiner Mutter, existiert nur eine tote Zeit, das mechanische Abspulen eines Räderwerks, nichts mehr. – Zeit, das ist Leben. Nur der Tod kennt keine Zeit.«

Aina hatte aufgehört zu summen. Sie zog ihren Arm von Raiks Schulter zurück. Nachdenklich beugte sie ihren Oberkörper nach vorn und umklammerte mit gefalteten Händen die angezogenen Knie, als wollte sie sich einigeln. Raiks Worte waren ihr unheimlich.

Es entstand eine lange Pause. Beide schienen in ihre Gedanken vertieft zu sein.

Dann stand Aina unvermittelt auf, stellte sich hinter Raik und legte ihre Hände auf seine Schulter, als solle er die Schwere ihrer Worte körperlich spüren.

»Nein, Raik, damit bin ich nicht einverstanden. Da ist noch mehr. – Leben ist nicht Leben. Es gibt so viele Arten zu leben, wie Sandkörner an diesem Strand liegen. Zum Beispiel diese vielen Segelboote, die ›Carpe Diem‹ heißen. Manche haben sie so getauft, weil sie glauben, Segeln sei Lust am Leben. Für andere ist es dagegen nur ein Zeitvertreib oder eine gesellschaftliche Verpflichtung.

Oder nehmen wir die Nachbarn meiner Eltern, bei denen dieser Spruch über dem Hauseingang hängt. Für sie ist er Sinnbild einer nur an materiellen Genüssen orientierten Lebenseinstellung. Der äußere Schein ist alles, und je teurer er ist, desto wertvoller erscheint ihnen das Leben. Das ist ihre Zeit. – Aber sie ist von innen her leer, und das macht sie einsam.

Für mich stellt sich die Frage: Wie füllt man seine Lebenszeit? Für die Leute in den Städten ist das klar: Zeit ist Handel, Zins, Profit. Für Kultur bleibt nur wenig Zeit.«

Die Sonne hatte sich inzwischen flach über den weiten Horizont gelegt und spiegelte sich im Wasser wie ein breites Feuerschwert.

Langsam näherte sich die Kälte der Nacht.

Aina begann, Raik das immer noch nasse Haar mit ihren Händen nach hinten zu bürsten.

»Wie kann man seine Zeit anders füllen? – Mit Liebe. – Zeit ist Liebe. Sie ist der Wunsch, etwas zu geben, nicht zu erhalten.«

Das Letztere hatte sie bei Brecht gelesen. Aber darauf kam es jetzt nicht an. »Zeit bedeutet für mich, in die Zukunft schauen zu können – von der Zukunft zu träumen, Sehnsucht nach etwas Neuem zu haben. Wer das nicht mehr kann, der lebt nur noch im Schatten der Zeit.«

Sie schwieg eine Weile. Raik legte seine Hände auf die ihren.

»Ich versuche das mit meiner Musik. Für mich ist sie die einzige Kunst, die es vermag, die unerbittliche Strenge der Zeit nachhaltig zu überwinden. Musik gibt der Zeit eine eigene, eine individuelle Gestalt. Sie wird zur Lebenszeit. Mit meinem Gesang möchte ich nicht nur meine Lebenszeit, sondern auch die meiner Zuhörer füllen. – Das kann man nicht in einfache Worte fassen.«

Leise stimmte sie das Lied an, das sie zur Aufnahmeprüfung gesungen hatte. Ohne Klavierbegleitung klang es noch intensiver.

»Aus dem Walde tritt die Nacht,
Aus den Bäumen schleicht sie leise,
Schaut sich um in weitem Kreise,
Nun gib acht.

Alle Lichter dieser Welt,
Alle Blumen, alle Farben
Löscht sie aus und stiehlt die Garben
Weg vom Feld.

Alles nimmt sie, was nur hold,
Nimmt das Silber weg des Stroms,
Nimmt vom Kupferdach des Doms
Weg das Gold.

Ausgeplündert steht der Strauch,
Rücke näher, Seel' an Seele;
O die Nacht, mir bangt, sie stehle
Dich mir auch.«

Dann warteten beide still, bis der letzte Goldfunke der untergehenden Sonne im Meer verschwunden war.

»Wir müssen zum Boot zurück«, mahnte Raik.

Dort angekommen, krochen sie unters Kajütdach und hüllten sich in die Wolldecke.

Raik gab Aina einen flüchtigen Kuss auf den Mundwinkel.

»Danke, dass du mir deine Zeit geschenkt hast.«

Statt einer Antwort zog sie ihn dicht zu sich heran und küsste ihn leidenschaftlich. Die aufgescheuchten Möwen kehrten bald wieder zurück. Sie spürten, dass von dem Boot, das sanft im Rhythmus der leichten Abenddünung schaukelte, keine Gefahr ausging.

KAPITEL 13: JUDITH

Ainas Mutter konnte in dieser Nacht nicht ruhig schlafen. Im Dunkeln flüsterte sie ihrem Mann zu: »Wir müssen es ihr sagen. Ich fühle, die Zeit ist reif.«

Der Mann drehte sich wortlos um. Auch er fand keinen Schlaf.

Und als Raik am nachsten Abend zu Hause sein Cello hervorholte und eine melancholische Melodie anstimmte, ahnte seine Mutter, Judith Svavarson, dass sie ihren Sohn verlieren würde.

Sie weinte leise in ihr geblümtes Kopfkissen. Wie damals, als ihr Mann zu Grabe getragen wurde. Dabei war es ihr inzwischen längst klar geworden, dass ihre Ehe seinerzeit alles andere war, als die Erfüllung einer großen Liebe. Sie war noch jung und unerfahren, als sie ihn kennenlernte. Zunächst gefiel ihr die wortkarge und, wie sie meinte, männliche Art des Isländers. Eine zerbrechliche, unerfahrene junge Frau wie sie, so dachte sie, muss von einem starken Mann beschützt werden. Auch reizte sie das Fremde an ihm, das Geheimnisvolle, Unergründliche. Der Geruch nach der Weite des Meeres. Er war so ganz anders als die Jungen, die sie von der Schule her kannte.

Viel zu früh bekam sie ihr Kind. Das war ihr heute klar. Es entwickelte sich von Anfang an zum Ebenbild ihres Mannes. Sie verstanden sich gut; beide liebten das Segeln, die raue Natur, das Alleinsein. Judith fühlte sich immer mehr fehl am Platze. Ihren eigenen Interessen konnte sie kaum noch nachgehen.

Sie liebte die Künste. Vielleicht hatte sie ihre kreative Ader ihrem Sohn vererbt, schließlich wuchs er zu einem durchaus ernst zu nehmenden Cellisten auf.

Aber nicht die Musik, die Malerei war im Grunde genommen ihr Lieblingsgebiet. Sie besuchte gern Kunstausstellungen und versäumte keine Vernissage in den Galerien der Stadt. Doch all das musste sie während ihrer Ehe mehr oder weniger verheimlichen. Ihr Mann zeigte kein Verständnis für das ›unnütze Zeug‹, wie er sich auszudrücken pflegte. Heimlich fuhr sie, unter dem Vorwand, Einkaufen zu gehen, nach Hamburg, um sich eine Rubens-Ausstellung anzusehen. Die vollbusigen, lebensfrohen Frauen auf seinen Gemälden faszinierten sie. Sie waren so ganz anders als sie, sie genierten sich nicht ihrer Weiblichkeit. Sie schienen das Leben in vollen Zügen zu genießen.

Monate später entdeckte sie in einem Kunstkalender Bilder des kolumbianischen Malers Fernando Botero. Auch hier die prallen, selbstbewussten Frauen. Judith kaufte sich ein Poster und hängte es in ihrem Arbeitszimmer auf.

Ihr Mann hatte nur Spott für die, wie er meinte, primitive Darstellung übrig. Er missverstand das Interesse seiner Frau für üppige Bilder und nahm sie sich an dem Abend mit brutaler Männlichkeit. – Seitdem kriselte es in ihrer Ehe.

Judith brauchte lange, um den Schock zu überwinden. Dennoch hielt sie zu ihrem Mann, allein aus Sorge um das gemeinsame Kind. Nach seinem plötzlichen Unfalltod sehnte sie sich dennoch nach ihm zurück, ohne sich dieses Widerspruchs bewusst zu werden.

Das lag nun viele Jahre zurück. Ihr Sohn wuchs zum Ebenbild ihres Mannes auf und ging seine eigenen Wege. Heute verließ sie wie gewohnt mit ihren in der Handtasche versteckten Einkaufsbeuteln das Haus. Sie wusste, dass Raik ihr immer heimlich aus dem Fenster nachschaute. Früher empfand sie das als lästig. Sie hatte das Gefühl, ihr Sohn würde sie überwachen, oder er würde nur abwarten, bis sie verschwunden war, um dann das Haus auf den Kopf stellen zu können.

Ein Gefühl stillen Glücks durchströmte sie, als sie bemerkte, wie sich der Vorhang in seinem Zimmer bewegte. Wie damals, als ihr Mann noch lebte. Es war beruhigend zu wissen, dass noch jemand anderes im Hause lebte.

Noch.

Eigentlich wollte sie wie so oft ziellos durchs Land fahren, in irgendeinem Dorfkrug einkehren und einen kleinen Spaziergang irgendwo am Strand machen. Doch als sie heute Morgen in der Zeitung die Nachricht entdeckte, dass im Völkerkundemuseum für ein paar Tage eine neue Ausstellung zu sehen war, beschloss sie, in die Stadt zu fahren.

Zwar schien noch kräftig die Sonne, über den Hausdächern der Weststadt zogen sich jedoch kompakte, dunkle Wolken zusammen. Das würde bestimmt Regen geben. Den Regenschirm hatte Judith leider zu Hause gelassen. So kam ihr der Museumsbesuch durchaus recht.

Die Völkerkundesammlung war im Alten Zeughaus untergebracht, in unmittelbarer Nähe zum Dom. Sie liebte diesen Bereich der Stadt. Als ihr Mann noch lebte, schlenderten sie gern durch das Domviertel.

Von der breiten, lebensprallen Nord-Süd-Achse der Stadt zweigte eine kleine Gasse mit dem Namen ›Fegefeuer‹ ab, und es ging vorbei an einem Gang namens ›Hölle‹ zum ehemaligen Domkirchhof. Die nördliche Vorhalle der im Jahre 1247 eingeweihten Backsteinkirche nannte man das ›Paradies‹. Der Weg einer Seele führte also zuerst durch das Fegefeuer, um von den Sünden gereinigt zu werden. Waren die Sünden zu schwer, kam die Seele in die Hölle, wurden sie für leicht befunden, durfte die Seele im Paradies aufgenommen werden.

Judith setzte sich auf eine der einsamen Bänke des Kirchhofs. Der kleine Park war menschenleer. Noch regnete es nicht. Also ließ sie sich Zeit, über sich und ihre Vergangenheit nachzudenken. Sie war sich sicher, dass die Seele ihres Mannes jetzt im Paradies ruhte. Ob ihr das auch vorbehalten war? Irgendwie spürte sie, dass sie sich in den letzten Jahren immer nur auf der Flucht vor sich selbst befunden hatte.

Ihr fehlte die innere Ruhe. Wenn jetzt auch noch Raik von ihr ginge, wo sollte sie dann hinfliehen? Wem müsste sie noch vortäuschen, dass ihr die Einsamkeit nichts ausmache, dass sie eine viel beschäftigte Hausfrau sei? Den Nachbarn? – Das lohnte sich nicht. Die lebten selbst nur in einer Scheinwelt eitler Selbstüberschätzung. Sie fing an, das zu durchschauen.

›Der Schein ist alles!‹ – Diese hohle Lebenseinstellung vieler Menschen ging ihr langsam auf die Nerven. Wozu dieses scheinheilige Theater mit den leeren Einkaufstüten, mit der ständigen Vortäuschung von Geschäftigkeit? – Die Ruhe des alten Kirchhofs und der Blick auf das Paradies halfen ihr, neuen Mut zu fassen, sich ihrer noch verbleibenden Lebenszeit ehrlich zu stellen. Vielleicht sollte ich einen Untermieter suchen, jemanden, mit dem ich etwas unternehmen könnte, grübelte sie. Raik wird nicht mehr lange im Haus bleiben. Er wird ein Mädchen gefunden haben, das ihm mehr bedeutet, als seine Mutter. – Wenn ich nur wüsste, wer sie ist!

Plötzlich fing es an, wie aus Kübeln zu regnen. Schnell rannte Judith die wenigen Schritte rüber zum Alten Zeughaus. Obwohl sie sich ihre Handtasche über den Kopf hielt, wurde sie pitschnass. Im schützenden Eingang des Gebäudes musste sie erst einmal stehen bleiben, um Luft zu schöpfen.

Sie blickte um sich.

Die Mauern waren lange nicht so alt wie die der Domkirche. Dafür machten sie einen trotzigeren, fast brutalen Eindruck auf sie. Wie eine starke Zitadelle stand der Gebäudekomplex vor dem Kirchenbau, als wolle er die Vorherrschaft der weltlichen vor der geistlichen Macht behaupten.

Und in der Tat hatten diese Mauern schon finstere Zeiten erlebt. Als im letzten Krieg mächtige braunschwarze Wolken über dem ganzen Lande hingen, dienten die kasernenartigen Räume einer menschenverachtenden Herrschaft. In den Kellern wurde gedemütigt, gefoltert und sogar gemordet, dass es dem Fron im mittelalterlichen Lübeck die Sprache verschlagen hätte.

Jetzt hatte die von weltoffenen Bürgern im Laufe der Zeit zusammengestellte Völkerkundesammlung ihre Heimat in den Räumen gefunden. Judith betrat seit dem Tode ihres Mannes heute das erste Mal wieder das Gebäude.

»Zeichen der Völkerverständigung, wo einst Völkerhass herrschte …«, hatte ihr Mann seinerzeit angemerkt, als sie bei der Eröffnung anwesend waren.

Die zweistöckige Ausstellung stand unter dem Motto ›Masken, Skulpturen und Kultfiguren aus Afrika‹. Ein Teil der Exponate, die kürzlich die Versammlung im Ratsweinkeller um einige skurrile Gesichter bereichert hatte, hatte heute wieder seinen angestammten Platz im Alten Zeughaus zurückerobert. Unter den Ausstellungsstücken befanden sich auch wertvolle Leihgaben aus dem Londoner British Museum.

Als erster Tagesgast war Judith mutterseelenallein. Die Kassiererin wunderte sich über den frühen Gast, rechnete sie sowieso nicht mit einem großen Publikumsandrang. Sie schwatzte mit der gelangweilten Wärterin über die wichtigen Dinge ihres Lebens.

Judith steuerte auf eine Vitrine zu, in der zwei Karyatiden – Skulpturen einer weiblichen Figur mit tragender Funktion – um die Gunst des Betrachters wetteiferten. Die eine stammte aus dem Kongo und fiel durch die Überbetonung des Kopfes und der Hände auf. Mit würdevollem Gesicht trug die Ruhe ausstrahlende Frau mit hängenden Brüsten die hölzerne Sitzfläche eines Schemels, als würde sie eine Obstschale auf dem Kopf balancieren. Die andere wurde in Dahomey, dem heutigen Benin, geschnitzt. Hier musste eine Frau mit hochgebundenen Brüsten eine schwere Schale auf ihrem Kopf halten. Die Muskelanspannung sah man ihr an. Dennoch bewältigte sie ihre Last lächelnd mit einer anmutigen Gelassenheit.

Raiks Mutter setzte sich auf einen der schlichten Stühle, die den Museumsbesucher zur beschaulichen Rast einluden. Eigentlich wollte sie sich nur ein wenig aufwärmen und trocknen, da der in seiner alternden Gebrechlichkeit unangenehm und unrhythmisch laut knackende Heizkörper hinter dem Sitz eine wohlige Wärme ausstrahlte.

Die Betrachtung der Figuren veranlasste sie wieder einmal, über ihr eigenes Los nachzudenken. Welchen Ballast hatte sie zu tragen? Wie konnte sie mit ihrer Bürde umgehen? Könnte es ihr, wie den beiden hölzernen Gestalten, ebenfalls gelingen, ihr Schicksal mit Würde und Harmonie anzunehmen?

Ihre Gedanken trieben wie Segel am Horizont in die Weite. Daher bemerkte sie nicht, dass ein junger, gut gekleideter Mann die Ausstellungsräume betreten hatte und vor einer Holzfigur aus Madagaskar, die gleich neben der Vitrine stand, regungslos und andächtig stehen blieb.

Plötzlich riss sie der schrille Klang einer Sirene aus ihren Träumen. Der Mann war der Figur zu nahe gekommen und hatte dadurch die Alarmanlage ausgelöst. Die Wächterin stürzte herein und schnauzte ihn an: »Verdammt, können Sie nicht lesen? Berühren verboten! Halten Sie gefälligst den notwendigen Sicherheitsabstand ein!«

»Oh, bitte entschuldigen Sie. Es tut mir leid, Sie gestört zu haben. Es soll nicht wieder vorkommen. Ich werde mich in Zukunft zurückhalten.«

Mit einem missmutigen »Hm, man wird ja sehen!« dampfte die Frau zurück und stellte die Alarmglocken mithilfe eines Hebelschalters in einem neben der Tür befindlichen Kasten wieder ab. Der Fremde beobachtete genau ihre Handgriffe.

Er trat ein paar Schritte zurück und wandte sich an Frau Svavarson: »Das ist ein Totem aus dem Gebiet der Sakalava. Er stellt eine breitohrige und langmähnige Gottheit dar, die den Kopf eines Verstorbenen in den Händen hält und beschwörend die Hinterbliebenen mahnt, die heiligen Gesetze einzuhalten, ansonsten würde auch sie der Tod ereilen. Irgendein touristischer Andenkenjäger hatte sie von einem der hölzernen Friedhöfe entwendet, und auf Umwegen ist sie in die Sammlung des Völkerkundemuseums gelangt.«

Judith staunte über die Fachkenntnisse des Mannes, schließlich erwähnte der Ausstellungskatalog nichts in der Hinsicht. Noch bemerkenswerter fand sie die Tatsache, dass der Besucher trotz des heftigen Regengusses trockene Kleidung und Schuhe trug. Dabei wusste sie doch, dass sie die erste Besucherin des Tages war und es seitdem ununterbrochen geregnet hatte.

Wie war der hier hereingekommen?

Leider konnte sie ihren Gedanken nicht weiter verfolgen, denn ihr Gegenüber fuhr mit seinen Belehrungen fort: »Wir verehren diese Figuren. Man bringt sie an der Stirnseite der Gräber an, so ähnlich, wie man hierzulande ein Kruzifix aufstellt. Sie haben einen wichtigen Einfluss auf die Seelenwanderung der Toten. Deswegen ist es eine große Schande und auch eine Gotteslästerung, sie zu stehlen und der Neugierde der Europäer nach dem Fremden zu opfern.«

Wieso spricht er von ›wir‹? Wie ein Afrikaner sieht er ja nun wirklich nicht aus. Merkwürdiger Kerl!, dachte Judith. Bevor sie etwas erwidern konnte, war der Mann in das obere Stockwerk hinaufgestiegen.

Frau Svavarson begegnete ihm kein zweites Mal.

Am nächsten Tag las sie in einer kurzen Zeitungsnotiz, dass die Figur aus Madagaskar gestohlen wurde. Sie erinnerte sich sofort an den merkwürdigen jungen Mann, der sich so fachkundig für die Skulptur interessiert hatte.

Bestimmt wieder ein Schülerscherz, tat der Erdkundelehrer der Oberschule den Vorfall ab, der sich mit Ostafrika und Madagaskar gut auskannte.

Von dem Täter fehlte jegliche Spur. Inspektor Kroll wurde nicht benachrichtigt, da der Diebstahl nicht in sein Ressort fiel.

KAPITEL 14: SCHWARZE LÖCHER

Die letzten kümmerlichen Strahlen der spätsommerlichen Abendsonne verbreiteten eine nostalgische Stimmung im Vorhof des Katharineums, der ältesten Oberschule der Stadt. Dort, wo tagsüber in unübersehbaren Reihen die Fahrräder der Schüler standen, spielte jetzt der Wind mit ein paar achtlos fortgeworfenen Brötchentüten und einem ausgedienten Schummelzettel aus einer Physikklausur. Die Papierreste hatten ihre Funktion erfüllt und waren nun stumme Hinterlassenschaften eines arbeitsreichen Schulalltags.

Der hinkende Hausmeister fegte mürrisch den Müll zusammen. Heute musste er wieder Überstunden schieben. Der Alte Musikraum war von der Volkshochschule für einen Bildungsabend reserviert worden.

Bildung hat man in diesen ehrwürdigen Gemäuern schon immer sehr hoch gehalten. In alten Sagen wird sogar berichtet, dass im Mauerwerk des ehemaligen Katharinenklosters der Stein der Weisen eingemauert sei. Gefunden hat ihn bis heute noch niemand. Es scheint sich um ein Märchen zu handeln, denn von Weisheit wurde seither nicht unbedingt jeder Lehrer und auch nicht jeder Schüler des Instituts heimgesucht.

Heute sind seine Höfe tagsüber eher Schauplatz lauter Eitelkeiten. Jeder einzelne Schüler ist natürlich stolz darauf, Mitglied einer privilegierten Bildungsschicht zu sein, und weiß, dies gelegentlich zur Not ellbogenboxend durchzusetzen.

Die Lehrer übrigens auch.

Im Jahre 1590, kurz nachdem sich in den Klostermauern eine Gelehrtenschule etabliert hatte, fand hier ein aufsehenerregender Mord statt. Als in einer dunklen Spätherbstnacht drei Herren des Lehrpersonals von einem fröhlichen Weinabend zu ihren Wohnungen auf dem Gelände der Schule zurückkehrten, fiel eine unbekannte Gestalt über einen der Hauslehrer her und tötete ihn mit einem scharfen Stoßdegen. Der Täter soll noch gerufen haben: »O mein Gott, Herr Präzeptor, es galt ja gar nicht Euch!«

Er entschwand unerkannt in Richtung Marienkirche.

Doch das war schon so lange her, dass der Vorfall heute nahezu in Vergessenheit geraten war.

Nur wenige Zuhörer nahmen an diesem Abend in dem Musikraum der ehrwürdigen Oberschule Platz. Der pensionierte Philosophielehrer hatte zu einem Vortrag über das Thema ›Die Zeit im Schwarzen Loch aus Sicht der Philosophie‹ geladen.

Der hinkende Hausmeister döste müde in seiner Loge. Ab und zu kontrollierte er die Eintrittskarten.

Es lag wohl weniger an dem schlechten Wetter, dass die Resonanz eher dürftig ausgefallen war. Das Thema weckte wenig Interesse. Zeit war Zeit und blieb Zeit, solange die Astronomische Uhr in der Marienkirche beruhigend gleichmäßig tickte. Das genügte den meisten Bürgern in Sachen Philosophie.

Und schwarze Löcher kannte man ohnehin aus dem Stadthaushalt zur Genüge.

Dabei war allein schon der Raum, in dem der Vortrag

stattfand, einen Besuch wert. Das einstige Refektorium der Franziskanermönche beherbergte heute den Musikraum der Oberschule. Das herrliche gotische Gewölbe wurde durch zwei Säulen getragen. An deren von der westlichen Eingangstür abgewandten Seite befanden sich alte Einritzungen und Lochbohrungen. Während im Mittelalter der Lektor von seinem Podest neben dem Eingang herunterdozierte, reagierten die Mönchsschüler ihre Langeweile und ihren Frust auf der vom Lehrer nicht einsehbaren Seite der Säule ab.

Diese Tradition setzte sich über die Jahrhunderte fort. Weil sich die Lehrerposition inzwischen nach Süden verlagert hatte, prangten heute an der Nordseite der Säulen neue Hieroglyphen: AC/DC, LSD und ein von einem Herz eingefasstes Monogramm, ›J+A‹.

An der Westseite des ehemaligen Refektoriums waren Reste einer Wandmalerei aus dem 15. Jahrhundert erhalten geblieben. Sie stellten die Verkündigung Mariens mit dem symbolischen Einhorn und die Marienkrönung dar.

Sowohl die Mönchsschüler als auch die modernen Oberschüler interessierten sich wenig für die Symbolik. Auch die heutigen Zuhörer achteten nicht sonderlich auf die Historie des alten Baus und die Mariendarstellungen, ging es doch um die für sie viel spannendere Frage, ob in einem Schwarzen Loch die Zeit stirbt.

Weder das Publikum noch der Referent ahnten, dass das Refektorium früher eigentlich größer gewesen und das Gewölbe von vier Säulen getragen worden war. Um mehr Klassenräume zu schaffen, hatte man den Raum bei der dritten Säule mit einer provisorischen Trennwand abgeteilt. Irgendjemand brach dann später einen kaum sichtbaren Durchlass in den oberen Teil der Wand. Dadurch war das alte Flüstergewölbe aus der Mönchszeit wiederhergestellt. Wenn jemand in dem einen Brennpunkt stand, konnte er genau hören, was jemand im anderen Teil des Gewölbes redete.

Im Nachbarraum horchte regungslos im Dunkeln eine vermummte Gestalt.

Im vorderen Brennpunkt stehend, begann der Dozent seinen Vortrag mit einer Belehrung: »Nicht für das Leben, sondern für die Schule lernen wir.«

Besserwisserischer Protest aus den Reihen der Zuhörer.

»Nein, nein. Sie haben schon richtig gehört. So hat es der große Philosoph Seneca in seinem 106. Brief formuliert.« Der Philosophielehrer zeigte in die Runde. »Er meinte allerdings mit Schule nicht die öffentliche Bildungseinrichtung unserer Tage. Schule heißt hier: Schule der Philosophen. Erst später wurde der Satz von interessierter Seite verballhornt. Nebenbei bemerkt war der Herr Ballhorn als Drucker in der zweiten Hälfte des 16. Jahrhunderts in unserer Stadt tätig. Inzwischen sind sich die Historiker ziemlich sicher, dass sein guter Ruf einer Intrige von zwei Juristen des Stadtrates zum Opfer fiel. Die, nicht er, sollen seinerzeit sinnentstellende Änderungen in einem unter seinem Namen veröffentlichten Druckwerk eingefügt haben. – Was lernen wir daraus? Traue niemals den Juristen!«

Er lachte kurz und trocken auf. Ein zufällig anwesender Rechtspfleger fand das überhaupt nicht witzig.

»Doch kehren wir zur Philosophie zurück. Wir können im Sinne Senecas sagen: Nicht für den Alltag, sondern für die höhere Philosophie lernen wir.«

Womit er mitten im Thema war. Draußen dunkelte es.

Nach einer knappen Stunde wollte der Referent gerade mit einer These aus der Theorie der Quantenfluktuation ansetzen, als plötzlich das Licht im ganzen Haus flimmerte und nach wenigen Zuckungen zusammenbrach.

»Nicht gerade ein gutes Anschauungsbeispiel für die Philosophie der modernen Physik«, meinte der Dozent, um die peinliche Situation von der humorvollen Seite zu nehmen.

Eine stockdunkle Finsternis hatte sich draußen ausgebreitet. Nur die nahe Kirchturmspitze wurde fahl vom Mond beleuchtet.

Ohne Overheadprojektor konnte der Redner die schwere Materie nicht erläutern. Außerdem wurde es im Saal unruhig. Man munkelte über den katastrophalen Zustand in der Oberschule und im Erziehungswesen allgemein.

Endlich sah man draußen den Hausmeister über den Hof hinken, mit einer Taschenlampe in der Hand. Deren Kegel zeigte infolge des ungleichmäßigen Gangs mit jedem zweiten Schritt nach oben und blendete die Menschen im Musikraum.

Der Hausmeister trat ein, ließ den Scheinwerferstrahl über die Anwesenden gleiten und fingerte dann am Schalter herum. Er schimpfte: »Da haben wir es. Schon vor fünf Monaten habe ich dem Rektor gemeldet, dass der ganze Hauptschaltkasten marode ist. Aber nichts hat sich getan. Und jetzt haben wir den Salat.«

Der Philosophielehrer fragte, obwohl jeder genau wusste, dass er von praktischer Physik keine Ahnung hatte: »Kann ich Ihnen helfen? – Es muss ja schließlich irgendwie weitergehen.«

»Ja, kommen Sie mit. Wir müssen runter in den Keller zum Hauptschalter. Sie können mir die Taschenlampe halten.«

Beide verschwanden grußlos, und die Zuhörer mussten wieder im Dunkeln sitzen, weil keiner daran gedacht hatte, Kerzen mitzubringen.

Vor der Tür zur Kellertreppe zog der Hausmeister umständlich einen langen, angerosteten Schlüssel aus der Tasche. Der stammte noch aus der Klosterzeit.

»Vorsicht jetzt, die Treppen sind uneben, und man kann sich leicht den Kopf stoßen! Am besten, ich geh voraus und Sie halten sich dicht hinter mir.«

Im Kegel der Taschenlampe sah man, wie Staub aufgewirbelt wurde. Überall hingen Spinnweben.

Die beiden gingen einen schmalen Gang entlang, der völlig mit alten Theaterrequisiten, Schaufensterpuppen und Bühnenaufbauten vollgestopft war.

»Immer diese verdammte Theater-AG! Ich hab denen schon tausendmal gesagt, sie sollen ihren alten Schrott zum Sperrmüll bringen. Aber nichts passiert!«

Wieder musste er eine Tür öffnen. Man kam in einen Raum, der früher als Weinkeller gedient hatte. Es roch moderig. Endlich erfasste der Lichtkegel den Hauptschrank. Aber die Sicherungen waren alle in Ordnung.

»Dann muss der Fehler noch tiefer liegen, an der Übergabestelle von der Straße in den Keller!«

Wieder ging es enge, dreckige Kellerfluchten entlang. Irgendwo befand sich ein Gitterfenster zur Straße hin.

Man sah den Kreuzschatten an einer Wand. Eine aufgescheuchte Fledermaus zischte an ihren Köpfen vorbei. Nun flackerte zu allem Überfluss auch noch die betagte Taschenlampe.

»Mist! Nichts als Bruch in den öffentlichen Gebäuden! Ich werde mich beim Schulsenator …«

Das Schimpfen des Hausmeisters wurde durch einen lauten Knall unterbrochen.

»Das muss die Kellertür am Eingang gewesen sein. Das kann ja heute noch heiter werden!«

Der Philosophielehrer hatte eine Idee: »Gehen Sie mit der Taschenlampe voraus zur Übergabestelle, dann können Sie den Fehler beheben, und wir haben wieder Licht. So lange wird die Batterie durchhalten. Ich taste mich zurück zum Ausgang und hole Hilfe.«

Sie trennten sich. Der Hausmeister hinkte mit seiner nur noch schwach funzelnden Lampe durch den nächsten Gang und verschwand.

Der Lehrer stolperte tastend auf eine Wand zu, die sich als rostige Eisentür entpuppte. Sie öffnete sich unerwartet vor ihm. Schon hoffte er auf fremde Hilfe. Vielleicht kam ihm ja einer seiner Zuhörer entgegen.

Er prallte mit einer unheimlichen Gestalt zusammen.

Die Gestalt umklammerte ihn und presste ihn eng an sich. Die Berührung fühlte sich kalt an. Nichts hörte er, nicht einmal ein Atemholen. Nur die Augen seines Gegenüber schimmerten trotz der Dunkelheit milchfarben.

Der Philosoph schrie grell auf, aber das kümmerte niemanden. Der Klammerdruck begann unangenehm zu werden. Er hatte das Gefühl, als wolle man ihm die Rippen brechen. Dann legte sich eine eiskalte Hand über sein Gesicht, sodass er keine Luft mehr bekam. Wenig später hing er leblos in den Armen der geheimnisvollen Gestalt.

Diese öffnete eine enge Falltür und warf den toten Körper in eine namenlose Hölle.

*

Oben im Musikraum machte man sich längst Sorgen. Endlich stolperte der bereits erwähnte Rechtspfleger, dem von Berufs wegen Recht und Ordnung am Herzen lagen, in der Dunkelheit zur Eingangstür der Oberschule und rief eine zufällig vorbeikommende Polizeistreife an.

Inspektor Kroll und sein Assistent eilten schnell zur Stelle. Man konnte aber keine Spuren von den beiden Verschwundenen entdecken.

Vor der Kellertür lag ein Stück Papier: ›fotoana = fiainana + fahafatesana‹.

Hopfinger schloss nicht aus, dass das irgendeine Formel war, mit der der Dozent seine These von der Zeit im Schwarzen Loch mathematisch untermauern wollte. Kroll aber fühlte ein gewisses Kribbeln im Nacken. Sein widerspenstiger Turnschuh hatte wieder einmal dafür gesorgt, dass er mit einem offenen Schnürsenkel rumlief. Der Inspektor bemerkte es erst jetzt. Er setzte sich auf den Treppenabsatz, der den Zugang zum Musikraum bildete, weil dieser etwas tiefer als der Flur lag. Er strich sich mit dem Daumen über die Stirn. Umständlich schnürte er seinen Turnschuh wieder zu.

»Schon wieder diese fremde Sprache!«, murmelte er leise vor sich hin. »Zum Teufel noch mal, jetzt ist das bereits der fünfte Fall, den ebenfalls verschwundenen Hausmeister und das tote Mädchen mit den Mandelaugen mit eingerechnet, auch wenn wir bei ihm keinen Zettel fanden. Jetzt kennen wir bereits fünf Vokabeln. Das sollte doch wohl ausreichen, um ihren Ursprung zu erklären.«

Laut fügte er hinzu: »Hopfinger, Sie klemmen sich sofort hinter diese fremden Wörter und finden heraus, aus welcher Sprache sie stammen – wenn sie hoffentlich eine gemeinsam haben. Von allen anderen Aufgaben sind Sie vorläufig befreit, so lange, bis Sie mir einen konkreten Hinweis erbracht haben.«

Hopfinger nickte mürrisch. Diese langweilige Büroarbeit war nicht unbedingt sein Fall. Er jagte die Verbrecher lieber direkt an Ort und Stelle oder trieb sich undercover im zwielichtigen Milieu herum. Aber er hatte sich zu fügen. Schließlich musste er noch seine Scharte mit der peinlichen ›Operation Tunnel‹ auswetzen.

Kurze Zeit später stürmte Hopfinger mit stolz geschwellter Brust in Krolls Büro, wo dieser gerade an seinem Schreibtisch saß und einen Berg von Akten bearbeitete.

»Chef, ich hab's! Die unbekannten Wörter auf den Zetteln der Toten stammen alle aus der Sprache der Madagassen, dem Malagasy. Das Wort auf dem Zettel des Küsters lautet übersetzt ›Tod‹. Das vom Operndirektor bedeutet ›Schwein‹. Und aus der komischen Formel des Philosophieprofessors wird ›Zeit = Leben + Tod‹.«

»Madagaskar? – Was hat Madagaskar mit Lübeck zu tun?« Kroll fischte einen zerdrückten Zigarettenrest aus seiner Jeans und steckte ihn in den Mund. Dann angelte er sich sein billiges Feuerzeug, das sich unter einem Berg von

Akten versteckt hatte. In Gedanken versunken merkte er nicht, dass er es ständig auf- und zuschnappen ließ, ohne die Zigarette anzustecken.

»Das gibt für mich noch keinen Sinn. Soviel ich weiß, unterhält hier niemand Verbindungen mit der fernen Insel. Allenfalls jemand aus Hamburg. – Hopfinger, recherchieren Sie bei den Behörden, ob in Lübeck und Umgebung jemand aus Madagaskar stammt oder zumindest Beziehungen dorthin pflegt! Und dann fragen Sie selbiges bei den Hamburger Kollegen nach!«

Kroll erhob sich und öffnete das Fenster. Es schien, als schaute er verträumt dem Treiben unten auf der Straße nach. In Wirklichkeit grübelte er vor sich hin.

»Möglich ist natürlich auch, dass uns der Täter an der Nase herumführen will und uns absichtlich falsche Fährten legt. Schließlich kann er die fremden Worte auch aus irgendeinem Wörterbuch oder dem Internet herausgesucht haben. – Und außerdem: Welcher Täter legt uns freiwillig seine Herkunft auf den Präsentierteller? Das wäre entweder töricht oder aber überhebliche Selbstsicherheit.«

Hopfinger wagte es, seinen Chef in seinen Gedanken zu unterbrechen. »Und dann haben Frau Grell und ich noch etwas Interessantes herausgefunden. Zwar nicht in Zusammenhang mit den Todesfällen, aber in Sachen Schmuckdiebstähle.«

Er machte eine bedeutungsvolle Kunstpause, um seine Neuigkeiten besser verkaufen zu können. »Alle gestohlenen Gegenstände stammen aus der Goldschmiede des Meisters Ampoinimera unten in der Nähe der Musikhochschule.«

Kroll stutzte. »Wie heißt der?«

»Ampoinimera, Adrian Ampoinimera. Ich habe ihn heute Vormittag verhört. Ein seriöser und wohlhabender Geschäftsmann aus Südamerika. Aus Peru, sagten die Nachbarn. Er spricht akzentfrei deutsch und war sichtlich getroffen, als er hörte, dass ausschließlich seine Produkte bei den Dieben so beliebt seien. Er konnte sich das nicht erklären.«

Hopfinger legte wieder eine kleine Kunstpause ein. Ein wenig übermütig geworden, setzte er sich mit einer Pobacke auf Krolls Schreibtisch. »Sein Geselle meinte, das läge daran, dass sie eben die beste Goldschmiede in der Stadt seien. Ich finde das ziemlich eingebildet. Der Bursche war recht wortkarg und mürrisch mir gegenüber. Mir kam er irgendwie verdächtig vor.«

Die nächste Atempause nutzte Hopfinger, um die Akten, die auf Krolls Schreibtisch lagen, beiseitezuschieben, damit er mehr Platz für sein Hinterteil hatte. »Und dann habe ich weiterkombiniert: Wer kennt sich mit den Schmucksachen seines Meisters besser aus als er? Er weiß genau, wie sie aussehen, und ihm sind wahrscheinlich auch die Adressen der Kunden bekannt. – Ich schlage vor, in dieser Richtung weiterzurecherchieren. Vielleicht sollten wir bei ihm zu Hause eine Hausdurchsuchung durchführen.«

»Gute Arbeit, Hopfinger! Weiter so, und Ihrer Karriere steht nichts und niemand mehr im Wege.« Der Assistent wusste nicht, ob er das als Lob verstehen sollte, oder ob es Kroll ironisch gemeint hatte. »Aber auf Basis eines vagen Verdachts stellt uns kein Richter der Welt einen Hausdurchsuchungsbefehl aus. Wir brauchen mehr. Feste

Beweise. Wenn wir jetzt voreilig handeln, würde der Dieb nur gewarnt werden.«

Der Inspektor schloss das Fenster und setzte sich auf seinen Schreibtischstuhl. »Und wenn Sie dann bitte meinen Schreibtisch wieder freimachen würden. Ich muss noch die Akten durcharbeiten, die Sie freundlicherweise zur Seite geschoben haben. Also, an die Arbeit! Telefonieren, recherchieren, nachhaken, im Internet googeln. Stichwort Madagaskar. – Übrigens bin ich gar nicht so sicher, dass die Todesfälle nichts mit den Diebstählen zu schaffen haben. Wir sollten uns diese Option offen halten. – Und dann sagen Sie noch Frau Grell, sie solle sich um den Fall des verschwundenen Hausmeisters kümmern. Hausbesuch, Nachbarn befragen und so weiter. Sie wissen schon.«

Der Kriminalassistent drehte sich zur Tür um, da rief ihm Kroll zu: »Und noch was. Kann es sein, dass einer der beiden in der Goldschmiede eine Perücke trug?«

Hopfinger schaute seinen Chef ratlos an. »Darauf habe ich nicht geachtet. – Sie haben mir ja auch nicht die Anweisung dafür gegeben. Warum sollte ich mich denn für das Haar der beiden interessieren?«

»Wir wissen, dass der Täter eine Perücke mit dunkelbraunem, gelockten Haar getragen haben muss. Kunsthaar. Kanekalon. Lesen Sie eigentlich nicht die Untersuchungsakten? – Aber jetzt ist es sowieso zu spät. Machen Sie sich an die Arbeit!«

Hopfinger verdrückte sich ein wenig verärgert. Schließlich hatte er ein wenig mehr Lob für seine erfolgreiche Arbeit erwartet.

Kroll musste an den jüngsten Fall denken. Warum wurden ausgerechnet ein harmloser Philosophielehrer und ein Schulhausmeister Opfer einer Gewalttat? Und was hatte das Zitat mit der Zeit auf sich?

*

Der Philosophieprofessor war im wörtlichen Sinne in ein schwarzes Loch gefallen. Zeit hatte für ihn ein Ende.

Was er ja auch mit seinem Vortrag beweisen wollte.

Tage später tauchte in der Unterstadt ein heruntergekommener, hinkender Vagabund auf. Seine zerschlissene Kleidung stank nach Abwasserkanalisation. Er stammelte nur unzusammenhängende Worte.

Keiner kannte ihn. Ein Irrer, der wohl von außerhalb kam. Der Untersuchungsrichter steckte ihn in die Geschlossene Anstalt jenseits der Stadtmauern.

Frau Grells Nachforschungen über den verschwundenen Hausmeister blieben ergebnislos. Die Polizei gab eine Vermisstenanzeige auf, auf die sich niemand meldete.

KAPITEL 15: TAGEBUCH DER ZOFE – 2. TEIL

Endlich kehrte Ruhe ein im Hause Ampoinimera. Der Meister hatte seine Arbeit an der neuen Goldkette für die Frau des Ratsvorstehers beendet und das wertvolle Stück in den Safe gelegt. Er war mit seinem Werk zufrieden und zog sich in sein Allerheiligstes zurück.

Frau Ampoinimera schloss den Klavierdeckel, träumte noch ein wenig der Musik hinterher und legte sich dann schlafen. Die Zofe Ria musste ihr einen Ceylontee bereiten, dann wurde sie in den Feierabend entlassen.

Radamo kehrte erst spät in der Nacht zurück. Ria erkannte es wie immer an dem Quietschen der Tür, die vom Garten in den Raum hinter der Uhrmacherwerkstatt, der Bibliothek des Meisters, führte. Wie er in den Garten kam, blieb ihr ein Rätsel.

Wieder schien es ihr an der Zeit zu sein, die angestauten Eindrücke in ihrem Tagebuch festzuhalten.

Sonntag, den 18. September – 22 Uhr

In meinem Zimmer ist es feuchtkalt. Ich fühle mich krank und niedergeschlagen. Meine Hände sind ganz starr, ich kann kaum den Stift halten und nur schwer die Gedanken ordnen.

Raiks Nähe fehlt mir – auch wenn ich weiß, dass es mit uns beiden nie etwas werden wird. Er ist jetzt oft bei dieser Sängerin. Ich habe den Eindruck, dass er mir aus dem

Weg gehen will. Neuerdings summt er während der Arbeit ständig vor sich hin.

Manchmal höre ich Herrn Ampoinimera ihn ausschimpfen, weil er träumt, statt ein Uhrwerk zu richten. Oder er läuft mitten während der Arbeitszeit einfach aus dem Haus. Ich weiß, dass er dann zur Musikhochschule rüber rennt. Dabei gibt es dort an den Uhren nichts zu reparieren.

Ich spüre es: Ich werde ihn verlieren. Er hat eine andere. Ich bin ihm nicht gut genug, ich bin zu alt für ihn. Er liebt diese Sängerin.

Der Meister ist in der letzten Zeit so nervös. Ob er Sorgen hat?

Er behandelt mich zwar gut und zahlt pünktlich. Ich kann mich nicht beschweren. Ich mag ihn, weil ich weiß, dass er an seinen Goldschmiedearbeiten hängt, als wären sie seine Kinder. Er muss sie mehr lieben als seinen eigenen Sohn. Er kann sich nicht von ihnen trennen. Einmal sah ich sogar, wie er einen bereits verkauften Gegenstand wieder in der Hand hielt und ihn zärtlich streichelte. Vielleicht hatte der Käufer ihn zurückgegeben, weil er die hohe Kaufsumme nicht aufbringen konnte.

Manchmal schließt er sich tagelang in seine Bibliothek ein und ruft mich nur, wenn er eine Erfrischung haben will. Dann wieder gibt es Wochen, wo er sich überhaupt nicht im Hause blicken lässt. Die gnädige Frau kann ich ja nicht danach fragen.

Überhaupt ist das eine komische Bibliothek. Gestern brachte der Briefträger ein kleines Büchlein, das der gnädige Herr wohl übers Internet bestellt hatte. Es fiel aus dem eingerissenen Umschlag, als ich den Briefkasten öffnete. Auf dem Umschlag stand: ›Friedrich Gerstäcker: Germelshausen.‹

Ich blätterte ein wenig in dem Band herum und stieß auf eine merkwürdige Stelle:

›»Und wie weit hab ich von hier nach Germelshausen?«

»Wohin?«, rief der Jäger und nahm erschreckt seine Pfeife aus dem Munde.

»Nach Germelshausen.«

»Gott sei mir gnädig!« sagte da der Alte, während er einen scheuen Blick umherwarf – »den Wald kenn ich gut genug; wie viel Klaftern tief im Erdboden drinnen aber das verwünschte Dorf liegt, das weiß nur Gott – und – geht unsereinen auch nichts an.«

»Das verwünschte Dorf?«, rief Arnold erstaunt.

»Germelshausen – ja«, sagte der Jäger. »Gleich da drin im Sumpfe, wo die alten Weiden und Erlen stehen, soll es vor so und so vielen 100 Jahren gelegen haben, nachher ist es weggesunken – niemand weiß, warum und wohin, und die Sage geht, dass es alle 100 Jahre an einem bestimmten Tage wieder ans Lichte gehoben würde – ich möchte aber keinem Christenmenschen wünschen, dass er zufällig dazukäme. – Aber zum Wetter noch einmal, das Nachtlager im Busche scheint Ihnen nicht gut zu bekommen. Sie sehen käseweiß aus. Da – nehmen Sie einmal einen Schluck aus der Flasche hier, der wird Ihnen gut tun – nur ordentlich!«

»Ich danke.«‹

Der Text erinnerte mich an den Film ›Brigadoon‹, den ich neulich im Kommunalen Kino gesehen habe. Was will denn der Meister mit einer Märchenerzählung?

Ich musste ihm das Büchlein in die Bibliothek bringen, und bei der Gelegenheit sollte ich dort tüchtig Staub wischen, während er sich vorn im Laden um seine Kundschaft kümmerte. So hatte ich endlich einmal Gelegenheit, diesen Raum, den ich nur mit ausdrücklicher Genehmigung des Meisters betreten darf, genauer unter die Lupe zu nehmen.

An allen Wänden standen zimmerhohe Regale, vollgestopft mit Büchern, Zeitschriften und allerlei technischem Kram. Dass ein Mensch so viel lesen kann! Ich habe nur meine Kinoprogrammhefte, die ich sorgfältig sammle.

Die meisten Buchtitel konnte ich gar nicht entziffern. Sie waren in ausländischer Schrift. Das Einzige, was ich wiedererkannte, waren eine Bibel und das Telefonbuch.

Links ein völlig verstaubtes Regal voller alter Schinken. Komische Namen standen da: Victor Hugo – gleich mit über einem Dutzend Bänden vertreten, E. T. A. Hoffmann – eine alte und abgegriffene vierbändige Ausgabe mit Ledereinband, Oscar Wilde – Gesammelte Werke, Marcel Proust – Auf der Suche nach der verlorenen Zeit, siebenbändig, Edgar Allan Poe – Erzählungen in zwei Bänden, Jules Verne – Ausgewählte Werke in 20 Bänden, Robert Louis Stevenson – Novellen, H. G. Wells – Romane und Erzählungen.

Rechts befanden sich nur Bücher über die Uhrmacherei. So viel Technik auf einem Haufen! Da waren auch neue Bücher über Feinmechanik, Hydraulik, elektrische Motoren und Computersachen. Davon habe ich überhaupt nichts verstanden. Da gab es aber auch nicht viel Staub. Die nimmt er wohl öfter in die Hand.

An der Stirnseite häufte sich auf den Regalen ein Berg von Büchern und Aktenordnern, die offenbar nur mit Afrika zu tun haben. Senegal, Kongo, Madagaskar, Sansibar.

Aber auch Indien war vertreten, Indonesien und Polynesien. Das meiste davon war in einer Sprache, die ich nicht verstehe. Das kann weder Englisch noch Französisch, weder Deutsch noch Italienisch, noch Spanisch sein. Die vielen Bildbände zeigten irgendwelche Sitten der Eingeborenen. Wahrscheinlich braucht der Meister diese Bücher, um sich für seine Goldschmiederei Anregungen zu verschaffen.

Eigentlich komisch, denn es heißt doch, die Ampoinimeras kämen aus Südamerika.

Auf der Seite der Eingangstür befand sich die in meinen Augen merkwürdigste Sammlung. Da lagen Noten über Noten! Aber Frau Ampoinimera hat doch ihr eigenes Arbeitszimmer oben im ersten Stock. Ich habe den Meister noch nie musizieren gesehen.

Da waren auch Handbücher über Computer, Programmiersprachen, Musikprogramme, Spracherkennungsprogramme und so weiter.

In der hinteren Ecke stand ein tischhoher Globus, der aber nicht unsere heutige, sondern eine merkwürdig alte Welt zeigte.

Daneben ein Schreibtisch voller Akten, Briefe, Rechnungen und Notizzetteln. Den durfte ich auf keinen Fall anrühren, hatte der Meister befohlen. Zuoberst lagen, neben einem Plan vom Grundriss irgendeines alten Gebäudes mit einem

Gewirr von Kellergängen, alte, ziemlich vergilbte Dokumente. Aus dem Kirchenarchiv, wie ich aus den Wachssiegeln und Stempeln schließen konnte.

Das auffälligste Möbelstück jedoch war das komisch geformte Sofa mitten im Raum. Es bestand aus einem komplizierten Stahlgerüst, das mit einem Gewirr von Kabeln, Messgeräten und Computerteilen verbunden war. An der Stirnseite befand sich ein großer Flachbildschirm, davor ein drehbarer Sessel mit einem kleinen Steuerpult. Ich glaube kaum, dass er dem Meister dazu diente, sich auszuruhen.

Einmal habe ich durch einen zufälligen Blick durch den offenen Türspalt mitbekommen, dass Radamo darin saß. Was hatte der da zu suchen?

Ich weiß, dass er ungemein schön Flöte spielen kann. Nur das Sprechen fällt ihm wohl schwer. An mich hat er noch nie ein Wort gerichtet. Irgendwie fühle ich mich in seiner Gegenwart unwohl. Er hat überhaupt nichts von seinen Eltern, die doch mir gegenüber immer sehr freundlich und anständig sind. Es scheint, als wolle ihr Sohn nichts mit einer einfachen Zofe wie mir zu schaffen haben. Wie Raik.

Gestern Nachmittag, als ich das Klavierzimmer putzen musste, hörte ich zufällig, wie im Nebenraum der Meister zur gnädigen Frau sagte: »Meine Recherchen in den Archiven sind abgeschlossen. Ich habe die Urkunden gefunden. Es stimmt, was du vermutet hast. Jetzt fehlen mir nur noch die Unterlagen über den Ausbau der Musikhochschule.«

Mehr konnte ich nicht aufschnappen, weil der Meister die Tür zuschlug. Er ahnte wohl, dass ich etwas mitbekommen hatte.

Heute Morgen traf ich Raiks Mutter auf der Straße. Ich hätte nicht gedacht, dass er eine so junge Mutter hat. Wir stießen fast zusammen. Ich wollte meinen freien Tag für einen Bummel durch die Stadt nutzen. Sie war in unseren Laden gekommen, weil sie sich Sorge um ihren Sohn machte. Er hatte sich mehrere Tage nicht mehr zu Hause blicken lassen. Ich kann mir denken, wo er sich herumtrieb. Bei dieser Sängerin.

Frau Svavarson machte auf mich auf den ersten Blick keinen guten Eindruck. Irgendetwas bedrückt sie. Ich spürte, dass es nicht nur die Sorge um Raik war. Ich hatte das Gefühl, dass sie noch viel schwerere Lasten zu tragen hatte. Ihre unruhigen Augen verrieten eine tiefe Einsamkeit.

Ob sie das mit Raik und dem Mädchen weiß? Ich hielt es für besser, ihr in dieser Beziehung nichts zu sagen. Auch nicht von meinen Gefühlen Raik gegenüber. Und komischerweise hatte ich in ihrer Gegenwart das Gefühl, dass diese Dinge völlig unwichtig waren.

Als ich ihr sagte, dass ich heute meinen freien Tag hätte, lud sie mich ohne zu zögern zu einem Kaffee ein. Sie kannte einen kleinen Eckladen in der Glockengießerstraße, ein Fachgeschäft für erlesene Schokoladen und Liköre. Dort kann man wunderbar auf der Straße an kleinen intimen Tischchen sitzen, den aromatischen Wiener Kaffee nippen und die Sonne genießen.

Frau Svavarson, Judith mit Vornamen, wie sie mir bald verriet, hat nicht viel Ähnlichkeit mit ihrem Sohn. Nicht nur äußerlich, sondern vor allem auch von ihrem Charakter her. In ihren Worten und ihren Gesten lagen nichts von der nordischen Schroffheit, die ich bei Raik beobachte. Im

Gegenteil, sie strahlt eine gewisse Weiblichkeit aus, die mich auf Anhieb faszinierte.

Ich beneide sie um ihre knabenhafte Figur und um den eleganten Geschmack, mit dem sie sich kleidet. Sie wird kaum zehn Jahre älter sein als ich, aber dennoch wirkt sie jünger, obwohl von ihren Augen eine gewisse Resignation ausgeht. – Sie erinnert mich stark an eine meiner Lieblingsschauspielerinnen, Katharine Hepburn, wie sie das rätselhafte Doppelleben der Mrs. Venable in ›Plötzlich im letzten Sommer‹ spielte. Ich bin sicher, auch Judith verbirgt hinter ihrer selbstbewussten äußeren Maske die tiefe Sehnsucht, die ich von mir selbst kenne.

Ich finde sie sympathisch, und ich spüre, dass das auf Gegenseitigkeit beruht. Sie erzählte mir von ihrem Ferienhaus in Travemünde und lud mich ein, beim nächsten Mal mitzukommen. Sie müsse, wenn die letzten Feriengäste abgereist sind, das Haus auf den Winter vorbereiten. Ich könnte ihr dabei helfen. Ich freue mich schon jetzt auf ein Wiedersehen.

Es ist spät, ich brauche jetzt meine Ruhe.

Gute Nacht, arme, einsame Ria!

KAPITEL 16: RADAMO

Unten im Hause schlugen die Uhren zwölf.

Im Arbeitszimmer ihres Mannes schaltete Rana den Computer an.

»Immer will Adrian unseren Radamo für seine dunklen Zwecke benutzen! Ich aber will einen perfekten Musiker aus ihm machen, einen Musiker, dem keiner das Wasser reichen kann.«

Sie brachte Radamo in Position und drückte ihm eine Querflöte in die Hand.

Dann öffnete sie ihr spezielles Musikprogramm und kontrollierte die MIDI-Einstellungen. Die Temposteuerung gefiel ihr noch nicht. Die Musik klang in ihren Ohren zu starr. Vor allem musste sie sich etwas einfallen lassen, um die Wiedergabe der Flötenstimme interaktiv gestalten zu können.

Ihr kam eine Idee. Das Mikrofon sollte die Stimme des Musizierpartners analysieren und in passende digitale Daten umsetzen. Das war über einen empfindlichen A/D-Wandler überhaupt kein Problem. Wie konnte sie diese Daten jetzt aber mit Signalen der Tonwiedergabe so koordinieren, dass eine sensible Wechselwirkung zwischen dem Gehörten und dem Gespielten in Bezug auf das Tempo, die Agogik und vor allem das Ausführen von Fermaten und Kadenzen entstand?

Ein schlichtes Umprogrammieren brachte nur wenig Erfolg. Dann versuchte sie es mit verschiedenen Plug-ins.

Mithilfe eines Keyboards imitierte sie die Kadenz, über die Aina seinerzeit bei dem Hauskonzert mit ihr und Radamo gestolpert war.

Das Musikprogramm reagierte jetzt zwar besser, aber Rana war immer noch nicht zufrieden. Als hervorragende Pianistin wusste sie, dass die Körperlichkeit beim Musizieren eine entscheidende Rolle spielte. Nicht nur das Ohr, auch das Auge hatte einen gewichtigen Anteil an einem harmonischen Zusammenspiel.

Ihr wurde klar, dass sie die optischen Signale einbeziehen musste. Das Kameraauge war mit kleinsten, empfindlichen Bewegungssensoren ausgestattet, die man auf verschiedene Körperteile konzentrieren konnte. Diese tasteten die elementaren Bewegungen eines Sängers oder eines Instrumentalisten bis ins Detail ab.

Rana probierte das an sich selbst aus. Der Computer registrierte das Öffnen und Schließen der Lippen, das Heben und Senken des Kopfes und folgte sogar den virtuos schnellen Läufen ihrer Finger auf den Tasten.

Es genügte ihr immer noch nicht. In einem Spiegel studierte sie ihre Bewegungen sowohl beim Klavierspielen als auch beim Singen einer kleinen Melodie.

Jetzt hatte sie es: Das Atmen eines Musikers spiegelte ganz deutlich seinen Gestaltungswillen wider. Es musste ihr gelingen, nicht nur die Bewegungen des Brustkorbs zu erfassen, sondern auch den Luftstrom, der durch Mund und Nase führte.

Nach längerem Suchen im Internet fand sie ein passendes Plug-in, das sie sich herunterlud. Es war schnell installiert und an die passenden Sensoren angeschlossen. Nun galt es nur noch, die digitalen Informationen mit der MIDI-Datenbank ihres Rechners zu koordinieren.

Das stellte sich als der heikelste Schritt heraus. Rana holte sich ein Werk von Maurice Ravel aus dem Notenschrank und probierte das Musikprogramm aus. Immer wieder musste sie die Computersteuerung modifizieren.

Nach Stunden war es endlich so weit. Die Flötenstimme reagierte jetzt auf die kleinste musikalische Nuance eines Begleiters. Rana konnte ihre Zufriedenheit nicht verbergen und stieß einen Seufzer der Erleichterung aus. Sie schaltete übermüdet den Rechner aus und begab sich zu Bett.

Draußen dämmerte es bereits.

KAPITEL 17: MADAGASSISCHE GESÄNGE

Der Herbst wehte ein paar Blätter von den Bäumen, die den Stadtgraben säumten, durch die Gassen. In der Innenstadt selbst gab es nur ganz wenige Bäume, sodass die Bewohner von dieser schönen Jahreszeit eigentlich nichts mitbekamen. Sie bemerkten den Herbst allenfalls daran, dass die Sonne kaum noch in die Altstadtwohnungen schien, weil sie zu schräg am Horizont stand und von den hohen Scheingiebeln verdeckt wurde.

Das Leben in Lübeck ging seinen gewohnten Gang, auch wenn die Astronomische Uhr in der Marienkirche zu schwächeln begann. In letzter Zeit tickte sie nicht ganz regelmäßig und ging immer wieder ein wenig nach.

Das lag wohl an der Jahreszeit.

Durch den Umgang mit Raik wuchs Ainas Selbstvertrauen wieder an. Das peinliche Erlebnis im Stadttheater verblasste. Im Gesangsunterricht machte sie gute Fortschritte, und ihre Lehrerin beschloss, einen Vortragsabend zu organisieren, bei dem ihre Schüler eine Kostprobe ihrer Kunstfertigkeit darbieten konnten.

Um dem Ganzen die Atmosphäre eines professionellen Liederabends zu geben, sollte die Veranstaltung im Großen Konzertsaal der Musikhochschule stattfinden.

Das Gebäude, das diesen Saal beherbergte, schloss die aus mehreren Altstadthäusern zusammengesetzte Hochschule nach Süden hin ab, mit Blick auf die Wallanlagen rund um den Stadtgraben.

Ein für seine Liebe zur Musik bekannter Bürgermeister hatte die ganz unterschiedlich aufgebauten Häuser den Besitzern aus dem mittelständischen Bürgertum abgeluchst. Statt mit den Waren aus aller Welt füllten sich die ehemaligen Handelshäuser jetzt mit den künstlerischen Energien einer hoffnungsvollen Jugend.

Zwischenwände wurden teilweise abgerissen, teilweise neu hochgezogen. Hier eine Pforte, dort ein Gang. Ein paar Übungsräume waren nur über eine Dachstiege zu erreichen. Manchmal kam man von Haus zu Haus nur durch einen dunklen Kellergang.

Das ist auch der Grund, warum sich nicht einmal der Pedell der Anstalt in dem Labyrinth vollständig auskannte. Dafür hatte er seinen spürsicheren Hund, einen Patterdale-Terrier, immer an seiner Seite.

In den Wallanlagen zeigte sich der Herbst in all seinen Facetten. Die schrägen Sonnenstrahlen brachten die gelbbraunroten Farben der Blätter zum Leuchten. Kinder hatten ihren Spaß, sich gegenseitig mit dem frischen Laub zu bewerfen. Ein paar Mütter saßen auf den Bänken, ihre Kinderwagen vor sich, und schauten dem fröhlichen Treiben zu.

Im Gegensatz zu den Gassen in der Stadt duftete hier eine reine Herbstluft.

Der Saal war nur spärlich mit Zuhörern besetzt, überwiegend Musikstudenten und ein paar Angehörige. Ainas Eltern saßen in der ersten Reihe, neben ihnen Raiks Mutter.

Die Professoren aus Ainas damaliger Aufnahmeprüfung fanden sich ebenfalls ein. Man ahnte, dass sich hier ein Ausnahmetalent entwickelte. Der Rektor, der Professor für Kontrabass, brauchte heute seine Hornbrille nicht. Die gestrenge Gesangslehrerin verzichtete auf ihren obligaten Bleistift, weil sie wusste, dass es heute nichts zum Mitschreiben gab. Der Kirchenmusiker kam ohne seine gewohnte Anstecknadel. Stattdessen prangte eine exquisite Goldbrosche auf seinem Revers.

Er hatte sie bei Meister Ampoinimera fertigen lassen, und sie stellte in exotischer Art eine engelsähnliche Gestalt mit einer Lyra in den Händen dar. Zweifellos symbolisierte sie die Einheit von Religion und Musik.

Die Orgelmusik in der Marienkirche hatte er inzwischen ganz seinem Aushilfsorganisten Radamo Ampoinimera übertragen.

Etwas verspätet erschien Ria, die Kammerzofe. Eigentlich wollte sie ihre heimliche, unerfüllte Liebe Cello spielen hören. Als sie sah, dass Raiks Mutter in der ersten Reihe saß, setzte sie sich spontan auf den freien Platz neben sie. Als die Saalbeleuchtung erlosch, rückte sie nahe an Judith Svavarson heran und hakte sich bei ihrer Nachbarin unter. Judiths dezentes Parfum betörte sie. Sie hatte das Gefühl, als säße sie in einem wunderschönen Kinofilm mit Katharine Hepburn in der Hauptrolle.

Auch Judith durchströmte ein Gefühl der Geborgenheit. Ihr gefiel die spontane, zärtliche Zuneigung der Jüngeren. Kurz bevor die Musik einsetzte, flüsterte sie ihr zu: »An deinem nächsten freien Tag hole ich dich ab. Dann fahren wir beide raus nach Travemünde.« Das vertrauliche Du kam ihr wie selbstverständlich über die Lippen.

»Am kommenden Sonntag würde es passen«, gab Ria

leise zurück. Statt einer Antwort ergriff Judith ihre Hand und streichelte sie sanft.

Mitten im zweiten Satz der Eröffnungssonate tauchte Krolls Assistent Hopfinger auf. Ihn führte jedoch nicht die Muse hierher – davon verstand er nichts –, sondern er musste sich aus dienstlichen Gründen den ungewohnten Klängen hingeben.

Für ihn stand der Uhrmachergeselle, der im Hause Ampoinimera arbeitete, an der Spitze der Tatverdächtigen in der Angelegenheit Goldschmuckdiebstähle. Und dieser – wie hieß er doch gleich? – Raik sollte hier und heute Cello spielen, das hatte er recherchiert.

Und dann stand noch irgendetwas auf dem Programmzettel, das ihn an das Wort ›Madagaskar‹ erinnerte.

Sehr verdächtig.

Wenn wirklich stimmt, was die Verbrecherkrolle vermutet, dachte er, nämlich dass ein Zusammenhang zwischen den Toten und den Schmuckdiebstählen besteht, dann kann das nichts anderes bedeuten, als dass wir es hier mit einem internationalen Verbrechersyndikat zu tun haben! Endlich mal eine Aufgabe, die meiner würdig ist.

Bei ihrer Suche nach einem geeigneten Stück für Ainas Vorsingen war Frau Ampoinimera ein Werk von Maurice Ravel in die Hände gefallen: ›Chansons madécasses‹. Die Besetzung war ideal: Aina Gesang, Radamo Flöte, Raik Violoncello und sie Klavier.

Gut vorbereitet betraten sie die Bühne. Aina trug ein schlichtes, schwarzes Kleid mit halblangen Ärmeln, das ihre Figur vorteilhaft betonte und im Farbton zu ihrem silbern glänzenden, schwarzen Haar passte. Ihr einziger

Schmuck bestand aus einer dünnen Goldkette und einem Goldring, der das Haar zu einem Pferdeschwanz zusammenhielt. Das Bindi auf ihrer Stirn glühte rubinrot und vertiefte den ohnehin exotisch wirkenden Gesichtsausdruck.

Als Radamo erschien, stutzte Raiks Mutter: »Irgendwie kommt der mir bekannt vor. Woher kenne ich ihn nur?«

Ihr fiel es nicht ein. Sie vergaß, darüber nachzudenken, weil sie sich nur noch auf ihren Sohn konzentrierte.

Draußen dunkelte es bereits, und Aina konnte vom Stadtpark nicht mehr viel erkennen. Außerdem blendete sie der Scheinwerfer. Die Gesichter der Zuhörer verschwammen in einem undurchdringlichen Nebel.

Die Musik begann mit einem sanften Zwiegesang zwischen Raik und ihr.

»Nahandove, o schöne Nahandove.
Schon ruft der Vogel der Nacht,
Der Vollmond glänzt über meinem Haupt.
Der Morgentau benetzt mein Haar.
Naht die Stunde, was kann noch dich hindern?
Nahandove, o schöne Nahandove.

Fertig ist das Lager aus Blättern.
Ich habe es mit Blumen und wohlriechenden
Kräutern bestreut.
Würdig ist es deiner Reize,
Nahandove, o schöne Nahandove.«

Im Saal horchte man auf. Ainas Stimme und Raiks Cellointonation ergänzten sich perfekt. Jeder, abgesehen von Hopfinger, spürte, dass hier zwei junge Menschen mit sich und ihrer Musik eins waren.

Mehr noch, das Duett spiegelte ihre Seelen wider, als ob sie sich über das Medium Musik ihre gegenseitige Liebe bekunden wollten.

Leise, aber aufgeregt perlend, setzte das Klavier ein. Irgendwie störte es die einsame Zweisamkeit der beiden. Wie ein unerbittlich anlaufendes Perpetuum mobile heizte es die Stimmung auf.

Hell und nervös fordernd strahlten die hohen Flötentöne. Es klang, als würden die beiden hinzugetretenen Instrumente zum Pflücken verbotener Früchte anstacheln.

»Fady – achtet das Tabu!«, ging es Rana durch den Kopf.

»Sie kommt.
Ich habe das schwere Atmen erkannt, das der rasche
Gang gebiert.
Ich höre das Rauschen des Kleides, das sie einhüllt.
Sie ist es! Nahandove, schöne Nahandove.«

Mit einem seufzenden Ritardando kehrte das intime Duett der Liebenden zurück. Das Klavier setzte nur fahle Farbtupfer, als wollte es lediglich seine Anwesenheit demonstrieren.

»Keine Angst, Aina!«, flüsterte Raik vor sich hin.

»Schöpfe Atem, meine junge Freundin.
Ruhe dich aus auf meinem Knie.

Wie lebhaft wallt dein Busen,
Sanft gedrückt von meiner Hand.
Du lächelst, Nahandove, o schöne Nahandove.«

Wieder trieb das Klavier die Emotionen hoch. Die Klänge des Perpetuum mobile verhärteten sich, als wollten sie eine gefahrbringende Intrige heraufbeschwören.

Klang da Missgunst mit? Oder vielleicht Eifersucht? – Was sollte Rana Ampoinimera zu derartig offensichtlichen Gefühlsausbrüchen veranlassen? War es Neid auf die musikalische Leistung der jungen Sängerin oder hegte sie ihr gegenüber eine Zuneigung, die nicht die erhoffte Erwiderung fand?

Eine oktavierende Flötenmelodie zerriss den Frieden. Ainas Stimme hatte Schwierigkeiten, sich durchzusetzen. Auch spürte sie in den Tönen der Querfl öte plötzlich eine merkwürdige, unnatürliche Starrheit. So etwas war sie von Radamo bislang nicht gewohnt.

Ombiasy – magisch leuchtende Masken!

»Deine Küsse dringen durch meine Seele,
dein Kosen entflammt all meine Sinne;
Halt ein oder ich sterbe. Stirbt man denn vor Wollust?
O schöne Nahandove.«

Das harte Perpetuum mobile ging über in ein beruhigendes Rollen. Die Flöte schlug versöhnliche Töne an, obgleich sie etwas entseelt wirkten, und das Cello stärkte Aina mit langen, warmen Klängen den Rücken.

War die aufbrausende Lust den Kampf wert?

»Wie der Blitz verschwindet das Vergnügen,
Schwächer wird dein Atem,
deine feuchten Augen schließen,
dein Kopf senkt sich sanft.
Niemals warst du so schön,
Nahandove, o schöne Nahandove.«

Erneut ein paar herrliche Takte, nur Aina und Raik allein. Innig ergänzten sie sich im Andante.

»Wie süß ist Schlaf im Arm der Liebe,
weniger süß das Erwachen.
Du scheidest, und ich muss schmachten unter den
Leiden und Sehnsüchten.
Du wirst diesen Abend wiederkommen.
Nahandove, o schöne Nahandove.«

Ein letztes trockenes Aufbäumen der Flöte, trotz der Höhe pianissimo zu spielen. Was trieb Radamo zu dieser trotzig aufbrausenden, fordernden Geste? War er letztlich ebenfalls neidisch auf Raik?

Den Zuhörern klang es in den Ohren, als hätten sich jetzt Mutter und Sohn gegen das Liebespaar in einem unheilvollen Bund der Eifersucht verschworen.

»Nahandove, o schöne Nahandove.«

Mpanandro – Dein Schicksal!

Der Satz erstarb mit ein paar hilflosen Klaviertönen und einem ziellosen Sekundmotiv im Cello.

In der Pause blieb es totenstill. Niemand wagte sich zu bewegen. Nur Hopfinger rutschte auf seinem Sitz in der letzten Reihe ungeduldig hin und her.

So ein Cello ist eigentlich ein ideales Versteck für Diebesgut! Ich werde morgen einen meiner Leute darauf ansetzen. – Er schrak aus seinen kriminologischen Kombinationen hoch. Der zweite Satz begann mit einem wilden Fortissimo-Aufschrei.

»Aoua! Aoua!
Bewohner der Ufer, traut nicht den Weißen!«

Wie viel Leid und Empörung steckte in den dissonanten, grellen Klängen! Ursprünglich war das Lied eine erschütternde Anklage der Unterdrückten gegen die Kolonialisten, Menschenverächter und falschen Priester, die das ferne Land aus Profitgier heimsuchten.

Unter Ainas Führung erhob es sich in eine allgemeinere Sphäre, als wolle sie jede Art von Fremdbestimmung abschütteln, als wolle sie ihre eigene Art behaupten, ihren eigenen Weg gehen.

In Raik fand sie den angemessenen Begleiter.

Die beiden Ampoinimera zeigten nun ein Höchstmaß an Mitgefühl. Als wären sie durch Ainas Gesangskunst in die Musik einer unbewussten Heimat zurückgekehrt. Die Anwandlungen von Eifersucht schienen überwunden angesichts der Solidarität mit den Unterdrückten.

Das abschließende »Aoua! Aoua!«, diesmal jedoch im pianissimo, ging unter die Haut der Zuhörer.

Nur Hopfinger war enttäuscht, erhob sich und verschwand geräuschvoll. Er wusste nicht, dass noch ein dritter Satz folgte. Man drehte sich verärgert nach ihm um.

Den Abend hätte er sich sparen können, nicht die geringste Spur von einer Hehlerbande. – Aber das mit dem Celloversteck wollte er im Auge behalten.

Sein unsensibler Abgang übertönte die weiche, tiefe Des-Dur-Melodie der Querflöte. Über ihrem langen Atem baute sich erneut die Stimmung aus dem ersten Satz auf. Flöte und Cello wetteiferten mit der Gesangsstimme, wobei vom Blasinstrument eine recht materialisierte Stimmung ausging. Es war, als würden sich in den beiden Instrumenten Herz und Hirn gegenüberstehen.

Das Klavier hielt sich dezent zurück, als wäre es in ein grundloses Meer der Apathie hineingestürzt.

Mit ihrem hingebungsvollen Gesang gab Aina der Musik eine tiefe Bedeutung. Die Zuhörer fühlten, dass die Liebe zur Heimat unverkennbar durch den Raum schwebte.

Jedoch eine ferne Heimat, eine, nach der sie sich sehnte.

»Es ist süß, sich in der Hitze des Tages niederzulegen
unter einen schattigen Baum
Hoffend, dass der Abendwind die Frische mit sich bringt.
Komm näher, Frau, während ich hier unter dem
schattigen Baum ruhe
Betöre mein Ohr mit deinem weiten Gesang.
Wiederhole das Lied von dem Mädchen,
das ihren Zopf flechtet
Oder das beim Reisfeld sitzt
und die gierigen Vögel verjagt.«

Der Satz schloss mit wenigen Tönen Sologesang, fast rezitativisch.

»Geh, es ist Zeit für das Gastmahl.«

Der lapidare Satz hatte etwas von der Maxime des Horaz: ›Kläre den Wein und beschränke ferne Hoffnung auf kurze Dauer.‹

Die junge Sängerin legte jedoch eine tiefere, ihre heimliche Botschaft hinein.

Dieser Satz symbolisierte ihren geistigen Abschied von den Eltern und von Lübeck, ihren Entschluss, zu ihren Wurzeln zurückzukehren.

Nur Raik verstand sie.

Was hatte sie damals auf dem Segelboot zu ihm gesagt? ›Zeit bedeutet für mich, in die Zukunft schauen zu können. Ich versuche das mit meiner Musik.‹

KAPITEL 18: ÜBER DEN DÄCHERN

Niemand klatschte Beifall, keiner rührte sich. Jeder einzelne der Anwesenden stand völlig im Bann der exotischen Musik. Erst nach langen Minuten der Versunkenheit erhob sich der eine oder andere Zuhörer. Keiner spürte Lust zu irgendeinem belanglosen Plauschgespräch.

Die Musiker kramten bedächtig ihre Instrumente zusammen und mischten sich unter das Publikum. Nur Rana Ampoinimera verschwand rasch, ohne sich um die anderen zu kümmern. Sie spürte die Beschränktheit von Radamos Musikalität.

Oder war sie mit sich selbst nicht im Reinen? Merkte sie, dass sie und ihr Sohn Aina nicht erreicht hatten? Das Einvernehmen zwischen den beiden Liebenden erschien jetzt unzerbrechlich.

Hatte ihr Musikempfinden versagt? Rana begann zu ahnen, dass sich die junge Sängerin musikalisch zu ihrer Meisterin entwickeln würde.

Aina, die nicht um das Geheimnis zwischen Rana und Radamo wusste, konnte nicht im Entferntesten ahnen, dass sie mit ihrem Gesang einen wichtigen Beweis erbracht hatte, nämlich die Erkenntnis, dass auch in der Musik die Natürlichkeit klar über die Künstlichkeit triumphierte. Sie hätte dann Debussy zutiefst verstanden, so wie ihn Raik seinerzeit zitierte: ›Man lauscht zu wenig auf die so vielfältige Musik, die uns die Natur überreich anbietet.‹

Aina schwamm in Glückseligkeit. Sie ging auf Raik zu und gab ihm einen flüchtigen Kuss auf den Mundwinkel. Eine Erinnerung an ihren gemeinsamen ersten Segeltag schoss ihr durch den Kopf.

»Danke für deine Zeit, Raik.«

Der junge Mann verstand sofort. Dann wandte sie sich ihren Eltern zu. Wortlos umarmten die beiden Cortes ihre Tochter. Tränen standen in den Augen der Mutter.

Die hatte die Liebe zwischen ihrer Adoptivtochter und dem jungen Uhrmacher längst bemerkt und spürte, dass es an der Zeit war, Aina bei passender Gelegenheit über ihre Herkunft aufzuklären.

Raiks Mutter legte ihre Hand seufzend um den Hals ihres Sohnes und wünschte ihm viel Glück mit Aina. Die Musik hatte sie längst vergessen. Dann ging sie auf Ria zu, die sich währenddessen schüchtern am Rande gehalten hatte.

»Komm, mir ist noch nach einem Mojito in der Havanna Bar zumute.« Ohne sich um die Blicke der anderen zu kümmern, hakte sie sich resolut bei Ria unter und zog sie, ehe diese etwas erwidern konnte, mit nach draußen in die noch milde Herbstluft.

Der Kirchenmusiker, der zutiefst von der spieltechnischen Leistung Radamos beeindruckt war, drückte ihn aufrichtig für das schöne Musikerlebnis dankend an die Brust.

»Gute Arbeit, junger Mann!«

Radamo blieb ihm die Antwort schuldig.

Verlegen ordnete jeder seine Sachen und machte sich auf den Heimweg. Der Rektor suchte geistesabwesend nach seiner Brille, die Gesangslehrerin kaute aus Versehen auf ihrem Finger, den Bleistift hatte sie ja nicht dabei. Der Kirchenmusiker wollte aus alter Gewohnheit seine goldene Anstecknadel ans Herz pressen.

Aber sie war weg!

Er bückte sich unter die Sitzreihe, konnte das teure Stück aber nicht finden.

»Wahrscheinlich habe ich sie zu Hause liegen lassen.«

Musiker sind eben auch nur Menschen – zerstreute Menschen.

Draußen entfernte sich eine gut gekleidete Gestalt mit einem kleinen Köfferchen in der Hand rasch in Richtung rückwärtiges Foyer.

Nicht zum Ausgang, der näher lag.

Sie schritt zielstrebig durch einige verwinkelte Gänge, durchquerte ein paar Übungsräume und erreichte unbehelligt die Hochschulbibliothek. Von dort führte eine versteckte, steile Treppe in den Keller.

Sie konnte nicht wissen, dass ausgerechnet hier und heute der Pedell mit seinem Patterdale-Terrier eine Kontrollrunde machte.

Der Hund knurrte leise. Das Zeichen kannte sein Herr. Schnell sprangen beide hinter ein Regal und beobachteten die verdächtige Gestalt, die sich im Halbdunkel an einem Schrank zu schaffen machte, in dem alte Archivakten aufbewahrt wurden.

Hm, wenn ich mich nicht irre, sind in dem Schrank nur die Unterlagen über den Ausbau der Musikhochschule. Für den alten Kram hat sich doch noch nie jemand interessiert!, dachte der Pedell. Das Schloss bereitete der Gestalt keine Schwierigkeiten. Sie zog einen verstaubten Ordner hervor, riegelte den Schrank wieder zu und wollte sich davonmachen.

»Halt, stehen geblieben! – Was machen Sie hier?«

Der Hund an der Leine knurrte jetzt laut und böse.

Weiter kam der Pedell nicht, denn der Eindringling warf ihm sein Köfferchen an den Kopf. Es öffnete sich, und das Mundstück einer Querflöte sowie eine goldene Anstecknadel fielen dem guten Mann vor die Füße.

Die Schrecksekunde ausnutzend, riss die Gestalt das Fenster auf und sprang kurz entschlossen auf ein Vordach.

Der Pedell kramte rasch die heruntergefallenen Sachen auf und ließ seinen Patterdale-Terrier los.

Der konnte aber nicht viel machen, weil er sich nicht traute, dem Dieb aus dem Fenster nachzuspringen. Laut bellend stand er mit den Vorderfüßen auf dem Fenstersims und leckte sich mit geifernder Zunge.

Der Pedell, der sich hier gut auskannte, wusste sich zu helfen.

»Von dort kann er eigentlich nur bis zum Kleinen Kammermusiksaal kommen. Für einen Sprung auf den Hof wird es zu tief sein.«

Er kehrte auf den Flur zurück und eilte ein paar Treppen hinauf zum Foyer des Kammermusiksaals.

Richtig, dort huschte die Gestalt am Fenster vorbei. Der Pedell öffnete es und schwang sich ebenfalls auf das Dach. Den Hund und das Diebesgut musste er zurücklassen.

Es ging kreuz und quer über die Dächer und Simse der verwinkelt aneinandergeschachtelten Altstadthäuser. Immer höher führte die Verfolgungsjagd, denn einen Sprung nach unten konnte man nicht wagen.

Der Pedell konnte trotz seines Alters dem Verbrecher auf den Fersen bleiben. Der schien hier oben ziemlich ungeschickt zu sein. Hin und wieder fürchtete er, jener würde in die Tiefe stürzen.

Am breiten Kaminschornstein hoch über dem Haus mit dem Eingang zur Hochschule schien die Jagd zu Ende zu sein. Hier gab es kein Entkommen mehr. Doch da hatte sich der Pedell geirrt. Mit einem kurzen harten Fußtritt zerbrach der Gejagte ein Oberlicht und sprang durch die Scherben hinab. Blutspuren hinterließ er nicht.

Der Pedell wusste, dass sich dort der Orgelsaal befand. Das neue Instrument war erst vor Kurzem feierlich eingeweiht worden. Von hier aus konnte der Bursche nur über eine außen angebrachte Wendeltreppe zum Hof entkommen. Die Eingangstür zu dem Raum vom Innern des Hauses aus hatte der Hausmeister erst vor einer halben Stunde während seines Kontrollrundgangs überprüft. Sie besaß ein neues, starkes Sicherheitsschloss, und die Tür bestand wegen des Brandschutzes aus festem Stahl.

Schnell kehrte er um, lief einen Korridor zurück und sprang vom Dach aus auf die obere Plattform dieser Wendeltreppe. Er traute seinen Ohren nicht. Aus dem Raum ertönte Orgelmusik. Er kannte das Stück: Bachs d-Moll Toccata.

Wollte der Einbrecher freiwillig aufgeben?

Der Pedell schlug eine Glasscheibe ein und öffnete die nicht besonders widerstandsfähige Holztür, die zur Nottreppe führte. Dabei riss er sich an den Splittern die Hand auf. Sie blutete.

Die Gestalt spielte einfach weiter und ließ den Verfolger

herankommen. Als Pedell der Musikhochschule war er es gewohnt, Musikstudenten bis zum Ende spielen zu lassen. Dann platzte ihm der Kragen: »Jetzt ist aber Schluss! Kommen Sie mit, ich muss Sie der Polizei übergeben!«

Er packte die Gestalt am Arm und wollte ihn ihr auf den Rücken drehen. Den Trick kannte er aus den Fernsehkrimis. »Sie …? – Dass Sie so was nötig haben, hätte ich nicht gedacht!«

Leider konnte er seine Absichten nicht durchsetzen. Die Gestalt stand auf und umarmte ihn mit unwiderstehlicher Kraft, sodass ihm die Luft ausblieb.

*

Als ein Orgelschüler am nächsten Tag seine Bachfuge üben wollte, hörte er schon von draußen eine hässliche Klangtraube.

»Nanu, wer übt denn da Ligeti?«

Kopfschüttelnd kramte er seinen Studentenschlüssel hervor und öffnete die schwere Stahltür. Er fand den Pedell tot am Orgeltisch sitzen. Sein Kopf lastete schwer auf ein paar Orgeltasten, die blutende Hand hing schlaff an der Seite herunter. In seiner Tasche steckte ein Zettel: ›alika‹.

Später stellte es sich heraus, dass es sich wieder um den bekannten Etikettendruck handelte. Den Hund fand man am nächsten Tage erdrosselt im Foyer des Kammermusiksaals. Hopfinger ärgerte sich, dass er das Konzert frühzeitig verlassen hatte. Die Chance, endlich die Diebes- und Hehlerbande auf frischer Tat zu ertappen, hatte er dank seiner mangelnden Liebe zur Musik verpasst.

Und Inspektor Kroll ärgerte sich, dass es aufgrund seiner bisherigen Erfolglosigkeit zu einem weiteren Opfer gekommen war. Wieso musste schon wieder ein Hausmeister dran glauben? Es lähmte ihn, dass seine Untersuchungen nicht vorankamen.

Auch in diesem Fall hatte er außer dem Stück Papier mit dem Malagasy-Wort für ›Hund‹ keinen weiteren verwertbaren Hinweis in der Hand. Die Spuren im Foyer und im Orgelsaal deuteten darauf hin, dass es eine Verfolgungsjagd gegeben haben musste.

Das Verschwinden der Archivakten fiel keinem auf, weil sich niemand für die vergilbten Unterlagen interessierte. Wohl aber der Verlust der teuren Brosche des Kirchenmusikers. Zum ersten Mal, so stellte Kroll fest, ereignete sich ein Schmuckdiebstahl in Tateinheit mit einem dieser ›Zettelmorde‹. Er fühlte seine These vom Zusammenhang beider Tatbereiche bestätigt.

Dennoch passte für Kroll das Puzzle noch nicht zusammen. Wurde der Pedell umgebracht, weil er den Diebstahl beobachtet hatte? – Das konnte nicht sein. Der Mann war, als der Kirchenmusiker den Verlust seiner Brosche bemerkt hatte, weit entfernt auf Kontrollgang. Das hatte der Inspektor anhand der Kontrollstechuhren eindeutig nachweisen können.

Oder wurde der Dieb bei seiner Flucht überrascht? – Auch das klang wenig plausibel, schließlich hätte der Täter einfach mit den Zuschauern verschwinden können, anstatt quer durch die ansonsten verschlossene Musikhochschule zu laufen.

Wie hat er überhaupt das Gebäude verlassen können? Als schon alle fort waren? Möglich wäre es gewesen, da ja alle davon ausgingen, dass der Pedell als Letzter abschließen musste.

Jedenfalls, da war sich Kroll sicher, der von seinem Assistenten bevorzugte Uhrmachergeselle kam als Tatverdächtiger nicht infrage. Er hatte die Musikhochschule nachweisbar mit den anderen Gästen verlassen.

Allenfalls könnte man ihn als Dieb der Brosche vermuten. – Warum musste dann aber der Pedell sterben?

KAPITEL 19: HOLZKUGELN

Frau Grell, seine Sekretärin, wollte den nächsten freien Tag mit ihrer neuen Eroberung, dem jungen Archiv-Assistenten, verbringen. Er interessierte sich weniger für Diskotheken als für Stadtgeschichte, historische Gebäude, archäologische Ausgrabungen und Museen.

Und für moderne Kunst. Das fand Frau Grell besonders sexy.

Heute wollten sie die Petrikirche besuchen, um die aktuelle Kunstausstellung von Valentin Rothmaler zu besichtigen. Der Assistent war ganz hingerissen. Frau Grell langweilte sich indes und drängte ihn zu einem Besuch der Plattform oben auf dem Petriturm.

Die kurze Fahrt mit dem Fahrstuhl führte sie in schwindlige Höhen. Ein uneingeschränkter Blick auf die Altstadt belohnte sie. Sie waren die einzigen Besucher und fühlten sich wie zwei Tauben über dem Alltag der Welt.

Sie küssten sich. Es war ein herrlicher Ort, um in der Einsamkeit hoch über den Dächern der Stadt Lebenserfahrungen auszutauschen.

Frau Grell lehnte sich weit über die Brüstung hinaus, sodass ihr Freund sie vor Angst fest um die Taille fasste und seinen Körper eng an ihr Hinterteil presste.

Ihr gefiel so viel Fürsorge.

Da entdeckte sie tief unten in den Schluchten der engen Altstadtgassen die Reklameflagge des Marionettenmuseums.

»Da schau! Das Puppenmuseum. Da war ich seit meiner Kindheit nicht mehr drin!«

Das musste, der Lautstärke ihres Freudenschreis nach zu urteilen, schon recht lange her sein.

»Lass uns wieder runterfahren und es besuchen! Dir gefallen Museen doch so gut …«

Ihm hätte im Moment zwar etwas ganz anderes gefallen, aber er wollte ihre kindliche Vorfreude nicht stören.

So kam es, dass sich bei der gehörlosen Kassiererin gleich zwei Besucher einfanden. Die Tageseinnahmen waren bislang mehr als dürftig, obwohl die Eintrittspreise im Vergleich zu den städtischen Museen recht moderat waren.

Frau Grell schwelgte in Erinnerungen: Da, der Clown mit dem gelb-blauen Zirkuskostüm, in den sie schon als kleines Mädchen verliebt war. Und da hinten, Moto Rafael, dem sie seinerzeit ihre intimsten Träume anvertraut hatte.

Der Archiv-Assistent schwelgte in dem bizarren Halbdunkel des Museums in anderen Wunschträumen.

Das merkwürdige Schlittengefährt auf dem Podest mit der orientalischen Holzfigur kannte Frau Grell noch nicht. Ihr Freund erklärte ihr umständlich und betont sachlich, dass es ein Modell der berühmten Zeitmaschine sei, aus dem bekannten Film.

Den kannte sie leider auch noch nicht, beschloss aber insgeheim, den jungen Mann demnächst ins Kino einzuladen, in die hinterste Reihe.

Derart in angenehme Gedanken versunken, gingen sie in den letzten Raum, in dem der Schulreiter Hansi auf seiner Rosinante thronte. Frau Grell traute sich nicht, an den

Fäden der Marionette zu ziehen, aber sie stutzte beim näheren Hinsehen.

In dem Bauch des Pferdes steckten ein paar kleine, braune Holzkugeln, die derjenigen überraschend ähnlich sahen, die auf dem Schreibtisch des Chefs lag. Vorsichtig betätigte sie eine Schnur, ließ eine Kugel in ihre Hand fallen und steckte sie in ihr Schminktäschchen.

»Da wird sich die Verbrecherkrolle wundern!«

Ihr Geliebter verstand nur Bahnhof. Das machte aber nichts. Frau Grell lud ihn zu einer Tasse Tee in ihre Wohnung ein, was für ihn Belohnung genug war.

Die Laboranalyse ergab, dass es sich bei den Kugeln um Duplikate handelte. Endlich erhielt Inspektor Kroll die Antwort auf eine der vielen Fragen, die ihn nicht zur Ruhe kommen ließen.

Die Frage war nur, was hatte das Mädchen kurz vor seinem Tod im Marionettenmuseum gesucht? Kroll beschloss, das Gebäude rund um die Uhr beschatten zu lassen.

KAPITEL 20: DAS ENDE DER FLUGZEIT

Der Spätherbst verwandelte Lübeck in eine Traumkulisse für nostalgische Filme. Ria liebte es, in dieser Jahreszeit vor sich hinträumend durch die Gassen der Innenstadt zu schlendern. Sie kam sich vor, als wäre sie Statistin in der Neuverfilmung von Thomas Manns ›Buddenbrooks‹.

Der Morgentau benetzte die feinen Spinnenweben, die sich überall in den Nischen der Altstadt bildeten, und machte sie so sichtbar. Und besonders schön funkelten sie in allen Farben an den Stellen, an denen es der tiefliegenden Sonne gelang, sich an ihrem dichten Netz zu brechen.

Die Flugzeit der Schmetterlinge ging langsam zu Ende, und ganz unmerklich stieg von den Sträuchern und Bäumen im Domviertel rund um den Mühlenteich und den Wallanlagen ein feiner Geruch von Moder, von Vergänglichkeit auf. Die Runden der Mütter mit ihren Kinderwagen wurden immer kürzer, und die Alten trafen sich nur noch für eine kurze Rast. Die Zeit, wie Bücherstützen auf den Parkbänken zu sitzen, wurde wegen der rasch einsetzenden Abenddämmerung immer kürzer. Und die Jungen kickten jetzt auf den Hinterhöfen, weil sich das Laub einer ganzen Saison auf dem zertretenen Rasen angesammelt hatte.

Ria und Judith trafen sich im Domcafé. Auch hier war ein Hauch von Spätherbst zu spüren. Frau Svavarson fiel auf, dass einige Damen ihr Kaffeekränzchen in der aktuellen Herbstmode bestritten. Sie selbst kümmerte sich wenig um die neueste Modeströmung. Sie hatte sich ihr hochgeschlossenes, marineblaues Sommerkleid mit der dunkelblauen Halsschleife und dem gleichfarbigen Samtgürtel angelegt, das ihre schlanke Figur betonte. Ihr einziger Schmuck bestand aus einem breiten, goldenen Armreif, der locker ihr schmales rechtes Handgelenk umfasste. Es schien, als wäre sie dem Bild ›Im Wintergarten‹ von Édouard Manet entstiegen, das sie vor Kurzem in der Berliner Nationalgalerie bewundert hatte.

Ihr Gegenüber trug eine schlichte weiße Bauernbluse mit einem schmalen Rüschenkragen. Die halblangen Puffärmel und der breite, aufgeknöpfte Ausschnitt gaben viel von der frischbraunen Haut preis. Ein kurzärmliger brauner Strickbolero und ein langer gleichfarbener Rock mit Kellerfalten komplettierten ihren Stil. Das auffälligste an Ria war das breite blaue Haarband, das ihr langes blondes Haar streng nach hinten zusammenband. Dadurch wirkte ihr ovales Gesicht mit dem wulstigen Schmollmund sehr sinnlich. Zwei nussgroße Ohrperlen aus Kunststoff reflektierten das Licht und betonten ihren schmalen Hals. Das alles ließ sie zwar ein wenig altbacken aussehen, und es war nicht unbedingt der Jahreszeit angemessen, aber Ria liebte die Tracht.

»Du siehst wunderschön aus«, gestand Judith. »Als ob du eines meiner Lieblingsbilder, ›Das Mädchen mit dem Perlenohrring‹ von Vermeer zum Leben erwecken wolltest.«

Ria war das Lob ein wenig peinlich. Sie musste zugeben: »Oh, das ist gar nicht so abwegig. Ich hab' mir die

Kleidung von der gleichnamigen Verfilmung mit Scarlett Johansson abgeschaut. Ich liebe den Film, und das Schicksal des Mädchens hat mich sehr gerührt. Eine einfache Dienstmagd wächst dank eines sensiblen Malers über sich hinaus, findet zu sich selbst, scheitert aber dennoch an den Intrigen und am Unverständnis ihrer Umwelt. Manchmal fühle ich mich wie sie. Ich habe niemanden, dem ich das anvertrauen kann. Dann flüchte ich mich in die Kinos. – Wie ein hilfloser Schmetterling, der unstet von Blüte zu Blüte fliegt. – Und dann träume ich, ich sei die Leinwandheldin, und alle um mich herum würden mich bewundern, würden mich verstehen – mich akzeptieren.«

Sie machte eine längere Pause. Verlegen spielte sie mit der Getränkekarte, die auf dem Tisch lag. Dann fuhr sie fort: »Verzeih' mein Gejammer. Es wird dich nicht interessieren. Du stehst mitten im Leben, bist eine gemachte Frau, hast ein Ferienhaus in Travemünde und du hast einen Sohn …«

»Ach was, lassen wir Raik aus dem Spiel. Der ist doch auch nur wie ein Schmetterling. Nach Hause fliegt er jetzt nur noch selten. Der hat offenbar eine schönere Blüte gefunden.«

Ria lag es auf der Zunge, ihrer Gesprächspartnerin alles über ihr Verhältnis zu Raik und dessen Liebe zu der jungen Sängerin zu erzählen. Aber sie hielt sich zurück. Judith bemerkte ihre plötzliche Verlegenheit nicht und fuhr fort: »Und das mit der ›gemachten Frau‹ ist im Grunde genommen nur oberflächlicher Schein. Seit dem Tode meines Mannes – nein, um ehrlich zu sein: Schon lange vorher hatte ich niemanden, mit dem ich mich aussprechen konnte. Mein Mann fing an, mir gegenüber immer brutaler zu werden, wenn du verstehst, was ich meine. Auch für mich gab es dann nur noch die Flucht. Ich wollte mir meine Niederlage nicht eingestehen – vor allem Raik und den Nachbarn gegenüber. Ich begann, ziellos durch die Gegend zu fahren, die geschäftige Hausfrau mimend. Und ich flüchtete mich in die Welt der Malerei. Vielleicht ist das so ähnlich, wie du dich in den Kinos versteckst. – Auch ich habe niemanden, dem ich mein wirkliches Gesicht zeigen kann.«

Jetzt war es an Judith, verlegen mit der Getränkekarte zu spielen. Beide schwiegen eine Weile. Dann legte die ältere die Karte ruckartig beiseite. »Ach was soll das, jetzt fange ich auch schon an zu jammern. – Sag' mal: Du bist noch jung, ledig, hast keine Kinder. So wie du aussiehst, müssten sich doch die Männer um dich reißen!«

Unwillkürlich musste Ria wieder an Raik denken. Aber jetzt wurde ihr klar, dass er für sie kein Thema mehr war. »Männer! – Früher war ich noch stolz darauf, dass sie mir hinterher schauten. Und ich fiel oft genug auf ihre Schmeicheleien herein. Bis ich merkte, dass sie nur scharf auf meine Brüste waren, dass sie mich nicht als Persönlichkeit achteten. Es dauerte lange, bis mir klar wurde, dass Sex und Liebe zwei Paar Stiefel sein können. Und jetzt fühle ich mich zu alt, um eine neue Bindung einzugehen.«

Judith legte ihre Hand auf Rias. »Ach, Unsinn! Es kommt nur darauf an, den richtigen Menschen zu finden. Jemanden, dem du vertrauen kannst. Jemanden, der dich braucht, so wie du ihn. – Dann ist deine Flugzeit zu Ende. Dann hat das Boot seinen Hafen erreicht.«

Beide schwiegen, in ihren Gedanken versunken. Dann meinte Judith, es sei Zeit, das Thema zu wechseln. Sie strich Ria sanft über den nackten Unterarm. »Genug philosophiert! Was ich dich übrigens fragen wollte: Arbeitest du gern bei dem Goldschmied?«

»Ja, schon. Das Gehalt ist zwar nicht überwältigend, und mein Zimmer könnte größer sein; wenigstens ist es mit einer Badewanne versehen. Aber dennoch bin ich zufrieden. Die Arbeit ist nicht besonders anstrengend. Und, was das Wichtigste ist, die Herrschaften behandeln mich gut. Vor zwei Jahren, als ich in einem anderen Haus diente, war das ganz anders. Ich wurde hin- und herkommandiert, und der Hausherr tätschelte mich ständig anzüglich am Hintern. Für mich ist es am wichtigsten, als Mensch akzeptiert zu werden. Und das stimmt bei den Ampoinimeras. – Warum fragst du?«

»Ich hatte eben mit dem Gedanken gespielt, ob du eventuell Lust hättest, für mich auf das Haus in Travemünde aufzupassen. Sich in der Saison um die Feriengäste zu kümmern, im Winter das Haus in Schuss zu halten. – Natürlich für eine bessere Bezahlung als die jetzige. Und oben hättest du die ganze Dachetage nur für dich allein. – Was meinst du, wär' das was für dich?«

Ria brauchte eine geraume Zeit, um sich das Angebot durch den Kopf gehen zu lassen. Einerseits gefiel ihr Frau Svavarson, und sie war sich sicher, dass sie eine ausgezeichnete Chefin abgeben würde. Andererseits war ihr Travemünde zu weit weg vom Lübecker Stadtleben. Vor allem gab es dort kein gutes Kino.

Etwas zögerlich antwortete sie: »Ich weiß nicht recht. Es

würde mir schon gefallen, weil ich dann öfter mit dir zusammen sein könnte. Aber andererseits kenne ich das Haus ja noch gar nicht. Und wie kann ich dann meiner Lieblingsbeschäftigung nachgehen, den Kinobesuchen?«

»Du hast recht. Schau dir erst mal den Ort in Ruhe an. – Lass uns aufbrechen. In Travemünde wartet genug Arbeit für den Rest des Tages. – Und außerdem kann man dort sonntags herrlich shoppen gehen!«

*

Das Haus in dem zu Lübeck gehörenden Badeort Travemünde lag etwas abseits. Dennoch war es zum Strand nur wenige Schritte weit. Vom oberen Stockwerk aus konnte man die Segelboote auf der Ostsee verfolgen. Jetzt, an diesem spätherbstlichen Sonntag waren nur noch wenige Boote unterwegs. Obwohl die Sonne kräftig leuchtete, blies ein frischer Wind aus Ost, der sich auf seinem langen Weg in der Lübecker Bucht stark abgekühlt hatte. Einige Boote fuhren unter Motor Richtung Neustadt. Die Skipper hatten keine Segel gesetzt, weil sie Kurs aufs Winterlager nahmen. Die Segelzeit ging zu Ende.

Judith parkte ihr Auto in der kleinen Garageneinfahrt neben dem Haus. Das alte, aber gepflegte Häuschen machte mit seiner Holzfassade einen gemütlichen Eindruck. Doch statt ins Haus zu gehen, schlug sie vor: »Komm, lass uns erst ein paar Einkäufe machen, bevor wir hier nach dem Rechten sehen. Mein Parfüm geht zu Ende, und für dich finden wir vielleicht ein anderes Kleid. Etwas moderneres. Das würde dir bestimmt gut stehen.«

Ehe Ria protestieren konnte – sie erinnerte sich an ihren bescheiden ausgestatteten Geldbeutel – nahm Judith sie am Arm und zog sie Richtung Zentrum. Die Geschäfte in der Vorderreihe, der touristischen Flaniermeile Travemündes, durften auch an Sonntagen öffnen. Und angesichts des herrlichen Wetters war es nicht verwunderlich, dass dort ein reges Treiben herrschte. Judith kannte sich offenbar gut aus, denn sie steuerte zielsicher einen kleinen Parfümladen an.

Sie blieb vor einem Regal mit den Produkten eines bekannten, etwas älteren Mannequins stehen. »Hier, das ›Cat Deluxe‹ gefällt mir.« Sie sprühte sich einen Hauch auf den Handrücken. »Riech mal.«

»Hm, ja, verführerisch.« Ria lächelte verhalten und lenkte Judiths Aufmerksamkeit auf das gegenüberliegende Regal. »Aber doch wohl nur für die reifere Frau. – Hier, das kenne ich: ›Pussy Deluxe‹. Ich finde es jung und frech.« Sie tupfte sich ein wenig hinters Ohr und hielt es ihrer Freundin hin. »Das würde dir auch gut stehen.«

Judith umarmte sie und schmiegte ihre Wange vertraulich an Rias Hals. »Oh ja, süß. Wirklich betörend. Das gefällt mir ausnehmend. Ich glaube, ich werde meine Duftnote wechseln.« Sie gab ihr einen unmerklichen Kuss auf das Ohrläppchen. »Vielen Dank für den Tipp. Du verwöhnst mich. – Jetzt aber bist du dran.«

Das Paar schlenderte zum nächsten Laden. Im Schaufenster hing ein dunkelbraunes langes Abendkleid mit Trägern im Lingerie-Look. »Das würde perfekt zu deinem Bolero passen!« rief Judith.

»Sicher. Aber ich kann mir das momentan nicht leisten«, bedauerte Ria.

»Weißt du was? Probier's einfach mal an. Wenn's dir steht, schenke ich es dir.«

»Aber das kann ich doch nicht annehmen«, protestierte die Jüngere.

»Warum denn nicht? Versteh das als Anwerbungspräsent – für deinen neuen Job in meinem Ferienhaus. Wenn du willst, kann ich es dir ja später vom Gehalt abziehen.«

Sie betraten lachend den Laden. Schnell war das Abendkleid zur Hand, und beide drängten sich in eine der Umzugskabinen. Judith half Ria beim Entledigen ihrer Oberbekleidung.

»Das Haarband muss aber auch runter«, entschied Ria. Ich will mich nicht länger hinter einer Filmdiva verstecken. Ich will meinen eigenen Stil finden, und ich glaube, du kannst mir dabei helfen.«

Ihr langes blondes Haar legte sich wallend um ihre Schultern.»Du hast eine beneidenswerte Figur«, flüsterte Judith. Sie umfasste den Busen ihrer neuen Freundin. Ria schloss die Augen und genoss die Zärtlichkeit.

»Ich bin froh, dass du bei mir bist«, flüsterte sie. »Komm, hilf mir beim Anziehen.« Als sie vor den Spiegel trat, waren beide begeistert. Zusammen mit dem Bolero sah Ria wunderschön aus. Nichts erinnerte mehr an die Zofe, die sich gern mit den fremden Federn einer Leinwandheldin schmückte. Mit ihrer selbstbewussten Eleganz stand sie Judith in nichts nach. In dem kleinen Laden erregten beide die ungeteilte Aufmerksamkeit der anderen Kundinnen.

»Das Kleid nimmst du!« Judith ließ es einpacken, und beim Zahlen fragte sie: »Was meinst du? Wie wär's, wenn wir beide heute Abend zum Ball ins Maritim ausgehen? Hättest du Lust zu tanzen – mit mir?«

»Warum nicht! Gern. Ich wollte schon immer mit einer Frau tanzen.«

»Dann lass uns nach Hause gehen, frisch machen und uns schick anziehen. Das mit dem Aufräumen können wir auf später verschieben.«

Schweigend und vor sich hin träumend machten sie sich auf den Weg zum Ferienhaus. Ria hakte sich bei der anderen ein. Sie fühlte sich so glücklich wie selten in ihrem Leben. Tief atmete sie die frische Ostseeluft ein.

Travemünde fängt an, mir zu gefallen, ging es ihr durch den Kopf. Vielleicht sollte ich mir Judiths Angebot ernsthaft überlegen.

Das Haus war geräumig und geschmackvoll eingerichtet. Die Sonne flutete durch alle Räume. Über den zwei Etagen, die als Ferienappartements dienten, befand sich eine vollständig eingerichtete Schrägdachwohnung mit großflächigen Gauben. Der Blick auf die See war einzigartig. Frau Svavarson konnte sie aber nur selten vermieten, weil sie im Sommer durch die pralle Sonne zu stark aufgeheizt wurde.

Ria war begeistert. Sie hatte sich an Dachschrägen gewöhnt, und ihr gefiel vor allem auch deren helle Holzlattenverkleidung. Die Wohnung hatte für sie etwas Anheimelndes, aber dennoch Offenes. Die Intimität der Wohnung verband sich wohltuend mit der Weite der Landschaft. Das war etwas ganz anderes, als ihre karge Bude im Hause der Ampoinimeras, wo sie nicht einmal in den Garten blicken konnte.

Und dann entdeckte sie das komfortable Bad. »Wow! Eine Dusche! So etwas gibt es in meiner jetzigen Wohnung nicht. Ich muss mich mit einer viel zu engen Badewanne herumschlagen. Am liebsten würde ich jetzt erst einmal ausgiebig duschen. – Darf ich das?«

»Aber sicher«, antwortete Judith. »Fühl dich wie zu Hause!«

Kaum hatte sie das ausgesprochen, zog sich Ria ihre Bekleidung aus und lief nackt ins Bad. Judith ordnete lächelnd die achtlos auf den Boden geworfenen Sachen. Dann packte sie das neue Kleid aus und hängte es auf einen Bügel. Sie war stolz auf ihre neue Freundin.

Darin wird sie toll aussehen. Ich werde mich beim Tanzen gegen die Männer durchsetzen müssen, überlegte sie. Dann holte sie den Flakon mit dem neuen Parfum hervor und öffnete behutsam den Verschluss.

Aus der Dusche erklang ein glücklicher, lockender Gesang. Judith hielt in ihrer Tätigkeit versonnen inne. Ein warmes Gefühl durchströmte sie, so, als hätte sie zum ersten Mal seit langer, langer Zeit wieder zu sich selbst gefunden. Als wäre das Ende einer rastlosen Flugzeit gekommen.

Sie tupfte sich einen Dufttropfen hinter das Ohr, entledigte sich kurz entschlossen ihrer Kleidung und stieg, ohne ein Wort zu verlieren, zu Ria unter die Dusche.

KAPITEL 21: DER ZEITLÄUFER

Der Meister schaltete den Computerbildschirm an. Er sah gestochen scharf das Abbild seiner Bibliothek.

»Gut, die Videokamera läuft ausgezeichnet.«

Dann legte er einen kleinen Schalthebel um. Im Raum entstand eine Rückkopplung, die durch ein paar Korrekturgriffe schnell behoben war.

»Die Ohren funktionieren auch.«

Ein weiterer Knopfdruck und er hörte ein klares: »Guten Tag. Schönes Wetter heute, nicht wahr?«

Mithilfe einer Gangschaltung, die wie ein Joystick aussah, testete er die Bewegungen. Der Zeitläufer machte ein paar Schritte vorwärts und wieder zurück.

»Mechanisch stimmt auch alles.«

Ein leichter Druck auf den Oberarm brachte den Zeiger eines Kontrollinstruments zum Ausschlag.

»Druckübertragung perfekt.«

Dann startete er den Testausdruck. Im Inneren des Körpers surrte es leise. Aus einem kleinen Seitentäschchen kam ein sauber bedrucktes Etikett zum Vorschein.

»Kommunikationsmedium Drucker arbeitet einwandfrei.«

Um den Geruchssensor zu überprüfen, zündete er eine Räucherkerze an. Auf dem Bildschirm erschien die Notiz: »Geruch: Harz.«

»Hm, das ist noch recht grob. Daran werde ich feilen müssen, aber fürs Erste reicht es.«

Er zog der lebensgroßen Roboterpuppe ein schlichtes Mönchsgewand an, das durch eine grobe Kordel zusammengehalten wurde und bis über die eng anliegenden Hosenstrümpfe reichte. Den Kopf bedeckte eine Gugel, eine Art Kapuze mit ausgeschnittenem Kragen, die bis über die Schulter reichte. Dabei achtete der Meister darauf, dass die Kunsthaarperücke aus Kanekalon nicht verrutschte.

An den Füßen trug sie Trippen, derbe Holzpantoffeln mit hohem Profil, in die man mit seinen Schuhen hineinschlüpfen konnte, um nicht im Straßenschlamm stecken zu bleiben.

»Das entspricht der damaligen Kleiderverordnung, die gegen Ende des 15. Jahrhunderts vom Stadtrat beschlossen wurde. So erregt er kein Aufsehen.«

Der Meister drehte an einem Rädchen, das im Zentrum des Kontrollkastens angebracht war.

»Jetzt wird es spannend. Mal seh'n, ob's klappt.«

Plötzlich verschwand die Figur neben ihm. Auf dem Bildschirm erschienen Zahlen: 1812, 1734, 1672, 1538, 1469.

Er arretierte das Rädchen und betätigte den Joystick.

*

Der Zeitläufer in Mönchsgestalt trat auf die Straße. Der Hausdiener, der gelangweilt im Flur den Dreck aufkehrte, wunderte sich.

»Wo kommt der denn her? Ich dachte, der Herr wollte heute keinen Besuch empfangen, weil er unpässlich sei.« Aber was kümmerten ihn andere Menschen, er hatte mit seiner eigenen Arbeit genug zu schaffen.

Der Mönch mischte sich unter die Menge. Niemand bemerkte, dass seine Gestalt keinen Schatten warf.

Es roch nach Mist und abgestandenem Dünnbier.

Gut, dass er die Trippen anhatte. Er musste durch Unrat und Stalldung waten, in dem sich ein paar Hühner und Schweine tummelten. Eine Rotte Kinder vergnügte sich damit, ihnen nachzujagen und sie mit dem Lärm ihrer selbst gebastelten Brummer und Schnurrer zu erschrecken.

Unterschiedlich gekleidete Menschen eilten, den schlimmsten Schlammpfützen geschickt ausweichend, durch die engen Gassen. Einige trugen ein ähnliches Gewand wie der Zeitläufer. Sie musterten ihn, sprachen ihn aber nicht an.

Die Frauen hielten schützend ihre langen Umhänge zusammen, damit die wertvollen Unterkleider nicht schmutzig wurden. Verheiratete erkannte man an der Haube, Adelige am Schleier. Mägde durften sich öffentlich nicht mit weiten, modischen Ärmeln oder mit Pelzen sehen lassen.

Hin und wieder begegnete man Krüppeln und Bettlern, die, ebenso wie die Franziskanermönche in ihren grauen Kutten, um Almosen baten.

Der Zeitläufer passierte die Lateinschule. Der Rat hatte sie kürzlich mit verglasten Fenstern versehen lassen, und sie besaß sogar den Luxus eines Kachelofens, damit es den Patrizierkindern nicht fröstelte.

Trotz der geschlossenen Fenster drang ein herzzerreißendes Schreien nach draußen. Ein aufsässiger oder lernunwilliger Schüler wurde von seinem Lehrer mit einem Pritschholz gemaßregelt.

Dabei hatte die Kommission der Schulvisitatoren jüngst vor einer allzu tyrannischen Prügelstrafe gewarnt. Die Lehrer mögen sich schließlich als Erzieher, nicht als Knochenhauer betätigen!

Unten am Hafen herrschte reges Treiben. Kleinere Schiffe wie Schniggen und Schuten lagen direkt an dem schmalen Anlegesteg vor der Hafenmauer. Die größeren Koggen konnten nur in der Flussmitte festmachen und wurden mit Hilfe von floßähnlichen Prähmen be- und entladen.

Ein paar Schiffsleute bereiteten sich am Ufer ein Feuerchen, um sich eine karge warme Mahlzeit zuzubereiten. An Bord durften sie das wegen der Feuergefahr nicht.

Viele Seeleute zogen es vor, in den nahe gelegenen Wirtshäusern einzukehren, um sich mit Dünnbier vollaufen zu lassen, den Dirnen unter die Röcke zu grapschen oder sich mit den Hafenarbeitern zu prügeln.

Am Hafentor stand ein mächtiger, hölzerner Drehkran, der für die Bergung der schweren Fässer zuständig war. Alle anderen Lasten wie Stoffballen, Stockfischbündel oder Holzkisten mussten auf den Schultern geschleppt oder mit Hilfe von Karren oder Rollbrettern geschoben werden.

Die Waren hatten unterschiedliche Ziele. Das meiste verschwand in den Speicherräumen oder den Kellern der Handelskontore.

Der Zeitläufer interessierte sich nur für die Ladung eines Fernseglers. Eine Handvoll Söldner bewachte sie streng, denn in den Kisten befanden sich Gewürze, Mineralien und Schmuckgegenstände fremder Völker. Den Schiffspapieren zufolge sollte eine Kiste wertvolle Goldfiguren aus einer alten Hochkultur in Ostafrika enthalten.

Es fiel keinem auf, dass der falsche Mönch sich einem am Kai wartenden Goldschmied näherte.

Zwei Burschen schulterten eine der mit einem Eisenschloss versperrten Eichenholzkisten und trabten langsam in Begleitung dreier bewaffneter Söldner und des Goldschmieds bergauf Richtung Stadtmitte.

Die Wächter nahmen keine Rücksicht auf die Passanten. Brutal knüppelten sie sich den Weg frei. Hin und wieder rutschten die Träger aus, fluchten über den schlechten Zustand der Straßen und hievten die schwere Kiste erneut auf die Schultern.

Der Mönch folgte ihnen unauffällig.

Es ging vorbei an den vornehmen Patrizierhäusern, quer über den Marktplatz, an der Marienkirche entlang und ein Stück weiter auf der Ostseite des Hügels abwärts, hinein in die schmale Goldschmiedegasse.

Hier, linker Hand vor einem der vornehmeren Handwerkerhäuser, hielt der Tross. Der Goldschmied sperrte seine Haustür auf und wies den Trägern den Weg. Die Söldner bewachten derweil den Eingang.

Der Mönch trat näher, bekreuzigte sich, spulte ein lateinisch klingendes Gebet ab und bettelte, obwohl er gar nicht wie ein Franziskaner gekleidet war, den Hausherrn um ein Almosen an. Als frommer Bürger konnte der ihn nicht zurückweisen und lud ihn zu einem Stück Brot und einem Krug Bier in die Küche ein.

Während der Mönch dort von der Hausmagd bedient wurde, konnte er durch die Butzenscheiben der Küche sehen, wie die Träger die Kiste auf den schmalen rechteckigen Hof schleppten und ihre Last vor einer Kellerluke abstellten.

Dann bekam jeder ein paar Münzen in die Hand gedrückt und wurde vom Hausherrn entlassen. Als der Goldschmied sich unbeobachtet wähnte, ritzte er ein Kreuz auf eine der Gehplatten vor dem Kellereingang.

Nun hatte es auch der Mönch eilig. Er bedankte sich mit einem letzten Gebetsspruch und wünschte dem Hausherrn weiterhin ein blühendes Geschäft.

Zielstrebig eilte er zurück zu dem Haus, aus dem er vor knapp einer Stunde herausgetreten war.

Wieder wunderte sich der Hausdiener, der immer noch mit Wischen und Scheuern beschäftigt war.

»Vielleicht braucht ja der gnädige Herr geistlichen Beistand. In letzter Zeit ging es deutlich abwärts mit ihm. Ich werde mich wohl bald nach einem neuen Herrn umsehen müssen.«

*

Der Meister schaltete zufrieden den Bildschirm aus und machte sich Notizen.

»Es hat besser geklappt, als ich vermutete. Jetzt weiß ich, wo ich die heiligen Seelen unserer Vorfahren suchen muss.

Das technische System funktioniert einwandfrei. Allerdings muss ich zugeben, dass diese Zeitreise keine Reise rückwärts war. Mir ist es lediglich gelungen, ihren Anfangspunkt in die Vergangenheit zu schieben. Die Bewegungsrichtung verlief dann wieder ganz normal vorwärts in Richtung des Zeitpfeils.

Man kann es mit einem Spielzeugauto vergleichen, bei

dem eine Feder gespannt wird, wenn man es eine Strecke lang rückwärts schiebt. Lässt man es los, bewegt sich das Auto wieder vorwärts, allerdings von einem rückwärtigen Startpunkt aus.

Vielleicht ist es auch gut so, dass die Zeit immer vorwärts, nicht rückwärts laufen kann. Dann würde auch das Denken in dieser Richtung ablaufen. Man wüsste die Lösung, bevor man das Problem aufwirft.

Nicht auszudenken, wenn unsere Verdauung rückwärts funktionierte oder sich der Lauf der Erde und der Gestirne umkehrte …

Unsere Götter haben in ihrer unendlichen Weisheit den Gang der Zeit so eingerichtet, wie er ist. Es wäre Gotteslästerung, das infrage zu stellen. Nur mir, ihrem Auserwählten, dem Wächter und Meister ihrer Zeit, ist es vergönnt, in die Vergangenheit zu reisen.

Die Gegenwart beherrsche ich schon länger, jetzt bin ich auch Herr über die Vergangenheit. Schade, dass ich immer noch nicht in der Lage bin, den Zeitläufer derart zu programmieren, dass er in die Zukunft reisen kann.

Wie kann ich den Ablauf der Gegenwartszeit beschleunigen? – Noch weiß ich darauf keine Antwort.

Merkwürdig allerdings, dass der Zeitläufer keinen Schatten warf. Irgendwie muss sein Fehlen mit der Zeitreise zusammenhängen, genauer gesagt mit der Lichtgeschwindigkeit. Die hat normalerweise immer den gleichen Wert, egal, wie schnell sich eine Lichtquelle bewegt. Wenn jemand jedoch in die Vergangenheit reist, ist er dem Licht immer um eine Haaresbreite voraus. Ein Lichtstrahl kann sich nicht an ihm reflektieren, die Gestalt wirft keinen Schatten.

Es wäre möglich, dass die Berichte über schattenlose Wesen wie Peter Schlemihl oder die Vampire auf dem Umstand basieren, dass es sich um Zeitreisende handelte.

Vielleicht hat das schon jemand vor mir erfunden.«

KAPITEL 22: DIE ROTE RABEA

In den Kreisen der gehobenen Bürgerschaft war die Rote Rabea bekannt wie ein bunter Hund. Diesen Ausdruck durfte man wörtlich nehmen. Ihr Name rührte von ihrer auffälligen Haarfarbe her. Im Kontrast dazu trug sie gern lila Samtblusen mit gewagten Einblicken in eine hügelige Welt von Implantaten. Darüber hing meistens eine kostbare, aber geschmacklose Bernsteinkette. Sie liebte gelbe Jeans und Goldlackschuhe mit hohen Absätzen. Um das linke Handgelenk und den rechten Fußknöchel hängte sie gewöhnlich Dutzende von billigen Modeketten. Sie hielt das für ihr Markenzeichen.

Auch ihr Innenleben gestaltete sich recht bunt. Früh verlor sie die Eltern und wuchs bei einem entfernten Verwandten auf, der sie nicht nur in die Welt der Liebeserfahrungen, sondern auch in die der Taschendiebe einführte. Sie lernte, das pulsierende Leben zu schätzen. Schnell begriff sie, dass sie mit ihrem Körper mehr anschaffen konnte, als mit dem Ausplündern von Touristentaschen.

So war sie denn stadtbekannt. In der Regionalen Kriminalbehörde füllte sie inzwischen eine ganze Kartei wegen Diebstahls und Hehlerei. Mehreren gutbetuchten Bürgern war bei ihrem Liebesabenteuer die eine oder andere goldene Uhr abhanden gekommen. Dank ihrer intensiven Beziehungen zur Lübecker Unterwelt münzte Rabea die kostbaren Chronometer in Bares um.

Einem Gefängnisaufenthalt entging sie bislang erfolgreich, weil die Herren aus Gründen der Diskretion nicht wagten, Anzeige gegen sie zu erstatten.

Nun kam sie in das Alter, in dem man an Größeres denkt. Zunächst reizte sie der reichlich gedeckte Goldschmiedeladen von Adrian Ampoinimera. Aber gleich beim ersten Erkundungsbesuch bemerkte sie die versteckten Kameras. Dafür hatte sie einen siebten Sinn. Sie ließ die Finger von Adrians Preziosen.

Sie ahnte nicht, wie richtig diese Entscheidung war.

Ihre bescheidene Wohnung lag auf halber Höhe der Burgtreppe, der steilen Stiege vom Hafen hoch zum Burgkloster. Auf dem Weg zum Markt kam sie an den mittelalterlichen Gebäuden vorbei, ohne von ihnen Notiz zu nehmen. Dabei wären sie das wohl wert gewesen.

Von außen machten sie einen recht unscheinbaren Eindruck. Im Innern beherbergten sie jedoch einen beachtenswerten Kreuzgang, eine Oase der Ruhe, den Kapitelsaal, der wegen seiner Akustik und seiner gelassenen Atmosphäre gern für Kammermusikabende genutzt wurde sowie eine Sakristei mit reich geschmückten Wandmalereien und plastisch-lebendigen Motiven auf den Gewölbekonsolen aus dem 15. Jahrhundert.

In einem Keller lagerte seit einigen Jahren der Münzschatz, den ein Baggerführer beim Neubau des Konzertsaales der Musikhochschule gefunden hatte. Er war so wertvoll, dass man ihn mit Panzerglas sicherte.

Museumsbesuche zählten nicht unbedingt zu den Interessen der Roten Rabea. Das änderte sich, als sich bei ihr eines Nachts der junge Mitarbeiter des Stadtarchivs einkaufte, der schon Frau Grell den Kopf verdreht hatte, und nun eine etwas handfestere Abwechslung suchte. Was er ihr über den Münzschatz erzählte, weckte in ihr Begehrlichkeiten anderer Art. Sie ließ sich alle Details erklären und beschloss, dem Museum am darauf folgenden Tag einen Erkundungsbesuch abzustatten. Die Kassiererin blickte ihre auffällige Besucherin skeptisch über den Brillenrand an. So eine interessiert sich für die archäologische Sammlung? Sie gab sicherheitshalber dem Wärter einen unauffälligen Wink.

Rabea erhielt neben der Eintrittskarte ein Hinweisblatt mit Anmerkungen für den Rundgang. Der hatte den Vorteil, dass er eine ausreichend genaue Beschreibung der Räumlichkeiten beinhaltete.

Auch interessierte sie sich sehr für die neben der Kasse ausgestellten Bücher und Broschüren: Über den Tresen hinweg konnte sie auf diese Weise nämlich die Monitore der Überwachungskamera studieren.

Sie prägte sich deren Blickwinkel genau ein.

Dann machte sie sich auf den Weg in das ehemalige Beichthaus, das jetzt die archäologische Sammlung beherbergte. Zunächst blieb sie vor einer Stelltafel stehen und studierte den langen Text über die Stadtgeschichte. Sie verstand davon fast nichts. Das machte aber auch nichts, immerhin hatte sie jetzt Zeit, die Videokameras unauffällig auszuspähen.

Dann interessierte sie sich für eine Vitrine, die über mittelalterliche Krankheiten und Hygiene informierte. Die Darstellung einer öffentlichen Badestube, in der beiderlei Geschlechter nicht nur Körperpflege trieben, amüsierte sie.

Leider bereitete die Ausbreitung der Syphilis diesem Treiben bald ein Ende.

Davon verstand sie schon mehr.

Im Glas der Vitrine spiegelte sich der Umriss des Wärters wider. Rabea fiel auf, dass er ihr folgte. Ihr wurde schnell klar, dass das keine zarten Annäherungsversuche waren. Dazu war ihr der Kerl zu alt.

Um zu testen, ob er ihr gezielt folgte, verließ sie die archäologische Ausstellung und ging schnellen Schrittes quer durch die Räume zum Sommerrefektorium am entgegengesetzten Ende des Burgklosters.

Nun war sie sich sicher. Sie musste sich betont harmlos und an den historischen Funden interessiert ausgeben. Der Wärter hielt unauffällig Schritt.

Jetzt wurde es Ernst. Sie las das Hinweisschild zum Münzschatz. Es ging eine Treppe hinab in die Kellergewölbe des Museums. Der Verfolger blieb am Eingang stehen. Hier unten verbarg sich alles in einer Kellernische, die vorn mit schwerem Panzerglas abgeschottet war. Da konnte niemand etwas stehlen oder beschädigen.

Rabea schien sich außerordentlich für die architektonische Gestaltung der Gemäuer zu interessieren. Tatsächlich prägte sie sich genau die Standorte der Überwachungskameras ein.

Da lag der Münzschatz greifbar vor ihren Augen. Doch die Sicherheitsscheibe trennte sie von dem Ziel ihrer Begierde. Auch konnte sie die kleinen Streifen erkennen, die bei Zerstörung der Glasscheibe Alarm auslösen würden.

Auf dem direkten Weg kam man nicht weiter, das wurde ihr klar. Daher untersuchte sie das Mauerwerk genauer.

Es kam ihr sehr grob und provisorisch vor. Wahrscheinlich wurden hier unten im Laufe der Jahrhunderte mehrere Umbauten vorgenommen. Es war nicht auszuschließen, dass sich hinter dem Schaukasten mit dem Münzschatz weitere Räume und Gänge befanden.

»Ich muss mir Unterlagen über den Bau beschaffen. Vielleicht kann mir der junge Typ von neulich helfen, der angeblich Assistent im Stadtarchiv ist. Er könnte sich mit einem Freundschaftsgefallen revanchieren, schließlich waren meine Liebesdienste ja auch nicht ohne.«

Fürs Erste zufrieden kehrte die Rote Rabea ans Tageslicht zurück.

*

Die von der Roten Rabea in Auftrag gegebenen Recherchen des jungen Archiv-Assistenten über die Kellergänge des Burgklosters blieben nicht unbeobachtet. Da sich auch Adrian Ampoinimera für die alten Baupläne interessierte, fiel ihm auf, dass sich jemand anderes an den Dokumenten zu schaffen gemacht hatte.

Er deponierte eine seiner fernlenkbaren Videokameras an geeigneter Stelle und beobachtete kurze Zeit später zu Hause auf seinem Monitor, wie sich der Assistent mit der Roten Rabea in den dunklen Kellern des Stadtarchivs vergnügte. Da er alles andere als ein Spanner war, schärfte er sein Augenmerk erst, als die beiden zur eigentlichen Sache übergingen.

Adrian schaltete das Abhörmikrofon ein.

»Hier haben wir die Aufzeichnungen von den Umbauten aus den Jahren 1893–1896. Sie zeigen deutlich Überreste von einem unterirdischen Gang hinunter zur Altenfähre. Ich erinnere mich, darüber schon einmal in älteren Quellen gelesen zu haben.«

Er holte ein völlig verstaubtes Buch aus einem unter Verschluss stehenden Glaspanzerschrank und legte es vorsichtig auf den Lesetisch.

»Hier, ein Traktat von Gotthard von Hövel aus dem Jahre 1666. Er berichtet davon, dass im Jahre 1399 das Burgkloster von seinen Mönchen neu erbaut wurde. In diesem Zusammenhang sollen sie einen heimlichen unterirdischen Gang vom Kloster bis hin zum Eckhäuslein an der Kleinen Burgstraße und der Altenfähre gegraben und dort ›Weiberjagd getrieben‹ haben.«

Rabea brachte genügend Verständnis mit den armen Mönchen auf, um das nicht zu verurteilen. Sie wollte mehr wissen.

»Dieser Gang müsste dem Plan nach irgendwo unter deiner Wohnung an der Burgtreppe vorbei gegangen sein. Da sollten wir weiterforschen.«

»Wenn du weiter mitmachen willst, beteilige ich dich mit einem Drittel und erfülle dir obendrein ein Jahr lang alle Wünsche«, sagte Rabea, die stets praktisch veranlagt war. Sie bot ihm die Hand.

Besonders das Letztere klingt verlockend, dachte sich der junge Mann und schlug ein.

Am nächsten Tag bekam Rabea Herrenbesuch, was an sich nichts Ungewöhnliches war. Dieser Kavalier jedoch hatte weder Blumenstrauß noch Schmuckangebinde in der Hand, sondern Hacke und Spaten. Gut, dass es bereits dämmerte, sonst hätten die Nachbarn in ihrer Verwunderung und mit ihrer abgründigen Fantasie Alarm geschlagen.

Die ganze Nacht über rumorte es in den Kellerverliesen der engen Altstadtgasse. Endlich fanden die beiden einen völlig verwitterten und verdreckten, halb eingefallenen Gang. Mutig erkundeten sie ihn, der Assistent mit einem GPS und einer Taschenlampe, Rabea mit einer Skizze des alten Bauplans in der Hand.

Beide gingen völlig in ihrer Schatzsuche auf. Unbemerkt verfolgte sie ein kleiner mechanischer Vogel, der mit Kameraaugen ausgestattet war.

Oben schlug eine Turmuhr Mitternacht. Im Burgklostermuseum war längst das komplizierte Sicherheitssystem eingeschaltet worden, die Wärter hatten Feierabend. Nachbarn, die etwas hätten hören können, gab es hier nicht. Außerdem war morgen Montag, der Ruhetag in allen öffentlichen Museen. Bis übermorgen früh würde niemand etwas bemerkt haben.

Der Gang hörte vor einer schlecht gefugten Mauer auf. Der Archiv-Assistent bohrte an dem brüchigen Mörtel. Er konnte die alten Backsteine fast mit bloßer Hand herausreißen. Vorsichtig brach er eine kleine Öffnung in die Wand.

Gedämpftes Licht trat den beiden Höhlenforschern entgegen.

»Die Kammer mit dem Münzschatz!«, rief er aufgeregt.

Jetzt konnte sich die Rote Rabea nicht mehr zurückhalten. Energisch drängte sie ihren Liebhaber zur Seite und begann, ein kniehohes Loch zu buddeln. Es reichte aus, um mit dem Spaten und der Hacke an die Münzen heranzukommen. Die Museumsverwaltung hatte offenbar übersehen, dass die Rückwand der Ausstellungskammer nur aus einer altersschwachen Mauer bestand, hinter der sich ein ihr unbekannter Geheimgang befand. Also hatte man sich bei der Sicherung des Münzschatzes mit einer vorderseitigen Panzerglasscheibe begnügt, die mit einem ausgeklügelten Sicherheitsschloss verschlossen wurde. Eine Alarmanlage sollte im Falle seines gewaltsamen Öffnens sofort die Polizei rufen.

Leider ahnte niemand, wie leicht es war, sich den Münzen von hinten zu nähern.

Behutsam barg Rabea Stück für Stück. Ihr Partner sammelte sie in einer Einkaufsplastiktüte. Vorher hielt er jeden Taler in den Kegel der Taschenlampe. Als Kenner wusste er seinen Wert einzuschätzen.

Er grunzte zufrieden. »Das reicht, um bis an das Lebensende nicht mehr in verstaubten Archiven herumsitzen zu müssen!«

Rabea hatte andere Pläne. Die wollte sie ihm jedoch noch nicht verraten, wer weiß, was er mit ihr dann angestellt hätte.

Endlich war das Werk vollbracht. In der Kammer lagen nur noch die Seidendekoration und die kleinen Plastikhalterungen, die die Münzen vorher zur Schau gestellt hatten. Die Alarmanlage war nicht angesprungen, da sie sich an dem vorderen Panzerglas orientierte. Das hatten die Diebe natürlich nicht angerührt.

Sie begaben sich auf den Rückzug. In der Wohnung der Frau schütteten sie das Diebesgut auf den Tisch. Der Assistent sortierte die Stücke nach ihrem Wert und packte sie in verschiedene Frühstücksbeutel. Etwas Geeigneteres gab es im Hause der Roten Rabea nicht.

Nun hielt es Rabea an der Zeit, ihren Plan auszubreiten.

»Unten am Hafen liegt ein kleines Motorboot, die ›Fortuna‹. Der Zündschlüssel hängt im Schuppen sechs an einem Holzbord direkt neben dem hinteren Fenster. Ich habe das neulich ausgekundschaftet. Am besten, ich nehme den Zaster an mich und verstecke mich schon mal in dem Boot. Die Schiebeluke lässt sich einfach öffnen. Du gehst zum Schuppen und besorgst den Schlüssel. Dann können wir, ohne Spuren zu hinterlassen, stromaufwärts zum Meer fahren. Ich kenne eine ideale Anlaufstelle auf der anderen Seite der Bucht. Alles Weitere regeln wir dann später.«

Der junge Mann war einverstanden. Was blieb ihm auch anderes übrig, da er sich in der Unterwelt nicht auskannte. Rabea legte sich ihren billigen Kettenschmuck an und warf sich einen Mantel über. Dann verließen beide unbeobachtet die Wohnung.

Doch statt westlich zum Boot zu gehen, begab sie sich in die Parkanlage auf der östlichen Seite des Burghügels. Dort wollte sie die Beute vorerst verstecken.

Sie setzte sich auf eine Parkbank, um sich im Schein einer Straßenlaterne in Ruhe nochmals den Schatz anzusehen. In dem abgelegenen Park und auf den Straßen war um diese Zeit nichts los.

Rabea ließ ein paar Münzen durch ihre Finger rieseln. Dichter Nebel lag über der Stadt.

»Das wird fürs Erste genügen. Jetzt mische ich die Oberliga der Unterwelt auf. Dieser Kerl, der Archivfuzzi, kann mir gestohlen bleiben. Ich setz mich ab ins Ausland und angele mir einen Millionär.«

Sie erschrak heftig, als sich ein kleiner Vogel auf ihre Schulter setzte. In dem diffusen, schwachen Licht konnte sie nichts Genaueres erkennen. Wohl eine zahme Taube, dachte sie. Dass Vögel in der Regel nicht nachtaktiv sind, wusste sie nicht.

Sie spürte kaum den feinen Stich, mit dem die Kralle des Vogels die Haut ihres Halses durchbohrte. Wie von Opium benebelt, lehnte sie sich willenlos zurück und verfiel in einen Schlaf, aus dem sie nie wieder aufwachen sollte.

*

Die Rote Rabea blieb verschollen, so sehr der junge Archiv-Assistent auch nach ihr suchte. Das mit dem Zündschlüssel und dem Motorboot erwies sich als reine Lüge.

»Also hat mich das Biest hintergangen!«, fluchte er. Er hatte keine Idee, wie man an die Frau herankommen konnte. Ihre Wohnung blieb unbenutzt, und es gab keinen Hinweis auf mögliche Verstecke oder Fluchtorte.

Und bei der Polizei konnte er sich natürlich nicht melden. Also nahm er verdrossen seine Arbeit im Archiv wieder auf und schwor sich, in Zukunft nicht mehr auf Frauen hereinzufallen.

Das galt leider auch für Frau Grell, die wieder nach jemand anderem Ausschau halten musste.

Im Burgklostermuseum ging das Leben seinen gewohnten Gang. Der Wärter durchstreifte gelangweilt die leeren

Räume. In dieser ungemütlichen Jahreszeit herrschte nicht unbedingt Publikumsandrang. Touristen kamen nur selten in die Stadt. Alles lag und stand an seinem Platz.

Der Münzschatz auch.

Erst kurz vor Weihnachten, als die Museumsdirektorin den berühmten Schatz einer Expertenkommission zeigen wollte, gab es helle Aufregung in den ansonsten stillen Klostermauern. Ihr als Gralshüterin fiel sofort auf, dass die Münzen nicht mehr in der Weise angeordnet waren, wie sie sie seinerzeit anlässlich der Einweihung der Vitrine hinterlassen hatte. Verlegen musste sie vor den Kollegen nach Ausreden suchen, um die nunmehr falsch zugeordneten Beschriftungen zu erklären. Die waren wohl der Meinung, sie hätte von Münzdatierungen überhaupt keine Ahnung.

Außerdem lag Mörtelstaub auf der Samtdekoration. Nicht gerade ein vorbildlich geführtes Haus, meinte der eine oder andere ausländische Experte.

Wie das passieren konnte, war ihr ein Rätsel. Niemand außer ihr kam an den Schlüssel zur Glastür heran.

Am folgenden Tag ließ sie die Abteilung schließen. Das wäre zwar nicht unbedingt nötig gewesen, da ohnehin nur wenige Besucher ins Haus kamen, aber so konnte sie in Ruhe die Vitrine wieder aufräumen und die Münzen katalogisieren.

Dabei stellte sie zu ihrem Entsetzen fest, dass genau eine Münze fehlte. Sie besaß keinen besonderen Wert. Aber wie konnte sie verschwunden sein? Wahrscheinlich hatte sie seinerzeit bei der Einrichtung der Ausstellung einen Fehler gemacht, dachte sie.

Der Hausmeister musste bei der Gelegenheit die rückwärtige Wand, von der der Mörtel allem Anschein nach gerieselt war, ausputzen und neu verfugen. Der gute Mann machte seine Arbeit nicht gerade lustvoll. Insgeheim wurmte es ihn schon die ganze Zeit, dass der Baggerführer, ein einfacher Arbeiter wie er, damals nur mit einem Finderlohn abgespeist worden war. Und weil er in Gedanken so beschäftigt war, fiel es ihm nicht auf, dass jemand die Backsteine einfach herausgebrochen und später wieder eingesetzt hatte.

*

Am Tag nach dem nunmehr unentdeckt gebliebenen Einbruch brachte der Postbote ein Päckchen in das Büro der Regionalen Kriminalbehörde. Frau Grell fiel in Ohnmacht, als sie es öffnete.

Eine abgehackte Hand kam zum Vorschein. Am Rumpf des Handgelenks hing ein Dutzend billiger Modeketten. In der durch die Totenstarre verkrampften Hand verbarg sich eine alte Münze.

Außerdem lag ein Blatt in dem ehemaligen Schuhkarton: ›Das war im Mittelalter die Strafe für Diebstahl an öffentlichem Eigentum. – kankana.‹

Kroll erkannte sofort den Modeschmuck der Roten Rabea. Ein heftiger Stich durchfuhr seine Herzgegend. Ausgerechnet Rabea, die Frau, dessen verführerische Oberweite ihn nachts nicht schlafen ließ. Wie konnte sich jemand nur so bestialisch an einer Frau vergreifen?

Die Laboranalyse ließ keinen Zweifel, dass die Hand abgetrennt wurde, nachdem der Tod eingetreten war. Kroll schickte Hopfinger in Rabeas Wohnung. Alles deutete auf eine überstürzte Abreise hin. Es bestand für den Inspektor kein Zweifel: Die Frau war Opfer eines viehischen Verbrechens geworden. In den Kreisen der Unterwelt, in denen sie verkehrte, galt Mord als Tabu. Was war also geschehen, dass jemand zu einem derartig brutalen Mittel griff und dann auch noch ganz offensichtlich eine Leiche schändete? In Lübeck hielt Kroll niemanden für fähig, eine solche Tat zu begehen.

Oder war es ein Kunde, der seine perverse Wollust an der Roten Rabea ausgetobt hatte? Kroll hielt auch das für wenig wahrscheinlich. Es wäre schon ein überraschender Zufall, wenn der einen dieser sattsam bekannten Zettel hinterlassen hätte. Und selbst die international agierenden Hehlerbanden, die er kannte, hielt er nicht für so brutal. Außerdem kannten die sich bestimmt nicht mit der mittelalterlichen Rechtsprechung aus.

In Rabeas Wohnung fand die Polizei unter der Matratze einen ansehnlichen Haufen Geldscheine, den sich die Dame in hingebungsvoller Weise oben auf der Matratze verdient hatte. Raub als Motiv schloss Kroll aus. Vieles sprach in seinen Augen eher für einen Ritualmord, vielleicht begangen aus religiösem Wahn. War der Zettelmörder, dem er nun schon seit Längerem hinterher jagte, etwa ein Glaubensfanatiker, ein Fundamentalist?

Mit der Münze konnte er nichts anfangen. Ein Kriminalexperte erklärte ihm, dass es sich um ein nicht besonders wertvolles Stück aus dem Mittelalter handele. Es in Zusammenhang mit dem Münzschatz zu bringen, kam ihm nicht in den Sinn. Warum auch, die Museumsdirektorin hatte den Verlust nicht gemeldet, weil sie um ihren guten Ruf fürchtete.

Blieb als einziger Hinweis das merkwürdige Wort auf dem Zettel, kankana. Es fiel ihm nicht schwer, herauszufinden, dass das Wort aus dem Malagasy übersetzt so viel wie ›Wurm‹ bedeutete. Der Zusammenhang mit den anderen Todesfällen lag auf der Hand. Außerdem bestätigte der Laborbefund, dass der Zettel aus dem gleichen Etikettendrucker stammte wie in den anderen Fällen. Aber warum diese plötzliche Bestialität? Fühlte sich da jemand in die Enge getrieben? Und warum schickte er das grauenhafte Paket ausgerechnet an die Regionale Kriminalbehörde? Wollte der Täter falsche Fährten legen oder spielte er mit Kroll Katz und Maus?

Rabeas Leiche wurde nie aufgefunden.

KAPITEL 23: SPURENSUCHE

Der Oktoberregen der letzten Tage hatte an Kraft verloren und einem zaghaften, kalten Sonnenstrahl Platz gemacht. Dadurch warfen die kahlen Bäume in der Wallanlage lange Schatten auf den Park und den Stadtgraben. Die in Nord-Süd-Richtung verlaufenden Gassen der Altstadt bekamen für knapp eine Stunde einen Zipfel der Sonne ab. Wie durch Zauberhand gelenkt, öffneten sich schlagartig die auf der Sonnenseite liegenden Butzenfenster. Frische, kühle Luft drang in die ansonsten muffig riechenden Dielen. In den ostwestlich verlaufenden Gassen tauchte der freundliche Lichtblick, wenn man Glück hatte, höchstens morgens oder nachmittags für ein paar Minuten auf. Dann lohnte es sich nicht, die Fenster zu öffnen.

Krolls bescheidene Wohnung lag in einer solchen Quergasse. Um frische Luft zu schnappen, war er gezwungen, in die Bürgergärten zwischen dem Heiliggeisthospital und dem Füchtingshof, einem der schönsten Stiftshöfe der Stadt, zu gehen. Oder er spazierte entlang der Wallanlagen, die den südlichen Bauch von Lübeck wie ein grüner Gürtel einschnürten.

Gestern erhielt Frau Grell einen Anruf von den Eltern des Mädchens mit den Mandelaugen. Sie hatten in ihrer Post ein kleines Päckchen ohne Absender gefunden. Es enthielt einen blaustichigen Rohdiamanten und ein Stück Papier mit der Bemerkung: ›Eine Träne Ihrer Tochter.‹

Zuerst glaubten sie an einen geschmacklosen Scherz. Als sie den Stein aber zu einem Juwelier brachten, fielen sie aus allen Wolken. Er sollte mehr wert sein, als ihr gesamtes Hab und Gut zusammen. In ihrer Angst, in die dunklen Geschäfte einer Hehlerbande verwickelt zu werden, wandten sie sich an die Regionale Kriminalbehörde.

Gleich am frühen Vormittag begab sich der Inspektor in deren nicht weit gelegene Wohnung nahe dem Burgtor und studierte den Zettel mit der merkwürdigen Botschaft. Für ihn gab es keinen Zweifel, es handelte sich um den gleichen Etikettendruck, wie auf den Zetteln mit der fremden Sprache, die man in Zusammenhang mit den Todesfällen der letzten Monate gefunden hatte. Das erkannte er jetzt schon, ohne das Laborergebnis abzuwarten.

Als ihm die Eltern des toten Mädchens dann auch noch berichteten, dass sie seinerzeit auf der Polizeiwache eine Zeugenaussage bezüglich der Ereignisse in der Marienkirche gemacht hatten, stand für Kroll ein Zusammenhang zwischen dem Tod des Küsters und dem des Mädchens fest. Das bestätigte erneut seinen Verdacht, dass auch das Mädchen mit den Mandelaugen dem ›Zetteltäter‹ zum Opfer gefallen war.

Aber warum? Wo war der Zusammenhang?

Und wie war das junge Ding ums Leben gekommen? Im Labor hatte man nichts feststellen können. Jetzt, wo er sich sicher war, dass die madagassische Sprache mit im Spiel war: Konnte es nicht sein, dass das Mädchen mit einem unbekannten exotischen Gift, das von der fernen Insel stammte, ermordet wurde?

Er nahm sich vor, einen Spezialisten vom Hamburger Tropeninstitut zu einer zweiten Obduktion heranzuziehen.

Und außerdem: ein Rohdiamant, der zur Herstellung von teurem Schmuck weiterverarbeitet werden konnte. – Auch das untermauerte seine Vermutung vom Zusammenhang zwischen den Toten und den Schmuckdiebstählen.

Sein erster Gedanke galt dem verdächtigen Uhrmachergesellen. Hatte er die Morde im Zuge der anderen Verbrechen begangen? Die Personenbeschreibung des Diebes, der in dem Schacht an der Wallanlage verschwunden war, passte auf ihn.

Andererseits traute er es dem einfachen Handwerker nicht zu, sich einer ausgefallenen Sprache wie dem Malagasy zu bedienen. – Was aber, wenn er Hintermänner hatte?

Kroll spürte, dass sich das Netz zusammenzog. Jetzt war seine Zeit gekommen.

*

In seinem Dienstzimmer hing eine große Karte der Stadt. Er markierte darauf mit farbigen Stecknadeln alle infrage kommenden Tatorte. – Und siehe da: Die Nadeln verdichteten sich im südlichen Bereich der Stadt rund um das Marionettenmuseum.

Der Inspektor entschloss sich, noch am gleichen Tage all diese Orte aufzusuchen. Vielleicht fand er eine neue Spur oder zumindest Hinweise auf Querverbindungen zwischen den Taten.

Als Erstes war die nahegelegene Marienkirche dran. Den Aufstieg in die Kuppelgewölbe ersparte er sich. Stattdessen setzte er sich auf eine Kirchenbank gleich gegenüber der Astronomischen Uhr, um in Ruhe über die Ereignisse nachzudenken.

Als er zufällig seinen Blick aufwärts richtete, stockte er. Die Kritzelei im Holzgehäuse irritierte ihn.

›Ny fotoana dia fifanakalozan'ny fiainana sy fahafatesana.‹

Er strich sich mit dem Nagel des linken Daumens über die Stirn.

›fotoana‹, ›fiainana‹, ›fahafatesana‹ – Wo hatte er diese Worte schon einmal gesehen? – Richtig: auf dem Zettel im Musiksaal der Oberschule, wo der verschollene Philosoph einen Vortrag über die Zeit gehalten hatte: ›Zeit‹, ›Leben‹, ›Tod‹.

Zeit … Der Begriff könnte ein Bindeglied zwischen der Astronomischen Uhr und dem Philosophievortrag sein. Außerdem passte er zum Uhrmachergesellen.

Aber was hatte der Tod des Küsters mit dem des Lehrers zu tun? War die Inschrift an der Astronomischen Uhr vielleicht eine heimliche Botschaft an einen ausländischen Hehlerring, gewissermaßen ein toter Briefkasten? Sollte sich Hopfingers Theorie doch als richtig erweisen?

Und noch etwas fiel Kroll auf: Offenbar hatte er es hier mit einem vollständigen Satz auf Malagasy zu tun. So ein relativ kompliziertes Gebilde konnte ein Laie unmöglich aus einem Wörterbuch ablesen. Da musste jemand tatsächlich gute Kenntnisse der Sprache gehabt haben.

Aber wer? Immer neue Fragen – und immer noch keine Lösung in Sicht.

Kroll raffte sich auf und begab sich schnellen Schrittes

in die Oberschule. Dort war gerade große Pause. Der Lärm der Schüler nervte ihn. Lehrer möchte ich nicht sein. Ein wirklich höllischer Beruf! Diese Unruhe, dieses Gedränge. Und dann soll man auch noch Erziehungsaufträge ausüben? Mir reichen die Verbrecher, die wenigstens im Stillen operieren, dachte er.

Frau Cortes führte ihn in den Musikraum, dem ehemaligen Refektorium des Katharinenklosters.

»Sie werden nicht wissen, dass ich die Mutter der jungen Sängerin bin, die vor ein paar Monaten im Konzertsaal der Hochschule Ravel sang. – Man sagte mir, einer Ihrer Mitarbeiter sei unter den Zuhörern gewesen. Hatte das mit dem entsetzlichen Tod des Pedells zu tun?«

»Entschuldigen Sie, aber Sie werden verstehen, dass ich über laufende Ermittlungen keine Auskünfte erteilen darf.«

Kroll wandte sich von ihr ab, öffnete den Deckel des schon ein wenig mitgenommenen Flügels und schlug wahllos ein paar Tasten an. Sofort füllte sich der Raum mit warmem Klang.

»Interessieren Sie sich auch für Musik?«

»Ja, besonders für Led Zeppelin.« Er hob den Kopf und ließ seinen Blick über das Deckengewölbe streifen, um dem Geheimnis des Klanges nachzugehen.

Frau Cortes blickte ihn verständnislos an. Davon hatte sie noch nichts gehört. Kroll bemerkte es nicht, denn er entdeckte die kleine Lücke im Gewölbebogen.

»Kann ich bitte den Nebenraum sehen?«

»Natürlich.« Sie begaben sich in den abgetrennten Teil des ehemaligen Refektoriums. Inzwischen hatte es zum

Unterricht geläutet, und für eine Klasse begann nebenan der Musikunterricht. Kroll stellte sich direkt unter einen Gewölbestein und konnte jedes Wort, ja, jedes Luftholen des Lehrers von nebenan mitverfolgen.

»Ein idealer Ort, um jemanden abzuhören«, meinte er. Er holte eine seiner selbstgedrehten Zigaretten und das funktionslose Feuerzeug aus dem Mantel.

»Hier dürfen Sie aber nicht rauchen!«, fuhr ihn Frau Cortes an. Sie konnte nicht ahnen, dass der Inspektor schon seit Längerem nur kalte Stummel in den Mund steckte. Er packte seine Rauchutensilien mit einem Entschuldigungsgrunzen in die Manteltasche zurück.

Kroll fühlte, wie sich die Beweise häuften. Vor allem der Hinweis auf das unselige Konzert in der Musikhochschule, nach dem der Pedell mit seinem Patterdale-Terrier tot aufgefunden wurde, ließ ihn aufhorchen. Wieder eine Querverbindung, diesmal zwischen dem Fall in der Schule und dem in der Hochschule.

Die Frage von Frau Cortes nach der Musik regte ihn an, seinen nächsten Besuch dem Theater abzustatten. Schließlich hatte man auch dort einen Toten mit einem ominösen Zettel gefunden.

Von der Sekretärin des verstorbenen Direktors erfuhr er, dass sich an dem bewussten Tag eine junge Sängerin zum Vorsingen angemeldet hatte. Die Personenbeschreibung passte auf die Tochter der eben besuchten Frau Cortes. Das alles konnte kein Zufall sein. Und, um das Maß vollzumachen: Diese junge Frau hatte mit seinem Hauptverdächtigen, dem Uhrmachergesellen, gemeinsam musiziert. War sie vielleicht seine Komplizin?

Sollte sich die ganze Geschichte doch als ein riesiges Komplott erweisen?

Die Besichtigung des Tatortes in der Musikhochschule schenkte er sich. Stattdessen steuerte er zielstrebig auf das gegenüberliegende Marionettenmuseum zu. An der Ecke stand, nicht unbedingt unauffällig, ein Kriminalbeamter in Zivil, wie er es angeordnet hatte. Man grüßte sich aus den Augenwinkeln.

Krolls Dienstausweis zeigte bei der gehörlosen Kassiererin keine Wirkung. Er musste wohl oder übel Eintritt zahlen. Schließlich war es kein öffentliches, sondern ein privates Museum.

Die Puppen und Marionetten faszinierten ihn. Das entsprach genau seiner Fantasie. Nur schade, dass er dem Kindesalter entwachsen war, dachte er sich.

Vor dem Schulreiter Hansi mit seiner Rosinante blieb er lange Zeit stehen. Richtig, das waren sie, die kleinen braunen Kugeln, von denen er eine in der Tasche des toten Mädchens gefunden hatte. Musste es wegen dieser Kugel sterben? Und wie hatte man den Tod herbeigeführt, ohne dass die Polizeispezialisten auch nur die geringste Spur von Gewaltanwendung nachweisen konnten?

*

Kroll spürte, dass er kurz davor stand, den Gordischen Knoten, den seine Fälle inzwischen gebildet hatten, zu lösen. Um seine Gedanken in Ruhe zu sammeln, lenkte er am Nachmittag des gleichen Tages seine Schritte zum St.-Annen-Museum, das neben dem Domhof zu den beschaulichsten Orten in diesem Stadtteil zählte. Hier reichte das Vorzeigen seines Dienstausweises, um freien Eintritt zu erhalten.

Er kümmerte sich nicht um die Sammlung der mittelalterlichen Altäre und um das aufgeschlagene Antiphonar aus dem Jahre 1520, das er sonst immer bewunderte. In dem Buch mit den Texten und Melodien der Stundengebete der Mönche würde er sicherlich keinen Hinweis finden.

Er begab sich direkt in den sogenannten Puppenhof, dem abgeschiedenen, von einem Kreuzgang umfassten Innenhof des ehemaligen Klosters. Der Name stammte von den Originalsandsteinfiguren, die einstmals auf der Puppenbrücke über dem Stadtgraben vor dem Holstentor gestanden hatten und nun aus konservatorischen Gründen den Besucher des Gartens im St.-Annen-Museum erfreuten.

Hier auf einer Bank mit Blick auf den nackten Hintern des Merkur fühlte sich Kroll wohl. Die schräg einfallende Nachmittagssonne warf gespenstische Skulpturenschatten auf den Rasen. Touristen verirrten sich nur selten in das Geviert. Gelegentlich spielten ein paar Kinder, denen der Rundgang im Museum zu langweilig war, auf dem Hof Verstecken und amüsierten sich über den nackten Po.

Zum Schmunzeln fehlte dem Inspektor heute jeder Sinn. Ihm jagten alle möglichen Theorien durch den Kopf. Aber keine passte so recht auf die bislang bekannten Tatsachen.

Kroll fummelte an seinem defekten Feuerzeug. Die gedrehte Kippe in seiner Tasche war inzwischen völlig zerbröselt. Nachdenklich steckte er sich einen Krümel Tabak in den Mund und kaute müde darauf herum.

Nachdem er etwa eine Viertelstunde gesessen hatte,

betrat ein Besucher von der gegenüberliegenden Pforte den Hof. Er hielt einen Museumsführer in der Hand und studierte ausgiebig die Figuren. Kroll war dermaßen in Gedanken versunken, dass er ihn zunächst gar nicht bemerkte. Als der Mann vor dem Merkur stehen blieb, fiel ihm ein Briefumschlag aus seiner Lektüre, genau vor Krolls Füße.

»Entschuldigen Sie, ich glaube, Sie haben etwas verloren.«

Der Fremde drehte sich irritiert um und lächelte den Inspektor dankbar an.

»Oh, vielen Dank, sehr aufmerksam. Ein wichtiges Dokument. Wäre schade gewesen, wenn ich es verloren hätte.« Er steckte den Brief wieder in sein Buch. »Darf ich mich zu Ihnen setzen?«

Der Inspektor nickte unmerklich, obwohl ihm die Bitte gar nicht so recht war. Schließlich wollte er in Ruhe nachdenken. Er rutschte ein Stückchen zur Seite.

Der Mann nahm Platz. Kroll musterte ihn aus den Augenwinkeln heraus in gekonnter Polizeimanier: Mittelgroße Statur. Gepflegte Kleidung. Grauer Havelock-Mantel, dunkelgraue Nadelstreifenhose, dunkler Stetson-Hut, perfekt geputzte Budapester Herrenschuhe, dunkelbraune Lederhandschuhe. Sonnenbrille mit breiter schwarzer Fassung. Alter: Mitte 50. Gesamteindruck: Wohlhabendes Bürgertum.

Vom Gesicht war nur wenig zu erkennen. Die energische Kinnpartie steckte ansatzweise in dem dunkelblauen Wollschal, den sich der Fremde umgebunden hatte, als er den kalten Innenhof betrat. Das Wenige, das man von seiner Haut sah, ließ auf einen dunkelhäutigen, südländischen

Typ schließen. Obwohl Brille und Hut nur wenig Platz für eine ausgiebige Betrachtung freigaben, vermutete der Inspektor die Existenz einer hohen Stirn, umrahmt von einem soliden, hausbackenen Kurzhaarschnitt.

»Interessant, dieser Merkur. – Finden Sie nicht auch?« Kroll gab lediglich ein anerkennendes Räuspern von sich.

»Wussten Sie, dass Merkur ein Gott in der römischen Religion war, der Götterbote, der Gott der Händler und Diebe?« Kroll war das nur oberflächlich bekannt. Außerdem interessierte es ihn nicht.

»In meinem Museumsführer steht, dass er früher auf der Puppenbrücke gestanden haben soll, mit dem Hinterteil zu den feindlichen Nachbarn gewandt. – Charmant, meinen Sie nicht auch?« Kroll hörte schon gar nicht mehr hin.

»Man könnte seine Haltung auch anders deuten: Wenn er seinen Rücken den Fremden zukehrt, verbeugt er sich vor den Einheimischen. Der Gott der Diebe huldigt den Bürgern von Lübeck. – Stellen Sie sich das mal bildlich vor!«

»Ja, ja, in der Tat merkwürdig.« Krolls Berufsinteresse war nur mäßig erwacht.

»Ich lebe zwar nicht lange in der Stadt, aber von Diebstählen habe ich noch nie etwas gehört. Höchstens mal ein kleiner Ladendiebstahl, aber doch kein Kapitalverbrechen …«

Kroll hätte jetzt lange Vorträge halten können. Aber irgendetwas in seinem Inneren signalisierte ihm, einem Fremden gegenüber keine Berufsgeheimnisse auszuplaudern.

Eine längere Pause des Schweigens entstand. Dann ergriff der Unbekannte wieder das Wort.

»Würde es Ihnen etwas ausmachen, wenn Sie mir verraten, an welchem Wochentag Sie geboren wurden?«

Verwundert antwortete Kroll: »An einem Sonntag.«

»Dann sind Sie ein Glückskind, denn der Sonntag ist der Tag der Weißhaarigen. Sie werden wegen ihrer Weisheit hoch geehrt und sind beruflich sehr erfolgreich. Das trifft doch wohl auch für Sie zu, nicht wahr?«

Meint er diesen Quatsch wirklich ernst oder will er sich über meine spärlichen Haare lustig machen?, brütete der Inspektor. Schließlich schätzte er seine beruflichen Leistungen ziemlich realistisch ein. Kaum hörbar grummelte er vor sich hin: »Na ja.«

Sein Gesprächspartner schien das als Zustimmung zu werten und fuhr fort: »Sehen Sie! Die Gesetze der Alten stimmen. Ich beispielsweise wurde an einem Donnerstag geboren. Das ist der Tag der Soldaten. Im übertragenen Sinne bin auch ich ein Streiter. Ich kämpfe für Ordnung und Gerechtigkeit auf Erden.«

Dann bist du entweder Priester oder Rechtsanwalt, vermutete Kroll. Aber weil er darauf nichts zu antworten wusste, entstand wieder eine kurze Phase des Schweigens. Dann legte der Fremde sein Buch zwischen sich und dem Inspektor auf die Bank, lehnte sich vor und blickte in die Runde.

»Schön hier zwischen den alten Klostermauern. Man fühlt sich in dieser Einsamkeit wie ein Mönch, der auf der Suche nach der göttlichen Wahrheit ist. – Wahrheit, was ist das schon? Ist das die Erkenntnis der Wirklichkeit, das Deuten von Tatsachen? – Irgendjemand schrieb einmal: ›Tatsachen sind die Feinde der Wahrheit‹. Ein weiser Ausspruch, finden Sie nicht auch?«

Kroll begann, unruhig auf der Bank hin und her zu rutschen. Was wollte dieser Fremde mit seinem Gerede bezwecken? Ahnte er, dass er hier saß, um die Wahrheit über einen seiner kompliziertesten Fälle herauszufinden?

»Oh, Ihr Schnürsenkel ist offen!«, ermahnte ihn sein Nachbar. Kroll ärgerte sich, dass ihm diese Schlampigkeit entgangen war. Mit einer flinken Bewegung knüpfte er den Senkel wieder zusammen.

Der Mann zog eine an einer schweren Goldkette befestigte Taschenuhr aus seiner Hose und ließ den Deckel aufspringen. Kroll erkannte flüchtig ein eingraviertes Wappen, das er nicht näher deuten konnte.

Ein Palmwedel vielleicht.

»Oh, spät geworden. – Tja, die liebe Zeit! Finden Sie nicht auch, dass es uns eigentlich kaum gelingt, sich aus ihren Fängen zu befreien? Die meisten Menschen sind Sklaven ihrer Zeit. Und eine Uhr ist nichts als materialisierte Zeit.«

Kroll hatte darüber noch nicht nachgedacht, daher wagte er keine Widerrede.

»Ich glaube, die Götter haben die Zeit erschaffen als Raum für ihre Ewigkeit. Für die Sterblichen gilt das nicht. Ein Sprichwort aus meiner Heimat lautet: ›Das menschliche Leben ist nur Schatten und Nebel: Ein Nichts genügt, um es vergehen zu lassen.‹ Für die Menschen ist die Zeit nur ein Raum zwischen Schuld und Sühne.«

Kroll horchte auf. Was zum Teufel bezweckt dieser Fremde mit seinem seltsamen Gerede?, dachte er. Und wer ist er bloß?

Eine längere Pause trat ein, weil Kroll nachdenken musste. Der Fremde schien dies bemerkt zu haben. Er vermutete wohl, er hätte bei seinem wortkargen Gesprächspartner das Interesse an der Philosophie geweckt. Schließlich sagte er: »Na, dann will ich Sie nicht länger in Ihrer Meditation aufhalten, Sie hoffnungsloser, einsamer Mönch!« Er lachte kurz und flach auf, erhob sich und verschwand eilig, aber unauffällig.

Kroll sah ihm nach. Vielleicht hatte der Fremde ja recht. Vielleicht sollte er die Wahrheit jenseits der Tatsachen suchen. Vielleicht hatte man die sogenannten Tatsachen ja gerade für ihn so ausgebreitet, um ihn auf eine falsche Spur zu bringen. – Aber was soll es. Der Staatsanwalt wollte Tatsachen in Form knallharter Beweise. Bislang reichten die Indizien nicht aus, um den Uhrmachergesellen und seine mutmaßliche Komplizin zu verhaften.

Der Inspektor wollte sich gerade erheben, um zurück in sein Büro zu gehen. Da fiel ihm auf, dass der Fremde den Briefumschlag, der ihm vorhin aus dem Buch gefallen war, auf der Bank liegen gelassen hatte.

Das konnte kein Zufall sein. Neugierig öffnete er ihn. Eine Reisbroschüre über die Insel Madagaskar kam zum Vorschein.

Madagaskar! Das war der Schlüssel für all die geheimnisvollen Fälle, dessen war sich Kroll sicher.

Wie elektrisiert sprang er auf und wollte dem Fremden nachlaufen. Doch der war schon längst über alle Berge. Kroll steckte den Umschlag samt Prospekt vorsichtig in die Manteltasche.

Der Mann hatte Handschuhe an, erinnerte sich Kroll. Also sind bestimmt keine Fingerabdrücke auf dem Papier. Ich werde das trotzdem ins Labor bringen. Mag sein, dass sich irgendwo ein genetischer Abdruck finden lässt. Das könnte uns weiterhelfen. In Bezug auf die Reisebroschüre soll sich Hopfinger bei allen Reisebüros erkundigen. Es müsste doch aufgefallen sein, dass sich jemand für das exotische Land interessiert.

Die Laboruntersuchung erbrachte kein nennenswertes Ergebnis. Ebenso wenig die Recherchen in den Reisebüros. Das Herumstochern in der madagassischen Sprache erklärte zwar ein paar Begriffe, verwirrte Kroll jedoch, weil er nicht den Ansatz eines Zusammenhangs entdecken konnte.

KAPITEL 24: ENTSCHEIDUNGEN

Ein grauer, nebelverhangener Novemberabend schlich durch die Stadt. Herr Cortes, von Beruf Physiklehrer an der Oberschule, kam müde und abgeschlagen nach Hause.

Die heutige Sitzung der Kultursonderkommission zum Problem der Uhren, zu der man ihn als Fachmann eingeladen hatte, zehrte an seinen Kräften. Er fühlte sich ohnmächtig gegenüber einer konservativen Stadtpolitik, die Lübeck über kurz oder lang in die kulturelle Wüste treiben würde.

Aufmerksamen Bürgern war aufgefallen, dass die Astronomische Uhr in der Marienkirche in letzter Zeit verstärkt Unregelmäßigkeiten zeitigte, als seien sie Vorboten eines großen Erdbebens. Die weithin sichtbare Rathausuhr blieb sogar für Tage stehen, ehe ein Uhrmacher den Schaden herausfand und reparieren konnte.

Die Ratsherren und die überwiegende Mehrheit der Bürger fanden daran nichts Beunruhigendes.

»Keine Aufregung. Macht weiter wie bisher. Lasst alles beim Alten, es hat doch schon seit jeher so gut funktioniert.«

Der Ratsvorsteher schloss sich ihnen im Geiste an: »Und ich hab meine Ruhe.«

Die Sitzung der Kulturkommission fand in der Schiffergesellschaft, dem ehemaligen Gildehaus der Seefahrer und Reeder statt. Der Ratsweinkeller war wegen einer wichtigen Präsentation des Tourismussenators ausgebucht.

Das alte Backsteinhaus hatte schon wichtigere Tage erlebt. Früher gingen hier Seeleute, Kapitäne und Reeder durch den Eingang mit den beiden Beischlagwangen – das waren Sitzbänke, die man ›beischlagen‹, also hochklappen konnte – aus gotländischem Kalkstein, um ihre Streitigkeiten zu schlichten, um Schiffspässe auszustellen oder um von den Schiffsreisen zu berichten. Heute war es eine gutbürgerliche Gastwirtschaft und Anziehungspunkt für Touristen.

Einen abgeschlossenen Raum gab es nicht, wie es die Satzungen eigentlich vorschrieben. Von der Theke her drang ständig Lärm einiger Angetrunkener herüber zur illustren Runde.

Die von der Decke herabhängenden Schiffsmodelle und Kronleuchter schwebten, geisterhaft in Lichtspots eingehüllt, über den Köpfen der auf langgestreckten, unbequemen Holzbänken sitzenden Kommissionsmitglieder wie Damoklesschwerter. Als wollten sie drohend unterstreichen, dass hier die Zeit stehenzubleiben habe. Als wollten sie sagen: Wehe, wenn nicht alles beim Alten bleibt!

Das passte denn auch gut zur heutigen Veranstaltung.

Der Oppositionsführer im Stadtparlament ließ sich, entgegen seiner damaligen Ankündigung, nicht zum Vorsitzenden der Sonderkommission einsetzen. Dazu war er ein zu kluger Politiker und wusste, wie man eine Sitzung zu seinen Gunsten lenken konnte.

Viele hielten ihn für einen jovialen Kumpel. Er brachte stets einen Witz über die Lippen, in der Art: »Kennen Sie den schon? – Was ist der Unterschied zwischen einer Frau und einem Telefonhörer?« Keiner kannte den faden Witz, jeder lachte auf seine Weise. Und so – er lachte am lautesten über seine eigenen Witze – unterschied er Freund und Feind.

Heute versuchte er es auf die humorlose Art.

Geschickt setzte er sich an das eine Ende der Tischrunde, während seine Frau, die für den städtischen Kulturetat zuständig war, einen Platz auf der entgegengesetzten Seite einnahm. So steuerte man gut die Runde: Sie verteilte Zuckerbrot, er schwang die Peitsche.

Zur Versammlungsleiterin erkor man die Frau Ratskämmerin. In ihrer naiven Art und mangels Sachkenntnissen konnte sie keinen Schaden anrichten. Sie gehörte zu den Menschen, denen man im Stillen wünschte, dass sie wirklich so alt werden würden, wie sie jetzt schon aussahen.

Die Kultursenatorin, die eigentlich die Sitzung hätte leiten sollen, ließ sich durch ihren Abteilungsleiter vertreten. Sie hatte Wichtigeres zu tun. Heute war schließlich Museumsnacht. Da musste sie sich blicken lassen. Und außerdem liebte sie es, sich durch die Museen zu prosten.

Ihr Stellvertreter blickte überhaupt nicht durch und brachte lediglich ab und zu zerstreut wirkend die falschen Worte am falschen Platz an, weil er irrtümlich annahm, er müsse die Versammlung leiten. Wenigstens hatte der konservative Block der Kulturpolitiker auf diese Weise die Meinung der Mehrheit in der Tasche.

Auch der stellvertretende Abteilungsleiter Verkehr galt als Linientreuer, obwohl er früher einmal durchaus seinen eigenen Kopf zu gebrauchen wusste. Jetzt war er alt und müde geworden.

Herr Cortes verteilte Kopien früherer Protokolle, um aus alten Ratsbeschlüssen zu zitieren, die seiner Meinung nach eine gute Grundlage für die heutige Diskussion bilden konnten. Die Mitglieder der Kommission fühlten sich gestört, als Herr Cortes die Probleme auf eine sachliche und transparente Weise zur Sprache brachte. Schließlich wünschte man keine Diskussion, man wollte sich zum gemütlichen Stammtisch treffen.

Kaum hatte der arme Physiklehrer angesetzt, platzte dem Abteilungsleiter Verkehr der Kragen. Er ließ Herrn Cortes gar nicht erst ausreden.

»Zum Teufel mit den alten Beschlüssen! Die brauchen wir nicht. Die können Sie in den Papierkorb werfen. Wir kommen auch ohne aus. Wer will uns denn kontrollieren? Schließlich sind wir hier in Lübeck eine Gemeinschaft. Warum soll nicht alles so bleiben, wie es war? Das hat sich doch bewährt. Wir haben die Nase voll von all den Gesetzen und Paragrafen!«

»Genau!«, ließ sich die Versammlungsleiterin vernehmen. Schließlich musste sie ihre Anwesenheit demonstrieren. »Diese ewige Besserwisserei geht mir langsam auf den Geist!« Ein mutiger Satz, dachte Herr Cortes, angesichts der Tatsache, dass es vieles gibt, was sie nicht wusste und ihr Geist nicht unbedingt als ausgeprägt zu bezeichnen war.

Immerhin wagte eines der wenigen Kommissionsmitglieder, die nicht zur Duzgemeinschaft zählten, einzuwenden: »Er hat aber recht. Es spricht doch nichts dagegen, dass jemand an die alten Beschlüsse erinnert, die auch heute noch gültig sind. Oder etwa nicht mehr?«

Der Oppositionsführer witterte Gefahr, sprang auf und setzte zum entscheidenden Gegenschlag an: »Wir lassen uns nichts von einem Oberlehrer vorschreiben. Da kommen bei mir Emotionen hoch!«

Wahrscheinlich hatte er in seiner Schulzeit schlechte Erfahrungen mit seinen Paukern gemacht.

»Antrag zur Geschäftsordnung: Schluss der Debatte.« Er stieß in seiner Aufregung gegen eines der von der Decke hängenden Schiffsmodelle, was einen dumpfen, hohlen Klang auslöste. »Beschlussantrag: Die Kommission stellt fest, dass alles beim Alten bleiben soll. Das Umstellen der Uhren auf Sommer- und Winterzeit wird aus fachlichen Gesichtspunkten abgelehnt. Ich bitte, diesen Beschlussantrag im Protokoll festzuhalten und ihn dem Ratsvorsteher zu unterbreiten.«

Unmittelbar nach der Abstimmung, die wie erwartet zugunsten des Status quo ausfiel, verschwand er grußlos. Wieder einmal hatte er Lübeck vor den Umstürzlern gerettet. Die Stadt konnte ruhig weiterschlafen.

Es bedeutete einen trügerischen Winterschlaf, denn schon der kleinste Vorfall konnte das innerlich morsche Kartenhaus zusammenfallen lassen. Herr Cortes musste an die Stammtischsitzung mit den Kollegen im ›Buthmanns‹ denken, bei der jemand vorschlug, Lübeck in ›Chronaborg‹ umzubenennen – die Stadt, in der die Zeit stehen geblieben ist.

Die Kultursonderkommission hatte eine Entscheidung getroffen, die den Schatten der Zeit, der sich schon seit Längerem über Lübeck gelegt hatte, vertiefte.

Am nächsten Morgen fand man auf dem Marktplatz ein

paar Mosaiksteine. Sie waren oben aus der hohen Scheinwand des Rathauses herausgebrochen.

*

Wenige Tage später kam auch Frau Cortes abgearbeitet und deprimiert nach Hause. Das Wetter blieb miserabel. Dünner Regen lag in der Luft.

Sie fühlte sich um Jahre gealtert. Früher ähnelte sie einer Weide: Sie konnte sich dem Druck von außen beugen, gerade so viel als nötig war, um nicht zu zerbrechen. Wenn der Sturm jedoch vorüber war, stand sie wieder stolz, aufrecht und würdevoll im Leben. Sie liebte ihren Beruf, aber die ständigen Anfechtungen der letzten Zeit machten ihr arg zu schaffen.

Wieder hatte sie eine dieser fruchtlosen Konferenzen an ihrer Schule über sich ergehen lassen müssen. Die neue Rektorin, eine begnadete Bürokratin, hatte ein weiteres Mal dem Druck der Schulbehörde nachgegeben und in ihrer Gutsherrenart das Kollegium gegen seinen Willen und seine Erfahrung dazu verdonnert, die neue Oberstufenordnung zu akzeptieren. Unter dem Vorwand, für eine bessere Allgemeinbildung zu sorgen, wurden die Wahlmöglichkeiten der Schüler drastisch reduziert. Das System der Leistungsorientierung bröckelte.

Für Frau Cortes als Musiklehrerin bedeutete das, dass man ihr Fach ins Abseits drängte. Jetzt war es vorbei damit, zukünftige Musikhochschüler zu fördern. Musik war im Lande, und da machte Lübeck keine Ausnahme, eben nur Nebensache. Wozu auch, reichte es doch, dass die Jugendlichen lesen, schreiben und rechnen lernten. Mehr brauchte der Mensch nicht, wenn er später einmal wirtschaftlich verwertet werden sollte.

Ästhetische Bildung wurde zur Privatsache, zum Luxusgut der wohlhabenden höheren Töchter, deren Eltern sich ohnehin einen Hauslehrer oder den Besuch eines Privatinternats leisten konnten. Jedenfalls sparte das dem Land viel Geld, das man für Prestigeobjekte wie den Bau einer überdimensionalen, 20 Kilometer langen Brücke über den Fehmarnbelt dringender benötigte.

Frau Cortes schlug die schlechte Laune auf den Magen. Zu allem Überfluss fand sie beim Betreten ihrer Wohnung ein Blatt Papier an der Haustür: ›Wenn Sie weiterhin so schulmeisterlich das Leben unserer Stadt stören, werden wir öffentlich verbreiten, wie es um die Herkunft Ihrer Tochter bestellt ist. Dann können Sie den Hut nehmen und sich in der Provinz bewerben.‹

Das Ehepaar setzte sich zum Abendbrot zusammen. Frau Cortes holte eine Flasche Rotwein aus dem Keller. Sie brauchte jetzt einen guten Schluck. Aina hatte noch Proben in der Musikhochschule und würde erst spät zurückkommen.

»Wir müssen es ihr sagen!«

Frau Cortes schmeckte ihr Salamibrot nicht. Sie würgte es. Sie konnte ihre Tränen kaum unterdrücken. »Wir hätten unsere Entscheidung nicht so lange hinauszögern sollen.«

Ihr Mann versuchte, sie zu trösten: »Du weißt, dass wir es richtig fanden, Aina so lange wie möglich eine ruhige und sorgenlose Jugend zu gewähren. Als Kind hätte sie es nicht verstanden, dass wir nicht ihre wirklichen Eltern sind. Wir haben ihr alles gegeben, was wir konnten, und sie liebt uns deswegen, davon bin ich überzeugt.«

»Schon, wir hätten es ihr aber viel früher sagen müssen, zu ihrer Konfirmation vielleicht.«

»Du weißt, ich hatte immer Angst, sie eines Tages zu verlieren.«

»Aber das werden wir ohnehin. Alle Eltern werden eines Tages ihr Kind verlieren. Kinder wachsen heran und wollen, nein, müssen ihren eigenen Weg gehen. Ich spüre, dass Aina längst so weit ist. Sie hat jemanden gefunden, der in ihrem Leben wichtiger ist als die Eltern. Das höre ich an der Art, wie sie jetzt singt.«

Herr Cortes schenkte sich ein Glas Rotwein ein und spielte nachdenklich mit seiner Serviette. Die beiden saßen lange schweigend am Tisch beisammen.

Die Zeit verstrich. Jeder hing seinen Gedanken nach. Die Kerzen brannten herunter. Im Kamin knisterte das letzte Stück Brennholz. Die Serviette war inzwischen völlig zerknittert.

Gegen Mitternacht kam Aina. Sie hatte nach dem Unterricht noch stundenlang mit Raik musiziert, Lieder für Mezzosopran und Cello von dem argentinischen Komponisten Erik Oña.

Aina setzte sich an den Tisch und begann, von den Speiseresten zu naschen. Sie spürte sofort, dass eine traurige Stimmung im Raum lag.

»Was ist los mit euch beiden?«

Frau Cortes zeigte ihr den Zettel. Es dauerte eine Weile, bis Aina begriff. Dann sprang sie auf und umarmte ihre Mutter von hinten.

»Aber das ahnte ich doch schon lange!«

Das Ehepaar starrte sie fassungslos an.

»Vor Jahren fielen mir ein paar Fotos in die Hand. Ihr hattet eine Reise in ferne Länder gemacht. – Da vermutete ich es sofort. Ich traute mich nur nicht, euch zu fragen, weil ich Angst hatte, ihr würdet mich dann weniger lieb haben. Jetzt bin ich froh, dass wir endlich offen darüber sprechen können.«

Aina holte sich aus der Küche ebenfalls ein Rotweinglas und schenkte sich ein. Herr Cortes rückte verlegen an seinem Stuhl und zerquetschte erneut die Serviette.

»Ja, es stimmt. Wir waren damals vom Goethe-Zentrum in Antananarivo, der Hauptstadt von Madagaskar, eingeladen. Mama, ich meine, deine Adoptiv…«

»Wir können ruhig bei Mama und Papa bleiben!« Aina stieß mit ihrem Weinglas die der beiden anderen an. Jetzt musste auch Herr Cortes mit den Tränen kämpfen. Er benutzte dazu seine unansehnlich gewordene Serviette.

»Ja, also, wie gesagt. Ich sollte beim Aufbau einer Physiksammlung für die Schulen helfen und Mama wollte das Musikleben des Landes studieren.«

»Madagaskar! Wie aufregend. Das klingt ja richtig weit. – Da muss ich erst einmal nachdenken.«

Sie wusste nur ungefähr, wo Madagaskar liegt. Schnell sprang sie auf und holte den großen Globus, der auf dem Bücherregal stand.

»Madagaskar … Hier: Südlich des Äquators, an der Ostküste von Afrika. Mosambik. Und hier, etwas nördlicher: Sansibar. Die Komoren. – Herrliche Namen, so richtig zum Träumen!«

»Sicher, aber für die Bevölkerung dort war die Lage schon oft alles andere als zum Träumen. Sie hatte lange Zeit unter der Kolonialherrschaft zu leiden, und es war durchaus verständlich, dass man uns Europäern bisweilen reserviert gegenüberstand. – Dennoch erlebten wir eine wunderbare Zeit. Mama integrierte sich als Musikerin sofort. Ich hatte alle Hände voll zu tun mit meinen Geräten und stieß auf neugierige Gesichter.«

Er schenkte sich erneut ein Glas Rotwein ein und blickte gedankenversunken durch die farbige Flüssigkeit, in der sich das Kaminfeuer mattgolden spiegelte.

»Eines Tages machten wir einen Ausflug in ein Dorf namens Mahavelona. Das heißt auf Deutsch ›Dort, wo das Leben wieder erwacht‹. Es liegt auf einer Nebeninsel im Osten Madagaskars und war damals schon ein beliebter Badeort. Eine wunderschöne Gegend mit üppiger Vegetation, endlosen Stränden und weißen Dünen, die den Ort vor den Wellen des blauen Ozeans schützen.

Das Paradies.

Doch genau an dem Tag herrschte große Aufregung im Dorf. Einheimische hatten ein gestrandetes Boot entdeckt, in dem ein jämmerlich weinendes Menschenbündel lag. Irgendwer musste es ausgesetzt haben, und es erschien ihnen als Wunder, dass es überhaupt noch atmete.

Ein Durchreisender brachte die Nachricht, dass in den nördlichen Bergen Madagaskars kürzlich ein Mann mit seiner hochschwangeren Frau von den Bewohnern vertrieben worden sei. Das Kind soll nicht von ihm gezeugt worden sein. Der Mann hatte sich als Mpisikidy, als Heilkundiger, ausgegeben.

So ein heilkundiger Zauberer sitzt normalerweise in einem dunklen Raum vor einem Holzkoffer, der mit goldenen Ketten versehen ist. Seine Wahrsagung geht einher mit der Ausbreitung von roten, weißen und schwarzen Samenkörnern. Aus deren Lage kann er dann sein Urteil ablesen.

Die Leute bemerkten jedoch schnell, dass dieser Mpisikidy ein Lügner, ein Scharlatan war, weil er sein Handwerk nicht verstand und den Ratsuchenden seinen Glauben aufdrängen wollte. Er gehörte zu den alten Hütern des Aberglaubens, die sich auserwählt fühlten, für die Sampy, die alten Götzen, als Wächter auf Erden zu dienen.

Die Leute behaupteten, dass das Paar das Kind gleich nach der Geburt ausgesetzt hatte, um sich die Flucht zu erleichtern. Die Fischer des kleinen Dorfes nannten dich Aina, das bedeutet so viel wie ›Die, die lebt‹.«

Aina musste unwillkürlich an den Segeltag mit Raik denken. Hatte der nicht damals behauptet: »Zeit, das ist Leben«? Und hatte sie nicht geantwortet: »Da ist noch mehr. – Zeit, das ist Liebe«?

Der Vater nahm erneut einen Schluck Wein. Jetzt war Frau Cortes an der Reihe, die Geschichte weiterzuführen.

»Dein Vater und ich wussten damals, dass wir nie eigene Kinder bekommen würden. In dieses kleine Menschenbündel hatten wir uns sofort verliebt, sodass wir spontan beschlossen, es zu adoptieren. Das gab zwar viel Bürokram und Behördenärger, aber schließlich willigte man ein. Die offizielle Suche nach deinen leiblichen Eltern blieb ergebnislos. – Und bis heute sind wir froh und auch stolz, so ein liebes und talentiertes Kind zu haben.«

Sie gab ihrer Tochter einen Kuss.

»Ein durchaus erwachsenes Kind!«, merkte der Vater an. Nachdenklich drehte Aina den Globus. Wie kommt man von Lübeck aus dahin? – Durchs Mittelmeer und den Suezkanal. Oder über die Westküste von Afrika und rund um das Kap der Guten Hoffnung. Ob es Raik mit seinem Segelboot schaffen könnte?

Sie leerte ihr Weinglas in einem Zug und sagte dann entschieden: »Adoption hin oder her, ich liebe euch. – Aber ihr dürft mir auch nicht böse sein, wenn ich euch eines Tages verlasse und meinen eigenen Weg gehe. Irgendwann werde ich mich auf die Suche nach meinen Wurzeln machen.«

Im Grunde genommen war für Aina diese Entscheidung schon während ihres Ravel-Konzerts an der Musikhochschule gefallen.

*

Kroll saß bis spät in die Nacht in seinem Büro und studierte die Akten ein weiteres Mal. Er kannte sie schon fast auswendig. Irgendwo muss er etwas übersehen haben, dessen war er sich sicher. Vielleicht fehlte nur noch eine Kleinigkeit, um dieses riesige Puzzle zusammenzusetzen.

Der Obduktionsbericht des Spezialisten vom Hamburger Tropeninstitut bestätigte eine tödliche Fremdeinwirkung durch ein seltenes Gift, das in Ostafrika bekannt war. Außerdem entdeckte der Fachmann den winzigen Einstich in der Hand des Mädchens.

Trotz all dieser Erfolge, es blieb wie verhext. Auch nach der geheimnisvollen Begegnung mit dem Fremden im

St.-Annen-Museum konnte Kroll keine Fortschritte verzeichnen. Erschwerend kam hinzu, dass er sich in den letzten Wochen mit ganz anderen, neuen Fällen beschäftigen musste. Das Team der Regionalen Kriminalbehörde hatte Hochkonjunktur. Dennoch standen die ›Zettelmorde‹ für Kroll an oberster Stelle.

Er erhob sich und öffnete das Fenster, um frische Luft zu schnappen. Unten auf der Straße war nichts mehr los. Nur ein Liebespaar schlenderte an den erleuchteten Auslagen der Modeboutiquen vorbei. Resigniert stellte er fest, dass er sich die dort angebotene teure neue Wintermode nicht leisten konnte.

Plötzlich fiel ihm ein, dass der elegant gekleidete Mann während dieses merkwürdigen Gesprächs im St.-Annen-Museum irgendwann einmal in Zusammenhang mit einem alten Sprichwort von seiner ›Heimat‹ gesprochen hatte.

Sollte er ein Ausländer sein, der akzentfrei deutsch spricht?

Krolls Stirn juckte bedenklich. Er musste sich gleich mehrmals mit dem Daumen darüber fahren. – Moment mal, hatte Hopfinger neulich nicht davon gesprochen, dass dieser Goldschmied, dieser Adrianopal …, Adrenalinopoly … – oder wie der auch immer heißen möge –, sollte das nicht auch ein Ausländer sein, der perfekt deutsch spricht? Auch die vornehme Kleidung würde zu ihm passen. Aber der ist doch Südamerikaner, wenn ich mich recht entsinne. Oder ist er das nicht? Das wäre zu überprüfen. Der redete sehr gebildet, dem würde ich Kenntnisse der madagassischen Sprache zutrauen. – Aber ein angesehener Goldschmied als Dieb seiner eigenen Sachen? Versicherungsbetrug schließe ich aus, schließlich waren die Gegenstände nicht mehr in seinem Laden. Welches Motiv sollte so einer haben?

Kroll kramte sich eine seiner schiefen Zigaretten aus der Tasche und steckte sie in den Mundwinkel. Dann holte er sein Feuerzeug hervor. In Gedanken versunken spielte er damit. – Und siehe da: Heute funktionierte es. Instinktiv zündete er sich den Stummel an und genoss ein paar tiefe Züge. Ihm war überhaupt nicht bewusst, dass er das erste Mal seit langer Zeit wieder richtig rauchte, so sehr war er in seine Überlegungen vertieft: Ich werde bei nächster Gelegenheit der Goldschmiede selbst einen Besuch abstatten. – Dass ich nicht schon früher auf diesen Gedanken gekommen bin!

KAPITEL 25: DUETT

Ein langer, kalter Winter hatte sich über die Stadt gelegt und brachte das Leben fast zum Erliegen. Die Jungen konnten auf den eisglatten Straßen nicht mehr Fußball spielen, die Mütter saßen der Kälte wegen nicht mehr auf den Parkbänken am Stadtgraben, die Schüler der Oberschule vergnügten sich auf dem Turnhof mit verbotenem Schneeballwerfen und die Ratsherren tauschten bei ihren Sitzungen den Bierkrug mit dem Punschglas aus.

Aina traf sich nun regelmäßig mit Raik. Dessen Segelboot ruhte schon lange im Winterlager. Sie hatten Zeit zum gemeinsamen Musizieren. Leider ist die Literatur für Gesang und Cello nicht sonderlich ergiebig, und so waren sie gezwungen, auf unbekannte und moderne Stücke zurückzugreifen: Ruth Zechlin – Variationen zu Michelangelo, Dieter Schnebel – Mit diesen Händen, Ross Edwards – Maninya. Das brachte frischen Wind an die Musikhochschule, und die Professoren begannen, die beiden überregional weiterzuempfehlen. Als Spezialisten für Neue Musik knüpfte das Duo internationale Verbindungen.

Eines Tages überreichte Raik seiner Freundin eine Einladung von Frau Ampoinimera. Aina möge am übernächsten Tag zu ihr abends nach Hause kommen. Sie wolle als Vorbereitung auf die Abschlussprüfung ein paar Lieder von Hugo Wolf mit ihr musizieren.

Die junge Sängerin freute sich, denn sie liebte diese Musik. Und sie mochte auch Frau Ampoinimera sehr. Sie fühlte sich auf geheimnisvolle Weise zu der intelligenten und kunsterfahrenen Klavierlehrerin hingezogen. Außerdem faszinierte sie deren äußere Erscheinung, die ganz anders war als die ihrer Mutter.

An diesem Abend fiel der erste Schnee des Jahres. Man konnte auf weiße Weihnachten hoffen. Wie feine Sternschnuppen taumelten die dünnen Schneeflocken auf die Köpfe der Menschen. Es war, als würden sie mittels feiner Fäden von einem unsichtbaren Marionettenspieler gelenkt.

Aina schlenderte über den Weihnachtsmarkt, der sich über den ganzen Bereich rund um den Ratshausplatz und die angrenzenden Hauptgeschäftsstraßen erstreckte. Weil sie noch genug Zeit bis zu ihrer Verabredung hatte, ließ sie sich von der Menschenmenge treiben.

Die vorweihnachtliche Stimmung hatte viele Lübecker aus ihren Häusern gelockt. Junge Paare schmiegten sich eng an eng, um sich in dem Geschiebe nicht zu verlieren. Kinder starrten mit großen Augen und offenen Mündern auf die verlockenden Angebote der Zuckerbäcker. Die sich sonst so distanziert gebenden Erwachsenen zwinkerten sich gegenseitig zu, als würde die riesige Menschenmenge nur aus Bekannten bestehen.

Bude stand dicht an Bude. Die meisten boten Getränke und Imbisse an. Auch gab es viele Schmuck- und Holzspielzeugartikel. Natürlich durften die Händler mit ihren Weihnachtssternen, Nikolausmützen und Kitschengeln nicht fehlen.

In der Mitte des Marktplatzes drehte sich ein altes Kinderkarussell. Die Weihnachtsmusik aus dem Lautsprecher übertönte das Quietschen der ins Alter gekommenen Rollen und Gelenke. Ein paar Kleinkinder winkten glücklich ihren Müttern zu.

Auf dem kleinen Platz zwischen der Rathausrückwand und dem Eingang zur Marienkirche zog eine kleine Bühne die Neugier der Passanten an. Mittelalterlich verkleidete Studenten der Musikhochschule spielten mit weihnachtlicher Troubadourmusik auf. Aina erkannte einige und grüßte freundlich.

An jedem Stand herrschte Hochbetrieb. Nur einem Ausstellerwagen, gefüllt mit frischem Gemüse, gelang es nicht, Kunden anzulocken. Der gute Mann hatte sich wohl im Markttag geirrt.

Es duftete nach gebrannten Mandeln, Punsch und Bratwurst. Ein Meer von kleinen, gebündelten Scheinwerfern, elektrischen Kerzen und lodernden Holzscheiten tauchte das geduldige Treiben in ein märchenhaftes Wechselspiel von Licht und Schatten.

Von der Marienkirche tönten die schweren Glocken herab und trugen zur Vorfreude in den Gemütern der Menschen bei.

Trotz des fast beängstigenden Drängelns herrschte Friede.

An Abenden wie diesem spürte Aina zwei Herzen in ihrer Brust schlagen. Einerseits sehnte sie sich nach der fremden Welt, von der ihre Adoptiveltern sprachen. Andererseits liebte sie die Stadt, so wie sie sich ihr in dieser Jahreszeit präsentierte, und sie war glücklich, dass man ihr das alles ermöglicht hatte.

Als die junge Sängerin pünktlich vor dem auffälligen,

barocken Sandsteinportal mit der Messingtafel ›Adrian Ampoinimera, Goldschmied und Uhrmacher‹ ankam, stand die Hausherrin bereits im Eingang. Sie trug ein elegantes, schlichtes, hochgeschlossenes Kleid, das ihr südländisches Aussehen vorteilhaft unterstrich.

»Heute sind wir allein. Mein Mann muss zusammen mit dem Gesellen in der Oberstadt noch ein paar Uhren richten. Das kann bis in die späte Nacht dauern. Radamo ist unterwegs, und der Zofe habe ich freigegeben. Die kann uns ohnehin nicht viel dienen.«

Rana Ampoinimera fasste Aina unter den Arm und führte sie die Treppe zum Musikzimmer hinauf. »Ich hoffe, du hast nichts dagegen.«

Aina empfand den Körperkontakt als angenehm. Die mütterliche Zuneigung der eleganten Dame beruhigte sie.

Das Musikzimmer schwamm in einem Meer von Kerzen. Durch die Spiegelwände und den blanken Flügel verstärkten sich die Lichteffekte. Es duftete süß und schwer nach unbekannten Kräutern. Auf dem kleinen persischen Rundtisch standen eine Flasche Litschi-Aperitif sowie zwei Kristallgläser. Rana schenkte ein. Man nippte hin und wieder und sprach ein wenig über die Lieder, die Texte, den Komponisten und die musikalische Atmosphäre in den Werken.

Während sie in dem Notenalbum blätterten, legte Rana ihren Arm um Ainas Schulter. Aina spürte den betäubenden Duft eines exotischen Parfums.

»Lass uns einfach etwas ausprobieren!«

Die Pianistin setzte sich an ihr Instrument und stimmte das eine oder andere Lied an.

Anfangs brachen sie nach wenigen Takten ab, aber bald entwickelte sich das Ganze zu einem ausgewachsenen Liederabend. Lied folgte auf Lied, jedes klang schöner als das vorige: ›Begegnung‹, ›Verschwiegene Liebe‹, ›Nachtzauber‹, ›Mignon‹.

Die Hausherrin entpuppte sich als eine einfühlsame Begleiterin. Hatte sie in den früheren Konzerten stets die musikalische Führung übernommen, ließ sie jetzt – das spürte Aina ganz deutlich – die junge Sängerin dominieren.

Besonders das letzte Lied gelang Aina überaus gut. Ihre Begleiterin bemerkte, dass die junge Sängerin inzwischen gelernt hatte, die Phrasierungen musikalisch klug einzuteilen. Die Intonation war ohne Makel, die dynamischen Schattierungen beherrschte sie bis ins kleinste Detail.

»Kennst du das Land, wo die Zitronen blühn? …
Dahin möchte ich mit dir ziehn.«

Ainas Seele schwamm in der Musik. Die Sehnsucht nach der Ferne offenbarte sich im Klang ihrer Stimme. Trotz der starken Emotionalität, die sie in den Gesang legte, strahlte das Lied echte, lebendige Natürlichkeit aus. Ihr war, als ob sie singend bangen, weinen, hoffen, zittern oder träumen würde.

Nein – sie sang nicht, sie lebte das Lied. Das feuerrot auf ihrer Stirn leuchtende Bindi schien ihr den richtigen Weg zu weisen.

Rana spürte in ihrem Innern gleichzeitig eine stechende Eifersucht und eine bis dahin unbekannte, fremde Liebe.

Kein Computerprogramm kann Derartiges zuwege bringen, dachte sie. Wie naiv und eitel war ich doch, zu meinen, mit künstlicher Intelligenz könne man unbegrenzte Musikalität erschaffen! – Gegenüber dieser Kunst ist die meines Radamo ein elender Abklatsch. Was wahre Musik ausmacht, ist nicht höchste Perfektion. Es ist die Natürlichkeit, das im besten Sinne Naive, das nur möglich wird, wenn man alle Grenzen der Technik weit hinter sich gelassen hat. Künstlichkeit ist vergänglich, und sei sie noch so perfekt. Nur die wahrhafte Kunst überlebt. – Ich bin Aina dankbar dafür, dass sie mich das gelehrt hat. Ich liebe sie, sie und ihre Musik.

Aina merkte nicht, wie die Zeit verging. Der Aperitif und die betörenden Düfte versetzten sie nahezu in Trance. Dazu kam das Glücksgefühl, so herrlich und ausgiebig musizieren zu dürfen.

Rana schenkte beiden etwas Litschi nach.

»Hier, das musst du unbedingt singen: ›Um Mitternacht‹. Tu mir den Gefallen bitte, es ist mein Lieblingslied von Hugo Wolf.«

Zärtlich strich sie über die Tasten und entfaltete den Sechsachtel-Rhythmus. Mit der weichsten Stimme, die sie zu intonieren vermochte, begann Aina die schlichte Melodie, die wie eine Gegenwelle im Zwölfachtel-Rhythmus sanft über der Klavierbegleitung lag.

»Gelassen stieg die Nacht ans Land,
Lehnt träumend an der Berge Wand,
Ihr Auge sieht die goldne Waage nun
Der Zeit in gleichen Schalen ruhn.«

Sensibel folgte Aina den Klangfarben, die der Komponist so einmalig kreiert hatte. Das Zusammenspiel der beiden war perfekt.

»Das uralt alte Schlummerlied,
Sie achtet's nicht, sie ist es müd.«

Rana schloss die Augen – sie konnte das Stück sowieso auswendig – und nahm den melancholischen Ton in Ainas Stimme tief in sich auf.

»Es singen die Wasser im Schlafe fort vom Tage,
Vom heute gewesenen Tage.«

Einsam verloren sich die wenigen zarten Akkorde im Kerzenlicht. Der Komponist hatte am Schluss angemerkt: immer leiser – ersterbend.

Rana schloss behutsam den Flügeldeckel, faltete die Hände im Schoß und blieb mit geschlossenen Augen lange bewegungslos sitzen.

Auch Aina hatte ihre Augen geschlossen. Sie fühlte sich zutiefst benebelt von den Klängen, den Düften, dem Kerzenlicht.

Endlich stand Rana auf, ging langsam auf Aina zu, und in einer Anwandlung sinnlicher Zuneigung umarmte sie das junge Mädchen.

Sie streifte ihr die Bluse von der Schulter und gab ihr einen Kuss auf den Hals. Aina hob in ihrer trunkenen Glückseligkeit die Arme, um ihr tiefschwarzes Haar zu bändigen, das sich während des Abends längst gelöst hatte.

Infolge dieser Bewegung bemerkte Rana das Muttermal an der Innenseite von Ainas linkem Oberarm.

Es hatte genau dieselbe Form, wie das Amulett, das sie, an einer goldenen Kette hängend, verborgen unter ihrem Kleid trug!

Als sei sie von Sinnen, stieß Rana das junge Mädchen mit aller Gewalt von sich und verschwand mit einem unmenschlichen Aufschrei aus dem Zimmer.

Aina stolperte rückwärts über den Persertisch und riss die Gläser und Kerzen mit sich. Wie besinnungslos blieb sie auf dem Teppich liegen.

Das Feuer der Kerzen entflammte sofort die seidenen Vorhänge.

*

Was Frau Ampoinimera nicht wusste: Ihr Mann und der Geselle waren schon längst zurückgekehrt und arbeiteten in der Uhrmacherwerkstatt an einer neuen Standuhr.

Die beiden wollten das Duett nicht stören und hatten sich stillschweigend in ihre Arbeit zurückgezogen.

Und was weder das Ehepaar Ampoinimera noch Aina wussten: Raik hatte am späten Vormittag Besuch von Frau Cortes bekommen, die ihm alles über Ainas Herkunft berichtet hatte. Seither hatte Raik das Gefühl, als beginne er, die schicksalhaften Zusammenhänge zu durchschauen.

Verbissen machte er sich an sein Werk.

KAPITEL 26: RAIKS TRAUM

Die Arbeit an dem neuen humanoiden Uhrenroboter geht nur langsam voran. Das Zusammenspiel zwischen den rotatorischen Achsen stimmt noch nicht mit dem Ablauf des Uhrwerks überein.

Immer wieder muss er umprogrammiert werden.

Der Meister läuft unruhig hin und her, zieht ein paar Bücher zurate, berechnet neue Tabellen, ändert die Zahlenwerte im Computerprogramm.

Radamo sitzt nebenan in der Bibliothek in seinem Sessel.

Warum verbietet mir der Meister, diesen Raum zu betreten?

Von oben dringt Musik.

Aina singt.

Aina …

Ich brauche einen neuen Zeigerabheber. So geht das nicht!

Wenn es doch endlich wieder Frühjahr wäre.

Das Ziffernblatt verwandelt sich in ein Großsegel.

Die Segel stehen gut, der Westwind treibt uns beide über die Bucht hinaus.

Neue Ufer locken.

Verdammt, wieder rutscht der Zeigerabheber ab!

Wo ist das Augen-Okular? – In dieser trüben Beleuchtung kann man nichts mehr erkennen.

Ich muss die Großschot etwas dichter holen.

Vorn am Bug steht Aina und singt.

Ihre Haare umspielen das Genuasegel.

Jetzt ist es im Musikzimmer still.

Machen sie endlich Schluss?

Da, ein Schrei, ein Poltern, als falle ein Stuhl um.

Was ist da los?

Auch der Meister hält inne und wirft einen Blick nach oben.

Die gnädige Frau stürzt die Treppe hinunter: »Sie ist es! – Sie ist es – meine Tochter!«

Von oben dringt Brandgeruch.

Aina!

Ich muss hoch, ihr helfen!

Aina, ich komme!

Rauch dringt aus dem Zimmer.

Aina liegt auf dem Boden.

Ich hebe sie auf und trage sie mit den Händen hinunter.

Ihre Kräfte reichen noch aus, um mich fest am Hals zu umarmen.

Hinter mir höre ich wieder: »Sie ist es! – Sie ist es!«

Dann die Stimme des Meisters: »Ruhe! Dein Geschrei nutzt uns jetzt gar nichts! – Such rasch die wertvollsten Stücke zusammen. Ich kümmere mich um Radamo, unseren Zeitläufer. Wir können durch die Stahltür zum Marionettenmuseum fliehen. Dort gibt es im Keller einen Zugang zu den unterirdischen Gängen. Ich kenne mich da aus. – Dieser Kroll ist uns dicht auf den Fersen. Wir sollten die Stadt verlassen, ehe es zu spät ist.«

Wie ich es vermutet hatte …

Des Meisters dunkle Vergangenheit und sein verbrecherisches Tun in der Gegenwart …

Ainas Herkunft …

Aina …

Lass uns in die Ferne fliehen, lass uns ein neues Leben in deiner Heimat beginnen!

*

Das Haus brannte völlig nieder. Die Feuerwehr konnte nur noch verhindern, dass das Feuer auf die benachbarten Häuser übergriff. Tagelang schwelte der Brand.

Die Astronomische Uhr in der Marienkirche zeigte immer mehr Macken und drohte, nun endgültig ihren Geist aufzugeben. Ein Ratsherr regte an, das alte Innenleben einfach auszuschlachten und durch einen einfachen Elektromotor-Mechanismus zu ersetzen.

Man fand jedoch keinen kundigen Uhrmacher in der Stadt, der mit dem alten System zurechtgekommen wäre.

Von der Familie Ampoinimera hörte man seitdem nichts mehr. Der gesamte Goldschmuck und die wertvollsten Uhren waren ebenfalls verschwunden. Sein Ziel, den sagenumwobenen religiösen Goldschatz zu finden, hatte Meister Adrian offenbar nicht erreicht.

Vielleicht gab es ihn überhaupt nicht.

Irgendwann bemerkte die gehörlose Kassiererin in dem Marionettenmuseum, dass sich sowohl die Replik der Astronomischen Uhr als auch das Modell der Zeitmaschine nicht mehr an Ort und Stelle befanden.

Ärgerlich schüttelte sie den Kopf. Diese Touristen haben

heutzutage auch vor nichts mehr Respekt. Alles, was nicht niet- und nagelfest ist, müssen sie mitgehen lassen.

Ebenso fehlte seit diesem Tag jede Spur von Aina und vom Uhrmachergesellen Raik. Das Boot lag nicht mehr im Winterlager.

Die Zofe Ria meldete sich am nächsten Tag bei der Polizei, um ihre Beobachtungen in dem sonderbaren Haus protokollieren zu lassen. Sie hatte am fraglichen Abend die Eröffnungsvorstellung der diesjährigen Lübecker Filmtage besucht und fühlte sich schwer enttäuscht. Um Touristen anzulocken, hatte man das bisher kulturell anspruchsvolle Ereignis in eine Glamour-Gala mit rotem Teppich verwandelt. Jetzt standen nicht mehr die Filme, sondern fragwürdige Leinwandhelden im Mittelpunkt. Ria missfiel das.

Ihr Tagebuch konnte sie retten, weil es ihre Gewohnheit war, das Oktavheft bei den Kinobesuchen mitzunehmen und sich über die Filmhandlung Notizen zu machen.

Ria konnte der Polizei gegenüber keine weiterführenden Angaben über den Brand bei ihren Herren machen. Später zog sie bei Raiks Mutter ein. Zwei einsame Frauen fanden zusammen, um sich gegenseitig zu trösten.

Inspektor Kroll veranlasste, dass die Ruine polizeilich abgesperrt wurde. Verwertbare Spuren fand er dort nicht. Allerdings entdeckte er die Tür in der Brandmauer, die das Anwesen mit dem Marionettentheater verband. Er vermutete daraufhin, dass das Mädchen mit den Mandelaugen sterben musste, weil es durch Zufall ein Geheimnis gelüftet hatte.

Aber welches?

Die weiteren Ermittlungen ergaben, dass die Familie Ampoinimera augenscheinlich nicht aus Südamerika stammte. Im Gegenteil, Hopfinger fand heraus, dass der Name nahezu identisch war mit dem eines madagassischen Königsgeschlechts.

Und Kroll konnte seinen anonymen Gesprächspartner im St.-Annen-Museum mit hoher Sicherheit als den Goldschmied identifizieren. Nachfragen bei seiner Bank ergaben, dass der Meister recht vermögend war. Also müssten ihn emotionale, religiöse oder ideologische Motive zu seinen Taten angetrieben haben. Aber welche könnten das konkret gewesen sein?

Für den Inspektor liefen jedenfalls alle Indizien darauf hinaus, dass Adrian Ampoinimera der Haupttäter war. Nur fehlten ihm stichhaltige Beweise. Das Einzige, was ihn wirklich weitergebracht hätte, wäre der Fund des Etikettendruckers gewesen. Aber unter den verglühten Resten der Brandruine konnte nichts dergleichen entdeckt werden. Ebenso erging es Kroll mit der Spurensuche nach der Kurzhaarperücke, von der die gewellten Kunsthaare stammten, sowie nach einem Anzug, dem die sichergestellten Wollfusseln zuzuordnen gewesen wären. Entweder befanden sie sich gar nicht im Hause Ampoinimera, oder aber sie waren restlos verbrannt.

Also schloss er seine Akte mit den Worten: ›Im Fall der »Zettelmorde« bleiben die genauen Tatumstände unbekannt. Als Erklärungsversuch bieten sich zwei Thesen an:

1. Schwerer Raubüberfall in Tateinheit mit Entführung der dreiköpfigen Familie Ampoinimera zwecks Lösegelderpressung. Dringend tatverdächtig wäre demnach der Uhrmachergeselle Raik Svavarson, der sich seither mit seiner

Geliebten Aina Cortes auf der Flucht befindet. Da wir weder Beute im Hause seiner Mutter noch in der Brandruine sicherstellen konnten, nehmen wir an, dass er mit einer international operierenden Diebes- und Hehlerbande unter einer Decke steckt.

Mein Assistent Hopfinger bevorzugt diese These.

2. Die Morde und die Schmuckdiebstähle sind auf unbekannte religiöse oder weltanschauliche Motive des Uhrmachers und Goldschmieds Adrian Ampoinimera zurückzuführen. Vermutlich standen seine Frau Rana und sein Sohn Radamo als Komplizen an seiner Seite. Da auch der Geselle und seine Geliebte verschwunden sind, kann eine Mittäterschaft nicht ausgeschlossen werden.

Ich, Inspektor Kroll, Leiter der Regionalen Kriminalbehörde, bevorzuge die zweite These.

Die Brandursache bleibt ungeklärt. Die Experten konnten das Musikzimmer im ersten Stock als ursprünglichen Brandherd identifizieren. Da keine Brandbeschleuniger gefunden wurden, halten sie Brandstiftung für ausgeschlossen.

Jedenfalls konnten sich die Tatverdächtigen vorzeitig einer Verhaftung und den erforderlichen Verhören entziehen. Eine entsprechende Fahndung wurde ausgeschrieben.‹

Sie blieb ohne Erfolg.

Aus Ärger, dass er so kurz vor seinem Sieg gescheitert war, fing Kroll das aktive Rauchen wieder an.

AUSKLANG

Lieber Leser, liebe Leserin, dies war die Geschichte der Brandruine. Wenn Sie das nächste Mal nach Lübeck reisen, lassen Sie Ihr Navigationsgerät ruhig zu Hause. Kommen Sie einfach bei mir vorbei. Ich lade Sie zu einem Stadtrundgang ein. Dann kann ich Ihnen noch viel mehr über die verwinkelten Gänge und Höfe erzählen, über die Armenhäuser, die Salzspeicher, über die Museen, das Burgtor, die Stadtmauer mit dem alten Wehrturm und vieles mehr.

Natürlich auch über die Menschen mit ihren eigenwilligen Geschichten, über die Dichter und Künstler, die das kulturelle Bild der Stadt prägten oder über die Kinder, die die Gassen mit Leben füllen.

Die Brandruine wurde kürzlich beseitigt und machte einem modernen Hotelkomplex Platz, dessen Architektur so gar nicht in das Stadtbild passt. Aber es ist eben modern. Ein steinernes Denkmal für den mittelmäßigen Architekten, und es bietet dem Touristen allen Komfort.

Wie in jeder beliebigen Großstadt.

Aber zögern Sie nicht allzu lange mit Ihrem Besuch! Vieles ist äußerlich unverändert geblieben. Aber im Inneren, in der Seele der Stadt, bröckelt es immer mehr. Lübeck ist tief in den Schatten der Zeit eingetaucht. Sein kultureller Niedergang schreitet unaufhaltsam voran.

Die Flugverbindung nach Girona wurde inzwischen aufgrund sinkender Passagierzahlen aufgelöst. Das Ehepaar Sánchez-Ruiz wird wohl nicht mehr so schnell unsere Stadt besuchen.

Dem Rat gelang es, das Kommunale Kino, das die Zofe Ria so gern besuchte, aus Kostengründen fallen zu lassen. Jetzt steht es unter der privaten Leitung einiger engagierter Filmfreunde. Auch das unrentable Völkerkundemuseum konnte geschlossen werden. Angeblich wegen des mangelnden Besucherinteresses. Beide belasten jetzt nicht mehr den Säckel des Kulturetats. Die Frau des Oppositionsführers, Zuständige für den Kulturetat, war glücklich.

Und sie träumt von noch mehr.

Die Leitung der Musikhochschule hat sich dem internationalen Druck gebeugt, das Bologna-Modell von Bachelor und Master eingeführt, und damit das Niveau der Studiengänge an die Mittelmäßigkeit anderer Länder angeglichen. Kochrezeptausbildung und Verschulung statt selbstbestimmtem Lernen und Freiheit von Lehre und Forschung. Eigenwillige und hoch talentierte Studenten wie Aina werden in Zukunft rar sein.

Bald wird das alte Lübeck, so wie wir es lieben, vor unserem geistigen Auge verblassen. Dann wird es Zeit, den Vorschlag der Altphilologen der Oberschule aufzugreifen und die Stadt umzubenennen in ›Chronaborg‹ – eine Stadt, die im Schatten der Zeit dahindämmert.

Vielleicht erfährt sie eines Tages das gleiche Schicksal, wie der geheimnisvolle Ort Germelshausen. Er ist seit Jahrhunderten verschwunden und erwacht nur alle 100 Jahre für einen Tag.

Das hat den Vorteil, dass die Zeit dann unendlich dauert, so, als würde sich das Dorf nahe des Zentrums eines massereichen Schwarzen Lochs befinden.

Es wäre ein riesengroßer Zufall, wenn Sie ausgerechnet an einem solchen Tag vorbeikämen. Sie sollten sich dann nicht in dem neuen Hotel einquartieren. Das würde Ihre Lebenszeit durcheinanderbringen. Sie müssten 100 Jahre warten, bis Sie wieder nach Hause kommen könnten.

Ihre Angehörigen würden das wohl kaum noch erleben.

WORTERKLÄRUNGEN UND ANMERKUNGEN

- Adrian Ampoinimera: leitet sich ab von ›Andrianampoinimerina‹, Name des Begründers und ersten Herrschers des Königreichs Madagaskar (Regentschaft 1787–1810). Sein Name kann übersetzt werden mit ›Der Vornehme da im Herzen von Imerina‹ (Imerina ist der Kern des madagassischen Hochplateaus).
- Ny fotoana dia fifanakalozan'ny fiainana sy fahafatesana (malagasy; die Sprache auf Madagaskar): Zeit ist das Wechselspiel von Leben und Tod
- maty (malagasy): Tod
- Rana: leitet sich ab von ›Ranavalona‹, Name von madagassischen Königinnen
- Radamo: leitet sich ab von ›Radama‹, Name von madagassischen Königen
- Mpilalao: madagassisches Straßentheater
- fady (malagasy): schicksalhaftes Tabu
- Ombiasy: madagassischer Zauberer
- Das Muttermal bildet das Wappen Madagaskars nach.
- Der Baum der Reisenden (Ravenala madagascariensis): endemische Pflanze auf Madagaskar
- Mpanandro: madagassischer Zauberer
- Das Märchen über die fünf Finger stammt aus Madagaskar. Es wird zitiert aus Victor-Georges Andriananjason: Im Lande der Malagasy. Hangelar bei Bonn, 1969.
- ¡Qué precioso! (spanisch): Wie herrlich!
- ¡Vaya joyas! (spanisch): Welch toller Schmuck!

- Los alemanes parecen ser personas honradas. En esta ciudad tan acogedora no hay ningún ladrón (spanisch): Die Deutschen sind ehrliche Häute. In dieser einladenden Stadt gibt es keinen Dieb.
- ¡Ángela, tu collar! (spanisch): Angela, deine Halskette!
- ¡Ay, por Dios, que me han robado el collar! (spanisch): Mein Gott, meine Halskette! Man hat mir meine Halskette geraubt!
- ¡Socorro. – Al ladrón! (spanisch): Hilfe! – Haltet den Dieb!
- Litschi: madagassischer Likör
- kisoa (malagasy): Schwein
- fotoana = fiainana + fahafatesana (malagasy): Zeit = Leben + Tod
- Chansons madécasses (Originaltitel einer Komposition von Maurice Ravel): Madagassische Gesänge
- alika (malagasy): Hund, Bastard
- kankana (malagasy): Wurm
- Mpisikidy (malagasy): heilkundiger Zauberer
- sampy (malagasy): die alten Götzen der Madagassen
- ›Das menschliche Leben ist nur Schatten und Nebel: Ein Nichts genügt, um es vergehen zu lassen.‹: Das Sprichwort, das der Unbekannte im Klosterhof des St.-Annen-Museums zitiert, ist ein alter madagassischer Ausspruch.

Alle Gmeiner-Autoren und ihre Romane auf einen Blick

Alle Gmeiner-Autoren und ihre Romane auf einen Blick

KEISER, GABRIELE / POLIFKA, WOLFGANG: Puppenjäger **KELLER, STEFAN**: Kölner Kreuzigung **KLAUSNER, UWE**: Die Bräute des Satans • Odessa-Komplott • Pilger des Zorns • Walhalla-Code • Die Kiliansverschwörung • Die Pforten der Hölle **KLEWE, SABINE**: Die schwarzseidene Dame • Blutsonne • Wintermärchen • Kinderspiel • Schattenriss **KLÖSEL, MATTHIAS**: Tourneekoller **KLUGMANN, NORBERT**: Die Adler von Lübeck • Die Nacht des Narren • Die Tochter des Salzhändlers • Kabinettstück • Schlüsselgewalt • Rebenblut **KOHL, ERWIN**: Flatline • Grabtanz • Zugzwang **KOPPITZ, RAINER C.**: Machtrausch **KÖHLER, MANFRED**: Tiefpunkt • Schreckensgletscher **KÖSTERING, BERND**: Goetheruh **KRAMER, VERONIKA**: Todesgeheimnis • Rachesommer **KRONENBERG, SUSANNE**: Kunstgriff • Rheingrund • Weinrache • Kultopfer • Flammenpferd **KRUG, MICHAEL**: Bahnhofsmission **KURELLA, FRANK**: Der Kodex des Bösen • Das Pergament des Todes **LASCAUX, PAUL**: Gnadenbrot • Feuerwasser • Wursthimmel • Salztränen **LEBEK, HANS**: Karteileichen • Todesschläger **LEHMKUHL, KURT**: Dreiländermord • Nürburghölle • Raffgier **LEIX, BERND**: Fächertraum • Waldstadt • Hackschnitzel • Zuckerblut • Bucheckern **LIFKA, RICHARD**: Sonnenkönig **LOIBELSBERGER, GERHARD**: Reigen des Todes • Die Naschmarkt-Morde **MADER, RAIMUND A.**: Schindlerjüdin • Glasberg **MAINKA, MARTINA**: Satanszeichen **MISKO, MONA**: Winzertochter • Kindsblut **MORF, ISABEL**: Schrottreif **MOTHWURF, ONO**: Werbevoodoo • Taubendreck **MUCHA, MARTIN**: Papierkrieg **NEEB, URSULA**: Madame empfängt **OTT, PAUL**: Bodensee-Blues **PELTE, REINHARD**: Kielwasser • Inselkoller **PUHLFÜRST, CLAUDIA**: Rachegöttin • Dunkelhaft • Eiseskälte • Leichenstarre **PUNDT, HARDY**: Friesenwut • Deichbruch **PUSCHMANN, DOROTHEA**: Zwickmühle **RUSCH, HANS-JÜRGEN**: Gegenwende **SCHAEWEN, OLIVER VON**: Räuberblut • Schillerhöhe **SCHMITZ, INGRID**: Mordsdeal • Sündenfälle **SCHMÖE, FRIEDERIKE**: Wieweitdugehst • Bisduvergisst • Fliehganzleis • Schweigfeinstill • Spinnefeind • Pfeilgift • Januskopf • Schockstarre • Käfersterben • Fratzenmond • Kirchweihmord • Maskenspiel **SCHNEIDER, BERNWARD**: Spittelmarkt **SCHNEIDER, HARALD**: Wassergeld • Erfindergeist • Schwarzkittel • Ernteopfer **SCHNYDER, MARIJKE**: Matrjoschka-Jagd **SCHRÖDER, ANGELIKA**: Mordsgier • Mordswut • Mordsliebe **SCHUKER, KLAUS**: Brudernacht **SCHULZE, GINA**: Sintflut **SCHÜTZ, ERICH**: Judengold **SCHWAB, ELKE**: Angstfalle • Großeinsatz **SCHWARZ, MAREN**: Zwiespalt • Maienfrost • Dämonenspiel • Grabeskälte **SENF, JOCHEN**: Kindswut • Knochenspiel • Nichtwisser **SEYERLE, GUIDO**: Schweinekrieg **SPATZ, WILLIBALD**: Alpenlust • Alpendöner **STEINHAUER, FRANZISKA**: Gurkensaat • Wortlos • Menschenfänger • Narrenspiel • Seelenqual • Racheakt **SZRAMA, BETTINA**: Die Konkubine des Mörders • Die Giftmischerin **THIEL, SEBASTIAN**: Die Hexe vom Niederrhein **THÖMMES, GÜNTHER**: Der Fluch des Bierzauberers • Das Erbe des Bierzauberers • Der Bierzauberer **THADEWALDT, ASTRID / BAUER, CARSTEN**: Blutblume • Kreuzkönig **ULLRICH, SONJA**: Teppichporsche **VALDORF, LEO**: Großstadtsumpf **VERTACNIK, HANS-PETER**: Ultimo • Abfangjäger **WARK, PETER**: Epizentrum • Ballonglühen • Albtraum **WICKENHÄUSER, RUBEN PHILLIP**: Die Seele des Wolfes **WILKENLOH, WIMMER**: Poppenspäl • Feuermal • Hätschelkind **WYSS, VERENA**: Blutrunen • Todesformel **ZANDER, WOLFGANG**: Hundeleben